A gift from Satan

メイルドメイデン

健部 伸明

TAKERUBE Nobuaki

アトリエサード

《カバー・扉》
キャラクターデザイン：百武朋
撮影：小松陽祐　Yosuke Komatsu（ODD JOB LTD.)
モデル：key.

目次

メイルドメイデン～A gift from Satan

健部伸明

プロローグ

とうに夜半は過ぎた。

あけみは、ぼんやり灯りのついたアーケードを、不安に押しつぶされそうになりながら駆け抜けていく。

曇り空には星ひとつ見えず、なま暖かい湿り気を含んだ風が、迷いながらあたりにわだかまっている。

繁華街のシャッターは、飲み屋など一部の店をのぞいて、堅く閉ざされていた。都心から離れたこのあたりでは、すでに人通りも少ない。

もう、まにあわないかもしれない。心臓を鷲づかみにされたようだ。息が切れ、膝《ひざ》がガクガクする。

「よう、ねえちゃん。そんなに急いでないで、いっしょに飲んでこうぜ」

ふたり組の酔っぱらいが、視界の端に映った。腹が風船のように膨らんでワイシャツのボタンがはちきれそうな男と、ガニマタで眼鏡をかけたひょろひょろの中年。

あけみが通り過ぎようとしたとき、風船の脂ぎった手が肩に触れた。

胃がきゅっと縮み、全身に震えが走る。ふくれあがる嫌悪感が、凝縮してのどの奥で痛みとなった。

あけみは目を閉じて、肘《ひじ》から身体ごとぶつかった。ゴッと鈍い音と衝撃があった。

「がぁっ」

風船が転倒する。痩《や》せた連れが駆け寄った。

「おい、だいじょうぶか？　おい」

「いて、いて……いてぇよぉ」

「くそ。待ちやがれ、このスベタ！」

背後からかかる声。意味もわからぬ罵声だが、振り返りたくもない。一刻も早くここから逃げたい。

ファストフード店の光が、やっと見えてきた。身の毛もよだつような夜更けの電話で、指定された目印だ。もう閉まりかけで、なかには掃除をしている店員しかいない。

その角を曲がると、薄暗い小路。駆けこみながら、周囲に目を走らせる。

ここには街頭がなく、暗さに慣れない目には細部がよく見えない。汚れた段ボール箱や青いポリバケツの隅に、得体の知れないものが潜《ひそ》んでいるような気がする。

足がすくんだ。息があがって、胸が焼けつくように苦しい。

「先生……」

思わず声がもれた。

頭がガンガンし、気が遠くなる。脈が耳もとでがなりたて、呼吸音が世界を満たしていた。自分のものではなくなったような足を、なんとか動かして歩いていく。

風景が、ゆらゆら揺れながら進みだした。散乱したゴミを尻目に、あけみは右に左に身体を泳がせる。

ここにもいない、そしてあそこにも……

物陰に目をやるたび、絶望が覆いかぶさってくる。もし取り返しのつかないことになっていたとしたら、自分はこれからどうしたらいいのだろう。

そんな思いに押しつぶされそうになったとき、ハッとする光景が現れた。

袋小路のどんづまり。等身大の人形のように、男がひとり崩れ落ちている。中身をぶちまけたポリ袋の上に、だれかが無造作に捨てたようにも見えた。

めまいがする。自分も倒れそうだ。

「せんせい！」

叫びながら、あけみは駆け寄った。


見慣れた薄紫のスーツは、鉤裂《かぎざ》きと、どす黒い染みで汚れていた。お気に入りだったシルクのネクタイも、ぼろぼろだ。とがった頬骨や唇のはし、そして右の目の下には、まだらのあざが浮かんでいる。しかし人間ばなれした蒼白い貌《かお》は、うつむくかんじで、夢見るように安らかな表情をしていた。

「先生。死んじゃ、やだ。しっかりして」

あけみは、その強靭なバネのような身体にすがりついた。痩せているくせに、やけに重い。渾身の力をこめたが、起こすこともままならない。

手をとる。冷たくて硬い。甲が破けて、血がこびりついていた。

知らず、頬を涙が伝っていく。

「先生、好きなの。好きだったの。起きて、お願い。目を醒まして……」

自分の頬を、その額に押し当てる。

熱があった。体温があったのだ。

あけみはその頭を抱き寄せ、唇を合わせた。堅《かた》く閉ざされた口を、舌を押し入れて開く。自分でも、なぜそうしたのかわからない。ただそうすれば、生き返るような気がした。

からみつく血の味。かまわず息を吹きこむ。

かすかに、その逞しい身体が震えた。

「ううっ」

呻《うめ》き声と共に、唇が離れる。

「先生。吉備津《きびつ》先生！」

切れ長の目が開かれ、二、三度まばたきをした。徐々に焦点があい、同時に安らいだ表情も消えた。いつもの寂しそうな顔になった。

「河野《かわの》……さん」

「よかった。先生が死んだら、わたしどうにかなっちゃうよ」

吉備津は、あけみの両肩に手をやり、やわらかく押して身体を離す。

「河野さん……ひとは、そう簡単には死ねないように、できてるんです」

それから、立ち上がろうとする。咳きこんで、口から血のかたまりを吐き出した。

あけみは肩を貸そうとして、泣きたくなった。一五二センチしかない自分の背丈では、どうやって彼を支えていいのかわからない。

吉備津は表情をゆがめ、壁に手をつきながら、優に一八〇センチはあろうその身を立たせた。

あけみには、あえぎつつ歩く吉備津のあとを、心配しながらついていくことしかできない。

「先生、タクシー呼ぼう。ね」

「自分のことは、自分でなんとかできます。河野さんは、呼んだ車で帰ってください」

「そんなの、できるわけないよ。わたしに命を粗末にするなって言ったの、先生じゃない。なのに、先生が……」

吉備津が立ち止まった。あけみは顔をあげ、それから吉備津の視線を追った。小路の出口の手前で、サラリーマン風の男がふたり、待ちかまえている。酔っているせいか、目の光が尋常ではない。

あけみには見覚えのあるふたりだった。あの風船とひょろひょろだ。あけみの背筋を、恐怖が駆けおりる。

「よう、ねーちゃん。さっきはよくのオレのダチに、ヒジテツ喰らわしてくれたな」

ひょろひょろは、手に角材のようなものを持っている。

反射的にあけみは、吉備津の陰に隠れようとした。すぐに『そうしてはいけない』と気づき、足を止めたが、そのときにはもう遅かった。吉備津が、ずんずん前に出ていくのが見えた。

「先生！」

止める間もなく、吉備津はふたりの酔っぱらいと対峙《たいじ》していた。すこし身をかがめ、前のめりになりながら。

風船が、あとじさりしながら叫んだ。

「な、なんだおまえ」

ひょろひょろは、自身を鼓舞するように一歩前に出た。

「いい歳《とし》こいて、カッコつけてんじゃねえよ。ケガしてえのかぁ？」

吉備津は、さらに進んだ。身体が触れあいそうになった瞬間、ひょろひょろが跳ねた。

「うわーっ！」

角材が振りおろされる。ビシッという音がし、なにかが千切れて飛んだ。

あけみの目は、その光景に釘づけになった。自分の口が、なにか別の生きもののように叫び声をあげる。この世の果てまでも届きそうな、純粋な叫び。

時間が止まった。

吉備津は、額の前に左腕をかざしている。

ひょろひょろは、口と目を大きく開けて、折れた角材の断面を見ていた。風船も、吸いこまれたように同じものを見つめている。

あけみ自身の悲鳴も、止まっていた。

すべてが静止した空間のなかで、吉備津の右手だけが、すうっと動いた。次の瞬間、敵の手にあったはずの角材の半分が、手品のように、吉備津の拳中に収まっている。

「本気で、やりますか？」

吉備津が、戦神《いくさがみ》のような顔で言った。しなやかな肉体は、獲物を捕捉した肉食獣《プレデター》さながら、飛びかかるための予動に入っている。

その瞬間、吉備津の全身から燐光《りんこう》が放たれ、あけみの瞳を射抜いた。その強烈な波動に、意識まで呑みこまれそうになる。

すきとおった紫。目も綾《あや》なオーラ。

暗闇からいきなり陽光のもとにさらされた紫水晶《アメジスト》のように、内に宿していた無限のきらめきが四方八方にあふれだす。それはまるで物質化した風のようだ。あけみの肉体が、衝撃と振動と轟音につつまれる。

驚喜。

狂気。

凶器。

そんな単語が、頭を駆けめぐった。

毒気に当てられ、力が入らない。今まで見たこともない圧倒的な存在感。この世のものとは思えない、あけみの予感を遥かに超えた、吉備津の潜在的な力。意識をしっかり保っているだけで、せいいっぱいだ。

意思を持った生物のようなゆらぎは、あけみの目の前で、妖艶に輝きながら舞いあがり、猛禽《もうきん》のようにふたり組を急襲する。

「うわわっ」

ひょろひょろは腰を抜かし、地面に手を突いた。

風船がその手を取って立たせ、引きずった。

「ば、ばけものだ！　ばけものだ！」

ふたりは、地獄の淵でものぞきこんだような顔をして、這《ほ》う這《ほ》うの体《てい》で逃げていく。

吉備津が振り向いた。あけみはそのときの吉備津の表情を、一生忘れないだろう。

目は暴力の予感に満ち、限りない歓喜の輝きを湛《たた》えている。口には、耳まで裂けそうな悪魔の微笑。額からは、真っ赤な鮮血がしたたっていた。

それが見るまに能面に変わり、それから寂しさを映す鏡となる。同時に菫《すみれ》色のオーラも、影をひそめた。

あけみのなかで、いとしさと恐怖がせめぎあっている。


身体が動かない。

吉備津の膝が、がくりと落ちた。彼はこめかみと胸もとに手をやり、唇を噛む。血とも汗ともつかないものが、顎からしたたり落ちる。

思わずあけみは駆け寄った。

吉備津はあけみの手を取り、顔をあげる。そして一瞬前とはうって変わった、優しい笑みを浮かべた。

「河野さん、行きましょう。人が来ては面倒だ」

心臓をしめつけるような悲しい笑み。

戦慄《せんりつ》が走る。

天使の姿をした悪魔？　それとも……

考えがまとまらない。

それでも強迫観念が、自分の心をつかんで離さない。

もう自分は、もとには戻れないのだ。

第一部　暴走《ぼうそう》　*Over-Drive*

人生は彩られた影の上にある
——ゲーテ『ファウスト』第二部第一幕

1

あけみにオーラが見えるようになったのは、ちょうど一五歳の誕生日を過ぎたあたりからだった。正確な題名は忘れたが、中学の友人が、一冊のオカルト本を貸してくれた。

「おもしろいから読んでみな」

そう言われて小一時間。読書なかばにして、もう自分の手のまわりに、それらしきものが見えた。本に書いてあったとおり、半眼にして、あえて焦点をずらすと、指がぶれて二重に見えるようになる。やがてそのぶれ部分が、独自の色を持ちはじめる。とても、きれいだった。

それは単色ではなかった。層を成し、いくつかのスペクトルが微妙に混ざりあう。自分の指は、そのとき黄と赤の色を発していた。

体調や気分によって、オーラはその色とかたちを変えた。疲れているときは、色も沈みがちで、指の輪郭をたどるようなサイズになった。気分のいい日は華やかになり、大きく拡がる。あけみはオーラを〝燃え立つ生命が放つ炎〟だと感じていた。

吉備津のオーラを強く認識したのは、これで二回目だ。しかもオーラというのは、ふつう見ようと意識して初めて見えるもので、このように勝手に見えてしまうことは、ほとんどない。

実に異例だった。

酔っぱらいたちの反応からして、オーラは彼らにまで見えたということだろうか。それとも、ただ吉備津の剣幕を恐れただけなのか。今となっては、確かめるすべもない。

あけみの脳裏には、吉備津が赴任してきたときのことが、ありありと浮かんでいた。一年前の春の教室。やわらかな陽射しのなかで、夢の世界につつまれていた、あのときのことが……。

ただただ気持ちよい、色のない空間が広がっていた。あたたかくて、ふわふわの感触に身をまかせているうちに、自分自身の存在さえ、どこかへ失せてしまう。

そんな夢幻郷に、いつしか色が挿した。雲間から光が降りてくるように、赤とも白ともつかない色彩が拡がったのだ。

それは、どことはなしに人間の属性をそなえていた。

恐れと不安が、心臓をきゅっとつかむ。それなのに、その人影から目が離せなかった。

光は大きく弧を描きながら、急速にあけみのほうに近づいてくる。フラッシュのように瞬間的に輝きを増し、紫の飛沫をまき散らした。

ぶつかる。そう思った途端、左のこめかみが熱くなって……


目が醒めた。

突然かかった号令に、身体が勝手に反応する。

教壇に長身の青年が立っていた。

薄紫のスーツに納まった猛禽。なにかの化身《けしん》のような、白妙《しろたえ》の肌。うつむきかげんの顔は端正で、あらゆる感情を押し隠している。

どこか足が地に着いていないかんじがある。見ていると、寂しさと不安をかきたてられた。

「吉備津優一郎《きびつゆういちろう》といいます」

淡々とした口調。瞳に宿った暗澹《あんたん》たる光。彼のいるところだけが、凍てついた冬のようだった。

クラクラきた。こめかみが脈打ち、偏頭痛が止まらない。

彼のオーラが、夢の世界で見た光と、同じ色だったのだ。

2

初めて吉備津を見たときから、なんとはなしに彼が自分の救い主になるという予感が、つきまとっていた。

思えばあけみは、あのとき吉備津に一目惚れしていたに違いない。長いあいだわからなかったが、今はそう確信できた。

今日の吉備津は、あのときと同じネクタイをしていた。象牙色《アイボリー》の地に、エジプトの神聖文字《ヒエログリフ》がたくさんデザインされている。しかしそれは、今や持ち主と同じく汚れ、傷つき、ひどくくたびれている。

吉備津の左腕は、すでに縛って止血したが、ほかにどれだけケガしているかわからない。早く手当てをしなくては。

あけみは自分に言い聞かせた。だいじょうぶ。こんなことで死ぬような人じゃない。この人は、強運の持ち主なのだから。

吉備津のようなオーラを、あけみは見たことがなかった。どだい紫というだけでも、常人の出せる色ではない。なのに彼は、あんなにも鮮やかで強い光を発していた。

紫は、ふつう高貴または狂気の色とされる。しかし魔術的な力が発現するさいにも、こんな色彩になるのだ。

　自分のオーラも、ときどきは紫になる。しかし、くすんでいて見苦しく、穴が空いたように斑《ふ》が入る。そうなったのには、考えたくもない陰鬱なわけがあった。

　吉備津には、それがない。純粋な本性から湧き出す光。彼が何者であったとしても、あけみのように不自然でも、不浄でもなかった。

　タクシーに乗っているあいだじゅう、吉備津は目をつむっていた。瞑想《めいそう》する仏のような表情。そのまま死んでしまいやしないかと思い、あけみは吉備津の胸に押しつけた耳を離せなかった。

　心臓は、しっかり波打っている。ほっとする。その心強い律動に誘われて、あけみは夢心地になる。こんなにふたりともボロボロなのに、心を幸福感が満たしていく。吉備津にしがみつき、自分の全身で鼓動を感じていたい。

　タクシーを下りたのは、用心して自宅ではなく近くの公園だった。犯罪者になるのは、こんな気分なのだろうか？　そこまで考えて、自嘲ぎみに笑う。自分はもう、罪人なのだ。

　それでも生きた吉備津が、隣を歩いているのがうれしかった。

「一緒に来てくれたね、先生」

　あけみは吉備津の右腕に手を添えて、自分の家まで先導する。

「疲れました。眠りたかったんです」

　瞑目するような吉備津の表情は、そのままだ。

「いっぱい寝よ。なんにも気にしないで」

　あけみは笑ってみせる。

「いえ、明日また授業がありますから」

　静かな、あきらめたような笑み。

　あけみのなかで、なにかが切れた。

「ンもう、まだ明日の授業のことなんか考えて、どこまでカタブツなの。人の気も知らないで。こっちは死んじゃったかと思って気が気じゃなかったっていうのに。ホントに心配したんだからね、わかってるの……」

　最後のほうは、泣き声になった。なのに吉備津は、かえって表情が明るくなったようだ。

「ハハハ、すいません」

「はははって……」

　あけみは右手の甲で目尻を拭いながら、左手で吉備津の背中をこづいた。吉備津が、ウッと呻く。いくぶん気分が晴れた。

「なぁんか、損しちゃった気分。わたしバカみたい」

ぼやいているうちに、十二階建てのレンガ色のビルが見えた。オートロックのマンション。最上階の角部屋が、あけみの城だ。2LDKの砦《とりで》。

おとぎ話の塔の上の姫君《ラプンツェル》のように、あけみはここで、自分を連れだしてくれる騎士《ナイト》を待っていた。ついに、そのナイトが現れたのだろうか？

子供じみた空想だ。期待してはいけないことを、どうして自分は考えてしまうのだろう。

エレベーターを降り、部屋の鍵を開けて、吉備津をなかへと招く。

「入って、適当にそのへんに座って。いま手当てするから」

ダイニングの引き出しから救急箱を取り出し、急いで戻ってくる。

吉備津はまだ、ボーッと玄関に突っ立っていた。信じられない！

「なにしてるの？」

「服が汚れています。椅子に染《し》みがついてしまう」

この期におよんで、まだそんなことを考えているのか？

「だったら、脱げばいいでしょ！」

部屋がどうなろうと、気にするわけはないのに。この人は、だれかに心配してもらったことなど、ないのかもしれない。

「そうですね」

吉備津は靴を脱ぎ、片手でネクタイをゆるめ、反対の手で止血帯を取ると、肩を落としてジャケットの片袖を抜いた。そこで手を逆にして、またたくまに上半身はワイシャツ一枚になる。

赤黒い汚れでいっぱいの、悲しい生きもの。

吉備津自身、自分の姿を見て当惑している。

「手当ての前に、シャワーを貸してもらえませんか」

いろんな感情がこみあげてきて、あけみはいたたまれなくなった。

「こっちよ」

脱衣所に案内し、あけみは吉備津のワイシャツのボタンに手をかける。

吉備津は二、三度まばたき、困ったような顔をしたが、抵抗するようすはなかった。

アンダーシャツは、血のりで皮膚に貼りついていた。無理に脱がさず、今度はひざまづいてベルトをはずし、スラックスのファスナーをおろしてしまう。グレーと薄い緑のトランクスは、どうやら血の洗礼を免れているようだ。象牙色だったはずの靴下も脱がせ、それから吉備津に背を向ける。

「下着は、まだ脱いじゃダメよ」

言いながら、あけみは自分のブラウスを脱いだ。それからスカートのファスナーに手をかけ、一瞬ためらう。頭に血がのぼっていて、うまく考えがまとまらない。別にやましいことをするわけではない、そう自分に言い聞かせても、うまくいかない。

「河野さん。自分のことは、自分でできますよ」

吉備津の声に、思わず振り返った。

「ダメよ。先生、自分のこと大事にしてないんだもの。ほっとくと、生地が傷口にくっついていても、かまわず剥がして脱いじゃうでしょ。シャワーだって手当てだって、適当に済ませるに決まってるわ。先生のことは、わたしが大事にするの」

「信用……ないですね」

吉備津は寂しく笑っている。

「ないわよ」

あけみの剣幕に吉備津は肩をすくめた。

「わかりました。気の済むようにしてください」

あけみが手を離す。スカートが足元にふわりと舞い落ちた。

「先生に、わたしをあげるの……わたしの命を、分けてあげるの」

3

精彩のない数学教師。

どうして自分は、こんな人を愛してしまったのだろう。もっと溌剌《はつらつ》として明るく、自分を引きあげてくれるような存在ではなく、こんなにもつらそうで、地獄の底まで引きずられてしまいそうな人を。

わかっているはずの答を探して、あけみはまた、自分に問いかける。

吉備津なんて名前だから、クラスメイトからは〝きびだんご〟だとか〝ももたろう〟だとか、果ては〝ももちゃん〟なんて呼ばれている。はっきりいって、似あわない。だが似あわないからこそ、かえってみんな、喜んで使っていた。

女子高では、若い男性がめずらしい。みんな、からかいの対象にする。ときどきは、セックスに関する話題がらみで。

そんなときでも吉備津は、困ったような顔をするか、静かに笑っているだけ。いたずらは、ますますエスカレートする。

自分も、何度かそうした。

ほかのみんながどうかは、わからない。しかし自分は、好きだからこそ、いじめてみたいと思っていた。そのころは、まだ無自覚だったが。

みんなも、気になっていたのだと思う。気にくわない人は、徹底的に気にくわないだろうし。いろんな意味で目立つトーヘンボクだった。

そして自分は今、吉備津を明確に性の対象として意識してしまった。男として、恋の対象として、そしてベッドを伴《とも》にしたい相手として。

手当てをしなければならないときに、なによりもまず、吉備津の身体を心配しなければならないときに、なにを考えているのだろう?

自分に、こんな気持ちがあるなんて、思いもしなかった。しかも、ひとまわりも歳が違う相手に対して。

セックスとは、もっと淫《みだ》らなものだと思っていた。しかし心の底から湧きあがる、この純粋な気持ちには嘘がつけない。この人に、抱かれたいと思う。自分の肉体のすべてで、この人を感じたい。ありったけの気持ちで、応えてあげたい。

でも、吉備津の心がわからない。

あけみの学校では、生徒と結婚した教師は、去年で十三人になった。本当かどうかは知らないが「先生と寝た」という話はもっと聞く。

しかし吉備津には、男に対して抱いている自分の常識が、まったく通用しない。

どうして自分は、こんな人を愛してしまったのだろう。危険で、ダークで、すべての感情を弱弱しい笑顔の下に隠しているような相手を。

ほてりが全身を蝕《むしば》み、頭のなかが真っ白になる。あけみは身を震わせ、おののきながら、吉備津の反応を待っていた。きっかけが、抱かれるいいわけが欲しかった。自分が淫らな娘ではないという証《あか》しが、欲しかった。

その反面、やはりそうなってしまうことを、どこかで恐れている。一度はくぐり抜けなければならないことだとわかってはいても、身体と心のどこかが、まだ拒絶反応を起こしていた。

罪悪感がある。自分は、ただ吉備津の力を利用したいがために、好きだと心を偽っているのではないか。自分を救ってくれる存在だからこそ、その礼として、身体を捧げようとしているのではないか。

自分の心が怖い。気持ちの整理がつかない。

あけみは自分のしていることがわからなかった。

4

吉備津のシャツ。ところどころ皮膚と癒着しているので、そこを避けてハサミで切り開く。

あけみは、吉備津の胸板を初めて目の当たりにした。しまった筋肉が、いたるところでゆるやかなカーブをなし、美しい肢体を描き出している。

「だまされた」

思わず、そう言ってしまったらしい。

「なにがです?」

「だって先生、着やせするんだもん」

「なんなんですか……別にぼくは、河野さんをだましてなんかいませんよ」

吉備津は真面目な顔をしている。

「あーん、自分で勝手に、だまされたぁ! このギリシャ彫刻めぇ!」

「ハハハ、じゃあ教師を馘《くび》になったら、美術のモデルにでもなりましょうか」

吉備津は苦笑しながら……呻《うめ》いた。

「だいじょうぶ、先生!?」

あけみは本来の目的を思い出し、癒着部分をひとまわり大きく切り残して、アンダーシャツをほとんど解体してしまった。

吉備津の肉体は、腫れて変色し、傷つき、血を流していた。あちらこちらにできたあざは黒ずみ、すり傷は膿《う》み、かさぶたが浮いている。

痛ましい、翼の折れた天使。

腫れと濃いあざの部分をとくに注意して、骨が折れていないかどうか確かめる。

「貧血してる感じは? 頭ふらふらしない?」

「いえ、それはないようです」

骨に異常があれば、必ず貧血になる。確かに、ここまでのようすから見れば大丈夫そうだが。

「ごめんなさい、わたしなんかのために……」

あけみは、こみあげてくる涙をこらえた。

吉備津は小首をかしげた。

「それより昨日言ったこと、考えておいてください」

うなずくしかなかった。

しかたない気持ちで、吉備津を洋式の湯船に寝かせ、足先や手足など、心臓に遠いほうからシャワーで洗っていく。それからタオルで拭いて、オキシドールを塗る。

耐えているが、吉備津はときどき低い呻き声をあげた。そのたびに湧きあがる倒錯的な感情が、あけみをドキンとさせる。

癒着部分は、生地の上からオキシドールをふりかけ、剥がせるところだけは剥がした。だめなところはたっぷり薬づけにして、上から清潔な布をテープ止めし、包帯を巻いた。

吉備津はそのあいだ、浴室のなかを眺めていたが、やがてあけみに目を移す。じっくり時間をかけて、見ている。

「あんまり見ないで。はずかしいわ」

あけみは、目を合わせないで言う。

吉備津が口を開いた。

「河野さんの身体、よく発達していますね」

お互い最低限の下着はつけているとはいえ、裸同然である。思わず吉備津を見た。

しかし吉備津の顔に、特別な表情はない。まるで『隣の木に柿がなっていますね』というようなかんじ。ただ単にそう思ったというだけで、それ以上の意図は感じられない。

あけみは安堵とすこしの失望のなかで、ふたたび視線をはずした。

「みんな、わたしのことヤクルトって言うの」

「ヤクルトですか?」

「わたし背が小さいから……コーラの瓶って、均整のとれたモデルさんでしょ。わたしは、ヤクルトの容器」

「ハハハ、それはいい」

「んもう」

シャワーを止め、バスタオルで吉備津を拭いてやる。心配していたほど大きなケガはなかった。しかし確実に細菌は入っているし、経過時間と負傷箇所から見ても、明日は熱が出るだろう。あけみは薬箱をひっくり返し、一月前の風邪のときに医者からもらった処方薬の残りを見つけた。

「はい抗生物質。鎮痛解熱剤も、まだ余ってるよ」

「ありがとう」

受け取りながら、吉備津が立ちあがる。

「ちょっと待ってて」

あけみは自分の手足を軽く拭いて〝親の部屋〟へ向かった。ここへ入るのは、いつ以来だろう。トラウマがフラッシュバックしそうになる。でも今は、そんなことを考えてはいられない。

ドアを押しあける。

ダブルベッド。鏡台。洋服箪笥《だんす》。必要なものはそろっているが、だれもそれを必要としない。

クロークを開ける。父のスーツやネクタイ。それからバスローブがかかっている。ゆったりした青い天鵞絨《ベルベット》のローブをとって、ひきかえす。

「これ着て。わたし、向こうにいるから」

吉備津に渡して、バスルームのドアを閉めた。それから自分の部屋へ行き……

頭を殴られたような衝撃に打ちのめされた。

台風のあとのように、すべてがバラバラとなって、部屋じゅうに散らばっている。

ガラスや瀬戸物の破片は、床を埋めつくしていた。カーテンは鋭い刃物で、幾筋にも切り裂かれている。服やシーツには、ペースト状のものがベットリとこびりついており、簡単にはとれそうもない。本やＤＶＤは無造作に投げ出され、化粧品やアクセサリィも箱ごとぶちまけられていた。

一目でわかった。〝あいつ〟の仕業だ。

気が遠くなりそう。悔しくて、悲しくて、涙で視界がにじんだ。よりによって今日という日に、どうして！

あけみは唇を噛みしめながら、しばらく震えていた。吉備津を、こんな部屋に案内するわけにはいかない。

ふいに寒気がした。今さらながら、自分がまだ、まともに服さえ着ていないことに気づかされた。

スリッパを突っかけ、ジャリジャリする破片を踏みしだきながら奥へ進んだ。足の裏を突き抜けて何かが刺さってくる妄想を、頭を振って払いのける。

洋服箪笥をひっくり返してみた。やっとのことで、ピンクのパジャマが見つかる。薄茶色のテディベア模様でいっぱいの、あけみのお気に入り。これだけでも、無事でよかった。

胸に抱きしめて、部屋を出ようとする。

振り返ると、戸口の柱にかけた鏡が、どこか妙だった。

近づいてみる。

真っ青なリップスティックで、なにか走り書きがしてあった。海よりも深い藍《あい》の文字が、鏡に映ったあけみの顔の上にのしかかる。

『YOU　DIE！』

世界が回りだした。思わず壁に手をつく。そのまま倒れそうになり、肘と頬とで、なんとか体重を支えた。貧血で目の前が暗くなる。吐き気が、のどと胃にからみつく。

あけみは歯を食いしばって、死神の誘いに耐えようとした。

自分には吉備津がいる。彼がいるかぎり、死の顎《あぎと》に捕らわれることはない。負けるもんか。負けるもんか……。

脱衣所のドアが開く音がした。

はっとして立ちあがり、やっとのことでリビングまで出る。うしろ手にドアを閉めた。

吉備津が現れた。ローブの寸法はちょうどよく、色も似あっている。

あけみは動けない。苦しくて。うれしくて。はずかしくて。つらくて。

「河野さん、顔が赤い。だいじょうぶですか？」

吉備津の顔。真剣な表情。目尻がさがり、やさしくなった。さみしさが安らぎ、険がとれたかんじだ。

あけみは、腹の底からしぼり出すように言う。

「すこし、休めば……」

吉備津の手が、あけみの肩をつかむ。とすれば、自分はふらついたのだろう。

「河野さん、服を着なくては」

耳もとで、心地よい響き。だんだんと力が蘇ってくる。

あけみは心を決めた。

「うん」

うなずいて吉備津を案内する。〝親の部屋〟へと。身がすくむ思いだが、自分の寝室が荒らされてしまった以上、ほかに道はない。

吉備津をベッドに腰かけさせ、あけみはパジャマにそでを通す。だいぶ意識もはっきりしてきた。

吉備津は、ぐるりを眺めている。あけみと目が合うと、つぶやくように言った。

「この家は、泣いていますね」

「え？」

一瞬、何を言われているのかわからなかった。

「猫を飼うといい。ひとりで落ちこむと際限がないけれど、動物が一緒だと気持ちが楽になります」

この部屋は整いすぎて、生活感がない。吉備津は、そう言いたいのだろう。

あけみの目に、涙があふれてきた。その感想は、あけみが吉備津に抱き続けてきたものと同じなのだ。

「泣いているのは、先生よ」

「ぼく……が？」

「そうよ。いつも心で、泣いてた。涙を流すのだけが、泣くことじゃないわ」

「ぼくが泣いていた……」

吉備津はしばし呆然とし、それから狂ったように笑い出した。

「先生……」

あけみは駆け寄り、吉備津に抱きつく。

ケイレンのような笑い。身体じゅうの震えが、あけみに伝わってくる。それが徐々に、徐々におさまっていく。

吉備津をあけみを見ると、瞳が濡れていた。

「泣くまいと思っていました。でも、あなたにはわかっていたんですね」

「先生がわたしを飼ってよ。わたし先生のネコになる」

言葉がすべり出た。

吉備津はうつむく。

「そういうわけには、いきませんよ」

気持ちが、あふれてしまいそうだ。

「ねえ、愛してもいい？　わたし先生のこと、好きにしていい？　なぐさめてあげる。お願い、そうさせて」

あけみの、ありったけの想い。一年以上、育《はぐく》み続けてきた浅い夢。

しかし吉備津は、話しにくそうに、一語一語つむぎだす。

「だれであれ、愛するのはよいことです。問題は行動です。あなたが期待しているようなことに、おそらくぼくは応えられません」

「そんなこと……」

先が続かなかった。ただのどが熱く、涙が止まらない。

自分は、なにを望んでいたのだろうか？

応えは、最初からわかっていたはずなのに。

こんなことであけみと寝てしまう吉備津だったら、自分は好きになっていなかった。でも今はそれが、たまらなくせつない。悲しすぎる。

ドクン。

体内で、なにかが流れ去る音が聞こえた。

「だめ、先生……わたしを止めて」

首筋を〝違和感〟が這い登っていく。こめかみが熱い。頭痛が脈動しながら襲いかかってくる。視界が白一色になった。息が苦しく、まるで寒天のなかにでもいるように、身体が思うように動かせない。

こんなときに……こんなときに限って。

「わたし、わたしじゃ、なくなる!」

すべての感覚が消えていくなか、あけみは吉備津の肉体の感触にすがりつこうとした。吉備津との楽しかった日を、思い出そうとした。

そのとき脳裏に、悪魔の哄笑《こうしょう》が響きわたった。勝ち誇った、実にうれしげな〝あいつ〟の声が……

『おどき、その身体はもう、あんたのものなんかじゃない』

吉備津の声も存在も、もはや感じられない。

あけみは独り、闇のなかに取り残された。小さなころからずっと住みなれた、深い深い闇のなかに。

5

ここは魂の牢獄。いつ戻れるともわからずに入れられた罰則席《ペナルティボックス》。

目の前には、スクリーンのようなものがあった。あの女悪魔に〝退場〟させられるたび、あけみは目の前で起きていることに対する観客になる。映画かなにかを観ているようだ。

いや映画のように、わくわくドキドキしたりもしない。ただ単に、そこに映っているから眺めているだけ。それが、あけみに科せられた拷問。

画面に《甲冑の乙女《メイルドメイデン》》が登場した。あけみを内側から食い破って、抜け殻にしようとしている魔女。

すらりとした身体を白銀の鎧につつみ、左の腰には刺突剣《レイピア》、右の腰には左手用短剣《マンゴーシュ》、頭には鳥のくちばしを思わせる面貌《めんぼう》の兜《かぶと》を配している。

凍てつく吹雪のような光芒《こうぼう》が、彼女を覆っていた。金属質のオーラは肩胛骨のあたりから大きく突き出し、身長を凌駕《りょうが》する白鳥の翼のかたちになっている。

酷薄な笑み。面貌は跳ね上げられているので、ひきつったような口もとは確認できるが、目のあたりの表情はうかがえない。ただ奢《おご》り高ぶり、自信に満ちていることはわかる。

《甲冑の乙女》は、吉備津を見ていた。吉備津は状況が把握できなくて、大きく目を見開き、起きていることの意味を探ろうとしている。

なんの気配もなく、《甲冑の乙女》が動いた。素早く距離を詰め、吉備津の両腕をとる。そのまま勢いに任せて押し倒した。

ベッドのスプリングがしなり、部屋じゅうが揺れる。《甲冑の乙女》の身のこなしには無駄がなく、流れるよう。またたくまに、両膝を吉備津の腿《もも》に押し当てた。採集した虫をピン留めするように、何気なく。しかし確実に。

「ふん、他愛ない」

突き放したようなハスキーボイス。

吉備津は、じっと《甲冑の乙女》を見つめている。なにもしゃべらず、微動だにしない。端麗な能面。内心の動揺を覆い隠すポーカーフェイス。

《甲冑の乙女》は、尖《とが》った顎の線を震わせた、吉備津の態度が、気にさわったらしい。

今度は右肘を吉備津の左腕に食いこませ、空いた手のひらを吉備津の額に当てる。それからいやらしく顔をまさぐり、人差し指と親指で、彼の左のまぶたをしっかり開かせて、固定した。

悪魔の笑み。彼女はかすかに顔をかしげる。鋭い犬歯で、みずからの青ざめた唇を噛み切る。口もとから、ねばつく赤黒い液体がしたたった。それは蜘蛛《くも》の糸のように細くなり、閉じようとしても閉じられない吉備津の虹《こう》彩《さい》めがけて、まっすぐ落ちていく。

鋭い叫び声。吉備津は、瞬間的な力を発揮して《甲冑の乙女》をはねのけた。そのまま両手で目を押さえて、ベッドの上を転がりまわる。

《甲冑の乙女》は、ひらりとかわして、吉備津の横に腰かけた。天を仰いで両手をつき、身体を前後にゆらす。

「あたしの体液が、いやだというのか」

かん高い笑い声。

「そうか、いやか」

長く長く続く、人間ばなれした嘲笑。

「あたしの血は、毒だからねぇ」

スクリーンで映写されている惨劇に、あけみは手が出せない。たとえるなら、自分はテレビの前におかれたクマのぬいぐるみ。できるのは、上映が終わるのを待つか、待ちきれずに眠ってしまうことだけ。

あけみは耐え切れず意識を失い、深い深い回想の海へと沈みこんでいった。

インターミッション

暗闇のなかで、ときどきまたたくフラッシュライト。

それは遠い日の記憶たち。

過去からの奔流が、壊れた映写機で映した活動写真のように、ちらつきながら過ぎていく。

何度も出てくる同じシーン。

見たくても現れない隠された場面。

つかまえようとしても、すりぬけて行ってしまう。なにもかもが自分の思うとおりにならない。

肉体も、脳も、記憶も、すべてが自分から遊離していき、最後にはあけみだけが取り残される。

自分は、なにものなのか？

なぜ、こんなところにいるのか？

なにもかもが奪い去られたのに、どうしてあけみだけが、こうして残っているのか？

幽霊のようだ。自縛霊になるというのは、こんな気持ちなのだろうか。


空間もなければ時間もない。ただ孤独に震えるあけみだけが存在している。

どのくらいそこで、そうしていたのか。

記憶の海のなかで、なにかが跳ねた。銀のウロコをした魚のように、それは力のかぎり跳ねあがった。

あけみは、思わず吸い寄せられる。跳ねているものがなにか、確かめてみずにはいられなかった。

「アイーダ……」

それは語りかけてきた。

「アイーダ」

その言葉は、あけみに向けられているようだ。

あけみに、あるいはあけみのなかのだれかに、呼びかけているようだ。

「アイーダ!!」

言葉に、輪郭がともなった。ふっくら卵形をした、いつも笑っている顔。くりくりした目の少年。

「タケルくん」

あけみはつぶやいた。そして認識した。彼女の世界に、ずっとアクセスしようとしてきた、佐藤武流《さとうたける》という存在を。うれしさとなつかしさが、こみあげてきた。

感覚が戻ってくる。痛さが、暖かさが、筋肉のこわばりが、身近にあった。

そして、初めて《甲冑の乙女》に襲われた日のことを、ありありと思い出した。それは、あけみが初めて〝ゲーム〟をした日でもあった。

第二部　憑《ひょう》依《い》　*Possession*

ソロモンが不従順な精霊たちに入るよう命じたこの三角形は、保護円から二フィートの位置に、一辺三フィートで設けられる。

——ゲーティア

1

それは埋葬塚だった。遥か太古の偉大なる王が眠る、荘厳たる地。生者が足を踏みいれてはならぬ、禁断の聖域。

　あたりの森には濃く深い霧が四六時中たちこめ、この場所を外部から隔離している。人はおろか、野生の動物さえ恐れて近づかない結界の内である。

　今やそこに、静寂《しじま》を破る三体の影があった。

「いよいよか」

　男は、ヴァイキングを思わせるがっしりした金髪碧眼で、眉間《みけん》や頬に向こう傷がある。全身を鎖帷子《チェインメイル》につつみ、身の丈を超える大剣《クレイモア》を背に斜めに吊っていた。X字にたすきがけされた革帯には無数の投げ矢《ダーツ》が収まっており、腰には手斧《ハチェット》と両手片手兼用剣《バスタードソード》が差してあった。左手の甲には小型の籠手盾《バックラー》がくくりつけられ、右手の甲には、万が一丸腰で戦闘になっても困らないように、衝角《セスタス》がバンデージしてある。

　無敵戦士《バーサーカー》の異名を誇るヒュー・ウィリアムズの勇姿であった。長髪を風にたなびかせながら、鷹のような目で周囲の気を探っている。

「ここからのほうが問題よ」

　隣では、極彩色のマントに身をつつんだ異貌の美女が、大地につき立てた斧槍《ハルバード》に、あでやかな肉体をあずけていた。背中には大型の丸盾《ラウンドシールド》。頽廃《デカダン》的なデザインの革鎧《レザーアーマー》は、最低限の面積しか覆っていない。露出した肌は、顔といわず胴といわず、刺青《タトゥー》と化粧《ペインティング》とで埋めつくされている。宝石と動植物のなれの果てからできた呪物《フェティッシュ》が、アクセサリィがわりに額、耳、首、手首、足首、指、腰、そして白い胸の谷間を飾る。あふれんばかりの髪はオレンジと黒とで染めあげられ、きれいに編みこまれている。これらのものすべては、彼女の仕える神サグナの、さまざまな変幻を象徴しているのである。

　その名を、神官戦士《ウォーロック》オルセア・ラヴェニューという。これもまた戦歴の猛者《もさ》であった。結界をすり抜ける呪文を唱えた直後で、疲労の色がうかがえたが、緑の瞳には余裕のきらめきがある。うっすらと浮いた汗は、かえって彼女の妖艶さを引きたてていた。

　そして最後が、初めての探索行に戸惑う召喚師《エクソシスト》アイーダ・グラディアス。あけみのキャラクターだった。

　アイーダと同じように、あけみも初めての体験にまごついていた。

いったん空想《ファンタシィ》の世界から離れてみれば、ここは〝ゲーム〟の進行役《マスター》たる武流の部屋である。あけみや、ほかのプレイヤー男女各一名とともに、武流は同じ卓を囲んでいた。

佐藤武流《ゲームマスター》の仕事は〝ゲーム〟――つまりテーブルトークRPGの、運営をすることにあった。

〝ゲーム〟の開始と終了を宣言し、そのあいだに生じることすべてに対応する。彼の武器は、剣でも槍でもない。口先の技とパソコンである。

ゲームマスターは、キャラクターたちの目の前で起こっていることを説明する。そのさい、あらゆる語彙《レトリック》を駆使して刺激的な単語を並べたて、プレイヤーたちの頭のなかに生き生きとした共同幻想を植えつけるようにするのだ。

必要に応じて、図示したり、絵を描く必要性も出てくる。攻撃があたったか、外れたか、どのくらいのダメージがあったのかなど、乱数や数式の管理もしなくてはならない。コンピュータは、そんな忙しいゲームマスターの雑務を軽くするために用いられる。

プレイヤーは、ひとりずつ架空のキャラクターを受け持ち、それぞれ自分のキャラクターになりきって演技したり、発言したり、演じきれない行動をゲームマスターに宣言したりする。

ゲームマスターは、その行動に対応して生じる新たな状況を説明し、次の行動をうながす。

〝ゲーム〟は、この繰り返しで進んでいく。

〝ゲーム〟の目的は、虚構世界での疑似体験《アドベンチャー》を、純粋に楽しむこと。勝敗という概念はない。しいて言えば、他人を楽しませ、自分も楽しんだ人間が勝利者といえる。仮にプレイヤー・キャラクターが死んだとしても、その死が英雄的で人々の記憶に残るものだったら、そのセッションは失敗とは言えない。

ヘッドホン・マイクをつけた武流が、黒くつぶらな目を輝かせながら、状況を説明する。その声色は、特殊効果《エフェクト》をかけることによって、状況に応じて若い娘になったり、しわがれた老人になったりする。今はノーマルで聞き慣れた、武流本人のアルトだ。

「塚の中は暗く、なま暖かく、湿っていて、まるで巨大な生きものの胎内に入るようです」

これを、頭の中で思い浮かべる。子宮に回帰するようなイメージ。落ち着くような、不安なような。

「マスター。松明《たいまつ》つけて、酸素や風の流れを確認」

ヒューのプレイヤー（実際にはマッチョでもなんでもない、度の強い眼鏡をかけた普段着の少年）が、早口で宣言する。彼はゲームが始まって以来ずっと、ほとんどキャラクターとしてのセリフを発していない。基本的には行動の説明だけだし、戦闘などで必要になると、いろんなかたちのサイコロをひたすら振っている。

本当はコンピュータで管理できるので、サイコロは必要ないのだが、どうやらこの眼鏡くんは、自分の手でサイコロを振ることにこだわりがあるようだ。彼が振ると、本来五パーセント以下であるはずの決定的成功《クリティカル》が、確率を無視してガンガン出る。

振りかたに問題があるのでは？　という疑問は、武流の説明によって、さらに深まった。

「こいつに『ウィザードリィ』のキャラ作らせると、三十分以内にボーナス・ポイント30の勇者を振り出しちまうんだからな」

「いいえ、最高値は29です」

眼鏡くんは、すかさず眼鏡のブリッジを押しあげながら、武流の見解を訂正した。

あけみもたまたま、リニュアルされたばかりの『ウィザードリィ』はやったことがあったが、いくら粘っても18くらいが関の山で、最高でも23だった。とするなら、彼はコンピュータ内の乱数ルーチンにまで、不思議な影響を与えてしまうのだろうか。

「これだよ」

武流は、あきれ顔だ。なんでも強いゲーマーにはよくある現象で、驚くべきことではないのだそうだ。

雑談モードになっていたところで、やおら武流が咳払いし、ゲームマスターの責任を全うすべく、ストーリーを進め始めた。

「では続けるよ。ヒューが確認したところ、なかから風が吹き出したり、逆に吹きこんだりということはないね。今のところ酸素はあるらしく、松明はきちんと燃えている、もっとも……まだ序盤だからね」

口もとには、なにかを隠している笑み。

それに応えて、オルセアのプレイヤー（やっぱりきわどい服装なんかしていない、長い髪を赤いリボンでとめた、スレンダーで落ち着いた女の子）が、つぶやく。

「じゃあ、この塚はどこか外に通じているってことは、なさそうね」

感情がこもっており、実際に目の前に通路が見えているかのように、視線や手の先が微妙に動いた。彼女はヒューのプレイヤーとは逆に、なるべくサイコロを振りたがらなかった。というより、演技に夢中になってしまい、サイコロを振ることによって、それを中断されるのを嫌っていた。しかがってオルセアの判定は、基本的に武流のコンピュータ上でなされ、出た結果を、リボンさんは成功なら成功、失敗なら失敗なりに全面的に受け入れて、演技に取り入れ言葉をつむぎだす。

これだけプレイスタイルが違うのに、三人とも手慣れていて、会話の応酬がきわめて早い。武流のさばきかたもスムーズで、息が合っていた。

あけみはあっけにとられて、今のところ観客といったかんじ。みんなの会話の内容を聞き逃さないようにするだけで、せいいっぱいだ。

「アイーダ。これからはあなたにも、がんばってもらうわよ」

突然、リボンの女の子……ではなく彼女のキャラクターであるオルセアから、話をふられた。

「はいっ！」

緊張して、頭のてっぺんから声が出てしまった。心臓が高鳴っている。

リボンさんの左目の下にあるほくろが、いつも泣いているような、はかない印象を与える。その細い目が弓なりになり、不思議な魅力のある笑みを湛えた。

「あんたの力が必要なんだ、アイーダ。召喚魔術のエキスパートが。悪魔の専門家がね」

途中から､完全にキャラクターのセリフになっていた。いやセリフだけではない。ジェスチャーや目つきや抑揚まで、その役に入りきっていたのである。

「この塚は、伝承通りなら異世界に通じている。次元の彼方からやってくる存在を確実に撃退するには、あんたの知識が不可欠なんだ。わかるね」

はかなさは去り、力強さが残った。一瞬彼女の顔に、くまどりが見えたような気さえした。細面の彼女に、肉感的なオルセアの顔が重なった。

各プレイヤーの手もとには、武流のパソコンとリンクしているパッド型のモニターがある。ゲーム機などのＲＰＧでいうところのステイタス画面が映し出されており、キャラクターの能力と、イラストが表示されていた。

あけみのアイーダは、さっき作ったばかりなのでまだ絵がないが、ほかのふたりはＣＧでしっかり彩色《カラーリング》されている。

リボンの少女には、その天然色のオルセアが、乗り移ったようだった。

あけみは助け舟を期待して、ヒューのプレイヤーを見た。しかし彼は成りゆきには興味なさげに、A4サイズのブラックのタブレットに、カリカリとタッチペンを走らせている。そのタブレットのケーブルは、別のノートパソコンに接続されているようだった。

あけみはため息をついて、武流を見つめた。

彼は笑っている。

「さあ、アイーダ。どうしました？　オルセアに答えてあげてください。別に彼女みたいに演技しなくても、いいんです。自然に思うがまま、反応してみてください」

ゲームマスターをしている武流は、ふだんとは違って、ていねいな口調になる。すこし大人びて見えた。

「多少失敗したって、みんなでフォローしますよ。ねえ」

武流のその言葉に、眼鏡の少年がペンタブから目を離して、勢いよくうなずいた。ああ見えても、話は聞いているらしい。

あけみは、思わず本音を漏らした。

「わたし、自信ありません」

「じゃあマスター、アイーダの手を取って……わたしも最初のころは、そうやって震えていたものさ。でも一度修羅場をくぐったら、慣れちまうよ」

どうやらリボンさんは、あけみの一挙一動を、キャラクターであるアイーダの行動と認識することに決めたらしい。

メガネくんも、話しかけてきた。

「自分の力を、せいいっぱい出せばそれでいいんだ。勝負は時の運」

「そして運は、いつもこっちの側にあるわ。ヒューがいる限りね」

オルセアが、含み笑いをする。

眼鏡の少年は、小首をかしげた。照れているのだろうか。

あけみは二、三度まばたきをして、息を大きく吸いこんでから言った。

「わかりました。わたし、がんばってみます」

心のなかに、すこしの勇気がある。この思いを胸に、親切そうなこの人たちと、〝ゲーム〟をやってみよう。

2

そもそもあけみが〝ゲーム〟をやることになったのは、武流からこう誘われたせいだった。

「河野さん。あさっての日曜、あいてる?」

ゴールデンウィークになったばかりの四月二十九日。暖かい風の吹く午後の公園で、ふたりでモスのジューシーなバーガーを、ぱくついていたとき。

うわの空だったあけみは、なんの気なしに、甘くておいしいストロベリー・シェイクをすすりながら「うん」と答えた。

武流が、話し続けている。

「うちでみんなと〝ゲーム〟をやるんだけど、来ない?」

「うん」

「え、来るの?」

「え、ああ、うん……」

言いながら、あけみは急速に現実に引き戻される。

考えごとをしていた。あのいまいましい、数学教師のことだ。しかし今、目の前にいるのは吉備津ではない。

いつも人なつっこい顔をした、黒い詰襟の高校生。佐藤武流という古風な名前だからか、かえって新しいもの好きで、いろいろとあけみを楽しませてくれる。今度もまた、なにかおもしろい趣向を用意しているのだろう。

話をきちんと聞いていなかったおわびに、ニコニコして見せた。

「うん、行くよ。ちゃんと」

武流は、すこし戸惑っている。口もとはうれしそうなのに、目がちょっと意外そうだ。

でも微妙な表情はすぐ消えて、いつもの笑顔。自分と違って順応性が高いのも、武流のいいところ。

「そう。じゃあ、待ち合わせの時間だけど……」

武流は、要領よく段取りを決めていく。あけみが承諾することを、あたかも事前に知っていたかのようだ。

今さらながら、あけみは武流を観察する。この不安と自信とが同居した生きものは、いったい何者なのだろう?

員数あわせのためにかり出された遊園地ツアーで知りあい、もう半年になる。

世間ではふたりのような関係を〝つきあっている〟と言うのだろうが、いまひとつ実感がない。武流とのあいだには、なにもないからだ。男と女が、友達でいてはいけないのだろうか?

あけみには、自分も含めた〝女性というもの〟が、どうにもわずらわしく思える。やたらつるみたがるし、派閥をつくるし、つまらない噂に一喜一憂しすぎる。スキャンダル好きで、他人に対しては関係ないことでも根掘り葉掘り訊きたがるくせに、自分というものが希薄で、なにかと付和雷同しがち。

正直言って、男という独立独歩の生きものといるときのほうが、気が落ち着く。

なかでも、ここにいる武流は極めつきのヘンなやつで、見ていてあきない。

これは、ほめ言葉だ。だいたい物理部とかの部長のくせに、そっちのほうにはロクに顔を出しているようすもない。ほかにも天体観測部と軽音研《ポップス》をかけもっているし、同人誌活動もしている。いったい、どうやって時間を使い分けているのだろう？

「どうしたの、河野さん」

武流が見つめ返す。

「ひょっとして、おれに惚れた？」

紅潮した頬。ちょっと、思いきって言ってみたというかんじ。

苦笑が漏れる。本当に惚れたんだったら、とっくにあんたに抱かれてるわよ。そう軽口をたたきそうになりながらも、直前で心にストップがかかった。

かわりに別のことを訊いてみる。

「タケルくん。共学なのに、どうしてわたしなんかと、つきあってんの？」

武流の動きが止まった。二、三度まばたきをし、ためらったかんじがあり、それから口が開かれた。

「河野さんに、呪文をかけられたから」

胃に、鉛の感触があった。舌がかわき、息がうまくできない。

今のは、武流なりの告白なのだろうか？　恐れと圧迫感が、せりあがってくる。

だとしても自分は武流の期待に応えられない。もしそんな関係になってしまったら、またこうして楽しく話すなんて、できそうもない。

目の前に、あの数学教師の顔が浮かんだ。自分の心を占める存在が、いっそ武流だったら気が楽なのに。なぜ吉備津なんだろう。

武流の言葉が、頭のなかで反響している。

そうなのだ。きっと呪文をかけられたのだ。自分も吉備津に。

「はは、なぁんちゃって」

武流が、突然おどけて笑う。

「ジョーダンよ、ジョーダン。信じた？」

でも、目が心配そうな色を湛えていた。

自分は、よほど深刻な顔をしていたらしい。つとめて明るくふるまおうとする武流を見て、せつなくなった。

「共学といっても、うち進学校だし、なんか知らんけど、女子って男子の三分の一しかいないのよ。それにおれって理系じゃん。さらに絶望的。クラスに女子六人だぜ、六人。しかも、コレって子はだいたい相手決まってるし。河野さんと知りあえて、おれ大ラッキーなわけ。わかる？」

武流が饒舌になっている。本心を隠したいからこそ、言葉をたくさん使わなければならないのだ。

「わたしもタケルくんといると、楽しいよ。ありがとう」

そう言うので、せいいっぱい。せめてふたりでいるときは、武流のことだけを考えよう。

「どういたしまして、レディ」

武流はピエロをマネて、大げさに宮廷風の礼をした。

わたし、タケルくん好きよ。

ほんとうは、そう言いたい。でも言ったら、きっと彼は誤解するだろう。

3

あけみにとって、それから重苦しい二日が過ぎていった。がらにもなくキザなセリフを吐いた武流に対して、さらりと流すことしかできなかった自分。武流の言うように、冗談ということで済ませたかった。

あのとき彼は、すこしばかり自尊心を傷つけられたような顔をして、うつむいた。ちょっとは本気にとってくれてもいいのに、というかんじで。

だって、タケルくん、わたしが本気にしたら、ふたりの仲は終わってしまうのよ。それでもいいの？

武流はそのことに、気づいていない。

いや、気づいているのだろうか？

これまで唇も肉体も求められず、あけみ自身それに満足していたが、武流のほうは本当は耐えていたのかもしれない。友達のままがいいと思っていたのは、自分だけだとしたら……

武流は気づいていたからこそ、あけみに合わせて紳士でいてくれた。しかし我慢しきれなくなって、あんなセリフでごまかした。もしそうなら、自分はなんてむごいことをしているのだろう。

思考がぐるぐると回る。すべてが杞憂であってほしい。気の滅入るままにまかせると、あけみは意識を失ってしまった。

いくたびかの眠りの合間に、つらい目覚めの瞬間がある。起きることを拒否し、夢のなかに逃げる。そのうち金曜が過ぎ、土曜が終わりを告げた。

小鳥の声。窓から射しこむ明かり。残酷な朝の訪れ。断片だけのイメージが胸に残る。ほてった身体は、なにかを記憶していたが、思い出せない甘美な感触だけが残っている。吉備津の顔が浮かんだ。まだこのまま、覚えていない夢のかけらに抱かれていたい。

しかし、実際あけみを抱いていたのは、あけみ自身の両腕である。涙すら出ない。

頭がぼうっとする。微熱があるようだ。武流の家へ行くのがためらわれた。

断りの電話を……かける理由が見当たらない。自分からアクティヴに「行く」と返してしまったのに。まさか「あなたを嫌いになったから」とは言えない。なぜって、自分が武流を好きなのは、まぎれもない事実だから。

武流の前では、自分が異性だということを意識しないでいられた。月に一度の日が来ても、彼になら何気なく話すことができた。武流もそれを、日常会話として聞いてくれた。そんな武流がいなくなったら、自分は正気ではいられない。

あけみはバスを降りて歩きながら、大事なものを失う恐怖に、うち震えていた。

教えられた道順どおりに陽だまりの坂をあがっていくと『佐藤』の表札が見える。二階建ての、白と褐色の一軒家。開け放たれた門からなかを覗くと、玄関わきに見慣れたメタリックの自転車が置いてあった。

九時四十四分。刻限より十五分も早い。足がすくんだ。ゆっくりと戸口まで進み、意味もなくドアや呼び鈴《インタホン》のあたりを見つめる。

いくつかのイメージが渦巻いた。

このままUターンして帰ってしまう。

呼び鈴を押して家の人に来意を告げる。

いきなりドアを開けて武流の名を呼ぶ。

どの選択肢にも、恐れがつきまとった。

何分くらい、そこでそうしていただろうか。不意に人の気配と物音がして、目の前のドアが開かれた。あけみは、二、三歩あとじさる。紺碧の海をモチーフにした暖簾《のれん》が揺れ、だれかが現れた。

「あら」

ふかふかの目も醒めるような緑の外套の女性。オレンジのヘアマニキュアがほどこされたおかっぱ《ボブ》が、ふわあっときれいに拡がる。クリーム色のスーツの下からは、すらりと黒のストッキングが伸び、アイボリーのパンプスへと続く。肩からは、ひどく大きな平たい四角の黒カバン。

そんな色彩がよく似合う、目鼻だちがくっきりした顔。化粧のためか、年齢がよくわからない。目尻がさがり、やわらかな笑みがもれた。

「ずいぶん早いわね。初めまして。あなたが、あけみさんね。武流からよく話を聞いてるわ。これからも武流のこと、よろしくね」

握手を求められた。暖かい微笑。わけもなく悲しくなる。

あけみは無理に笑みを浮かべて、よろしくとかなんとか言おうとした。うまく言葉にならず、握手を返しながら腰を深くかがめる。

彼女はそれから、二階に向かって声をかけた。

「じゃ、行ってくるから。あと、お願いね」

「あー、わかったよ、かあさん」

武流の声だ。窓は開いているが、顔は見えない。

「若い子がいるからって、悪さするんじゃないわよ」

「……っさいな。いいから早く行けよ。仕事に遅れてもいいのかよ」

「はいはい」

彼女はあけみにウインクすると、小さく「じゃね」と言って、足早に去っていく。

取り残されたあけみは、しばし呆然としていた。気がつくと、嘘のように恐怖感が消えている。

武流の母親に、暖かいものを感じた。初めての場所におもむく自分の心を、彼女はこんなわずかな時間で、ときほぐしてくれた。安心感が、空虚だった胸のうちを、ゆっくり満たしていく。

あけみは心を決め、新たなる可能性へと導いてくれる、入口の扉をくぐった。

〝ゲーム〟が始まる、おおよそ二時間前のことである。

4

一行《パーティ》は塚へと突入した。

先頭のヒューと、しんがりのオルセアに守られるかたちで、アイーダは隧道《トンネル》を進んだ。手には松明と、混銀鋼《シルヴァード》の広刃剣《ブロードソード》。魔物に効きめのある素材で、火急の際にはヒューに手渡すことになっている。

ヒューは戦士だというのに、武器も構えず両手をあけている。なぜそうしているかは、すぐに判明した。

通路は大きなアーチで終わり、その先は広間。アーチには、次のような矛盾した警句があった。

『王の眠りを妨げる者、永劫《えいごう》の呪いに祝福されよ』

ヒューは気にしたふうもなく進んでいく。

「お友達よ」

オルセアの声に、ヒューはうなずいた。

「アイーダ、さがってろ」

彼は両手を交差させて胸の前に当て、瞑目して待った。

「しっかり敵を照らすのよ」

オルセアの声に、自分の役目を思い出させられた。確かにアイーダが松明をどうにかしてしまったら、致命的なことになる。右手をできるだけ前に伸ばして、ヒューの視覚を最大限に生かせるようにする。

暗がりのなかから、五体の亜人《ヒューマノイド》が姿を現した。大きな目がギョロリとこちらを向き、ぶよぶよした暗緑色のカエルの頭部を晒《さら》けだしている。クワッと口を開けると、人間の頭部など丸飲みにできそうだ。

オルセアが呪文を叫ぶ。

「偉大なる異貌の神サグナの蒼き経絡にかけて……」

左腕に彫られた刺青が、青白く光って浮かびあがる。

そのすきにカエル人間は間合いを詰め、ヒューを取り囲むかたちで、錆びた剣を大きく振りかぶった。

あぶない！　そう思ったとき……

「わが友ヒューに促捷《そくしょう》の加護を！」

《疾風迅雷》の呪文が、ヒューを優しく包みこむ。

ヒューはカッと目を見開き、三本ずつのダーツを両手の指のまたにはさんで、抜き取った。

「ひゅう」

自分の名なのか、空気のうなりなのか。無敵戦士が、歌うようにつぶやいた。

次の瞬間、一陣の風のように、一番左の敵に突き刺さる六本のダーツ。額から鼠蹊部《そけいぶ》まで、身体の中心線を確実に貫き、神経叢《チャクラ》を破壊しつくす。カエルは蝋人形のように目を見開いたまま、絶命した。

ヒューの手はそのまま右肩に伸び、大剣《クレイモア》の柄をつかんだかと思うと、一気に斜めに振りおろす。ヒューを囲んでいた三体が、それぞれ首、胸、腰を両断されて、地に倒れ伏した。

この間《かん》わずか二秒。敵は反応すらできない。

残る一体にサメのような笑みを浮かべるヒュー。

オルセアは念のために《治療》の呪文の準備を始めた。今度は右の手のひらが輝きだす。

敵は恐慌をきたすというよりは、目の前で起きている事件の意味を、理解できていないようだった。立ちつくし、自分の仲間の死体と、無敵戦士とを眺めている。

「うりゃあ」

それは蹴倒され、次の刹那《せつな》には剣の切っ先によって、のどの奥を貫かれていた。最期に味わうことになったのは、鋼とみずからの血の味であった。

ヒューとオルセアは、互いに笑みと目配せを交わしあう。オルセアは手をおろし、呪文を中断した。右手の光が薄れていく。

ヒューは血のりを払って剣を背にもどす。

手慣れた一連の動作。

思わずもれる感想。

「すごい……」

「すごい、じゃないでしょ。あんたも、なんかやんなさい」

軽くオルセアにこづかれ、ちょっとコケそうになる。

主道はまっすぐ奥へと延びていたが、左右にいくつかの脇道があった。分岐先の小部屋には、副葬品や殉死者の遺骸があり、それらを探索しながら徐々に核心に迫っていく。

今回の冒険の目的は、最奥部の玄室にあった。埋葬されている王の伝説を、確かめる必要があるのだ。王は、オルセアと同じくサグナ神の熱心な信奉者だったが、宿敵ともいえる魔神ガラフニリクと相討ちになり、共にこの塚に封じられたという。すでに三百年以上前の話だ。

オルセアは、ことの真相を確かめ、可能ならばそのとき王が使ったという魔剣と、術具を持ち帰る任務を帯びていた。場合によっては、魔神その人と渡りあわなければならない。ヒューとアイーダが徴用されたのには、そうしたわけがあった。

途中で遭遇した眠れぬ死者《アンデッド》は、ヒューとオルセアの絶妙のコンビネーションによって、壊滅の憂き目を見た。
アイーダもおよばずながら、弩弓《クロスボウ》で支援をした。

あけみはそのあいだ、自分のキャラクターの持っている情報を、把握しようとしていた。

武流は鈍色のノートパソコンに、いくつかのモニターを連結《リンク》させている。ゲームの主要な情報は、ワイドスクリーンの画面を二分割させて表示しているため、だれでも見ることができた。通常は右にさまざまな情報が、左に塚の地図《ダンジョン・マップ》が映し出されている。

マップは状況に応じて平面図《2D》にも俯瞰図《3D》にもなり、地図上のポイントで新たな事件が起きると、ハードディスクに組みこまれたミュージック・ライブラリから、前もって選曲してある音楽が流れるようになっていて、場の雰囲気を盛りあげてくれる。

各プレイヤーの前にあるパッドは、当然タッチパネル式になっている。プレイヤーはこれらを使って、好きなときに武流のホスト・コンピュータにアクセスできるが、パーティ全体の行動は、全員が同じ行動を選んだときにのみ、選択可能だ。

あけみはさっきから、アイーダのデータを参照していた。自分の画面上にある呪文名のところを指先で弾くと、その場に新しい表示欄《ウィンドウ》が現れ、呪文について詳しい効果の解説が表示される。これを、すべての呪文について繰り返す。

最初は手間に思えたが、やってみるとつい夢中になってしまう。まるで次から次へと新しいおもちゃ箱をあけ、中身を確かめている気がした。

あけみはそうやって、さまざまな魔神の名やその能力、召喚・呪縛・撃退の方法を学んだ。保護円に内接する五芒星《ペンタグランマ》や、呪縛のための三角形、悪魔たちの印章《シジル》など、絵　的《グラフィカル》なデータもたくさんあって、飽きなかった。

全てを統括する武流のパソコンは、みんなと同じ卓に置かれているのだが、角度の関係でプレイヤーからは画面が見えない。むろんこれは、プレイヤーが知ってはいけない、ゲームマスター専用の極秘情報が表示されている……らしい。

「はい、アイーダ。こんなかんじで、どうかな?」

いきなりメガネくんに、声をかけられた。左の人差し指で眼鏡のブリッジを押さえ、右手のタッチペンで、無造作にタブレットをクリックした。

あけみのスクリーン上に、モノクロ線画で描かれた、清楚ですこし不安げな少女が出現した。目はパッチリで、頬はふっくらとしている。口は大きく、包容力があって魅力的。あけみ自身を、大幅に美化《コミカライズ》したかんじだ。

ゆったりとした法衣には、悪魔を撃退するためのさまざまな呪文や文様《シジル》が刻印されている。腰には六芒星《ヘクサグランマ》を織りこんだ太い褐色の帯、額には聖文字によって守られた法冠《ミトラ》、左脇には銀の広刃剣《ブロードソード》があった。

今まであんなに一生懸命描いているのはなにかと思っていたが、アイーダのスケッチをしていたわけだ。

あけみは思わず嘆息をもらした。

「すごぉい、イメージどおり」

……というか、今まであけみの頭のなかにぼんやりとした感じしかなかったものが、彼のイラストによって確定した。

気をよくしたメガネくんは、再びササッとペンを走らせた。線画にいくつか薄い補助線が加わり、画面にパレットみたいなものが呼び出される。そしてアニメのセル画の要領で、次々と彩色がなされていく。

「瞳の色は？」

その質問に、あけみはいくぶん悩んだ。

「あー、えーと……すみれ色」

気がつくと、そう言っていた。吉備津のオーラの色が、頭の中に残っていたのかもしれない。

メガネくんはヒューという口笛を吹き、わりと明るめの紫をすぐさま探し出して、アイーダの目に挿しこむ。

画竜点睛《がりょうてんせい》。

アイーダが、あけみを見ていた。くすくす笑っている気がした。

あけみの頭のなかで、アイーダが躍動した。ステップを踏んで、ダンスを踊った。今やアイーダが、生命を持って動きだしたのだ。

5

アイーダの目の前には、最終目的地があった。そこは厳粛な雰囲気でつつまれていた。

大きく円を描く玄室の壁は、ほかの部屋のように石や土塊《つちくれ》がむき出しではなかった。赤い絹の垂れ布《ドレープ》が、ぐるりを囲んでいる。

中央には、十二人が着席できる円卓のような石壇がしつらえられ、その上では黄金色の板金帽子《プレイトメイル》が、あぐらを組んで座っていた。指は奇妙な印を組んだまま、凍りついている。

すべてが、うっすらとしたホコリに覆われ、歳月に侵《おか》されていた。

「いやーな雰囲気だね」

言いながら、オルセアは背負っていた大きな丸盾《ラウンドシールド》を、ヒューに手渡した。ヒューは籠手盾《バックラー》をはずし、丸盾を左腕にセット。無言でアイーダに右手を伸ばしてくる。

「え、あ……はい」

アイーダは気がついて、銀の広刃剣《ブロードソード》を手渡した。これを使う機会があるとすれば、確かに今しかないだろう。

ヒューは、アイーダの剣を二、三度素振りしたあと、慎重に部屋のなかへ足を踏みいれていく。なにかの反応を期待しながら。

長い年月のあいだに降り積もったホコリに、ヒューの足跡が刻まれていく。

オルセアは入口に陣どり、この部屋への侵入者が他にいないか、見張っている。

さっきからアイーダの第六感に、なにかがひっかかっていた。部屋の構造といい、派手な色彩といい、記憶の奥底にあるなにかを思い出させた。しかし、肝心のそれがなんなのか、わからない。

とりあえず、黄金の甲冑に神経を集中することにした。

鎧がただのこけおどしではない証拠に、激しい戦闘をしのばせる傷のまわりで、錆びついた鋼鉄《はがね》の地金が露出していた。王者であり、武人であった存在にふさわしい、いでたち。

つなぎ部分《ジョイント》や鋲《リベット》は、つや消しの黒。王冠を兼ねた兜には、大鴉《おおがらす》の羽根飾りがある。赤銅色の面《フェイスプレイト》あては、目と口の部分だけが覆われておらず、虚空にぽっかりとした空洞をさらけ出していた。その奥に王の髑髏《どくろ》があるのかどうかさえ、さだかではない。

「剣がある」

ヒューの声。

アイーダは振り向く。豪奢な剣が、柄を上にして、床に突き刺さっていた。

オルセアが指示する。

「剣に触らないように近づいて、観察して。アイーダは、鎧のほうを頼むわ」

ヒューは、うなずきながら、剣を遠巻きにしつつも、ゆっくりと近づく。

「広刃剣《ブロードソード》。柄には、金剛石《ダイヤモンド》の象眼。刃こぼれあり……」

逐一、報告をしてくる。

アイーダは視線を甲冑に戻す。ふと、胸当て《ブレストプレイト》が目にとまった。首から下にかけて、よだれかけ《エプロン》のようなかたちで茶色く変色している。

目が、吸いつけられた。

のどもとを見たとき、すべてがわかった。その染みは、唾液などではなかった。短剣の握りが、首から生えていたのだ。

「自刃してる……」

「え、なに？」

思わず訊いてくるオルセアに、答える。

「短剣が、のどに刺さってるの」

ほぼ同時に、ヒューも言った。

「おい、こりゃアイーダのと同じ剣だ。刀身が銀でできてる」

アイーダの頭のなかで、なにかが炸裂した。銀の剣。その剣から甲冑までの距離。円のなかで自刃した王。

すばやく、円壇のホコリを手で拭う。そこには期待に違わず、円いっぱいに刻みつけられた図形の断片が現れた。五芒星形。悪魔に対する保護円。

瞬時に、アイーダはすべてを理解した。

ここは魔神召喚の際に用いられる聖堂だ。そして王は召喚を失敗したために、自殺したのだ。魔神に身体を乗っ取られないために！

だとしたら特定の位置に、魔神を呪縛するための三角形があるはず。まさか……

「ヒュー、危ない。さがって！」

無敵戦士は、一歩戻る。そしてよろめく。

「おおおおぉ！」

頭をかかえて、呻きだした。

アイーダは、今ヒューが踏んだばかりの足跡を見た。そこには、一本の線がよぎっていた。呪縛の三角形の一辺。

「おおおおぉ……」

ヒューが振り向いた。

「おれを、おれを殺せ！」

目に燐光が宿っている。三角形に封印されていた悪魔に、憑依《ひゅうい》されたのだ。

「殺せ殺せ殺せ！」

言いながら、剣を振りかぶる。腕の筋肉が最大限に膨れあがり、脈打つ血管が青く皮膚を這った。目が……眼球が完全に裏返っており、黒目がなくなっていた。

アイーダは、動けなかった。恐怖が心臓をつかみ、思考が停止した。悪鬼のようなヒューの形相に心を奪われ、見ているだけの存在と化した。

「どきな！」

脇腹に、肋骨も折れんばかりの衝撃。アイーダは倒れ伏した。

ギャイーン！

背筋も凍る、金属と金属が噛みあう音。

オルセアが、斧槍《ハルバード》でヒューの剣を受けていた。

「アイーダ、殺しな！」

「殺せ！」

ふたりが、口々に叫んだ。

アイーダは、ふらふらと立ちあがる。血の味がする。口の中を切ったらしい。

目の前に、地に突き刺さった剣が見えた。それに手を伸ばし……

「うりゃあぁ！」

ヒューが、左肩の盾に全体重をかけて、サグナの神官戦士に突っこんだ。

「がっ」

彼女は、中央の円壇に叩きつけられる。上半身が、後方にしなった。流れた斧槍《ハルバード》がぶつかり、黄金の甲冑を引き倒す。どしゃっ、という音とともに兜が転がり、地に落ちた。

アイーダは銀の剣を握りながら、ためらっていた。いくら悪魔に憑《つ》かれたからといって、仲間を殺すなんて……

非情の剣が、ふたたびオルセアを襲う。

ギギッ。

すんでのところ、彼女は武器の棹《さお》の部分で受けた。そのまま鍔《つば》競りあいになる。

「アイーダ、早く。あたいが受けてられるうちに」

オルセアの顔面に汗。唇を噛みしめ、もはや一分《いちぶ》の余裕もない。

口から泡を吐いたヒューは、熊もかくやという力で押す。

押す。

押す。

オルセアは、ほとんど円壇に寝かされるかたちになった。

アイーダは立ちあがった。覚悟を決め、剣を構えて、ヒューの背中めがけて飛びかかる。

「アイーダ！」

オルセアの声に、ヒューが振り向いた。盾を前面にかまえている。

だめだ。

そう思ったとき、オルセアの斧槍《ハルバード》が盾をうち払った。

ズンッ！

腕に、鈍い感触があった。

ヒューの動きが止まった。

手のなかの剣が、深々とヒューの胸に突き刺さっていた。

次の瞬間、彼はアイーダに抱きつく感じで倒れかかる。全体重が、のしかかってきた。

「あああああっ」

こらえきれずに、不自然に倒れてしまう。足の筋が変によじれ、ビシリという衝撃が走った。重みと痛みと恐怖と混乱とで、気が変になりそうだ。

そのとき、なにかが伝わってきた。

じわり。

侵食感が、アイーダの両腕を蝕んだ。からみつく感触が、そのまま胸やのどにまで迫る。

叫んだ……けれど声にならない。

しびれが、徐々に拡がっていく。感覚が喪失する。すでに自分の腕の存在がわからない。耳鳴りがし、世界が暗くなった。

どこかから、かん高い笑い声が聞こえた。

「手に入れたぞ。ついに手に入れたぞ、召喚師の肉体を！」

その声は、自分ののどから出ていた。

そしてアイーダは見た。みずからの肉体が、白銀の鎧に身をつつんだ魔女に変化《へんげ》するのを。

6

もはや動かないヒューをはねのけて、アイーダの身体が勝手に起きあがった。大きく息を吸いこみ、哄笑する。体内に侵略した悪魔の、昏《くら》い喜びに満ちた笑い。

アイーダの意識は、隅に追いやられた。もはや自分の肉体という感触はない。

アイーダの身体を借りて、悪霊がしゃべっている。久しぶりに得た実体を存分に楽しむように、大げさなゼスチャーとともに。

「三百年前に手に入らなかったものが、よもやこんなかたちで得られることになろうとは」

倦怠……沈鬱……疲労。それらがアイーダの意識を腐食していく。意味のある思考をするのに、通常の何倍もの時間と意志力を要とした。

「これであたしは、自由にほかの魔物を呼び、支配できる。もはや二度と離すまい、この器《うつわ》を」

同じことが頭のなかでグルグルと巡り、なかなか次へ進めない。集中力が、いちじるしく低下していた。こんななかで、この魔物を撃退する呪文をつむぎだすのは、難解なパズルか迷路を解くようなものだ。

手負いのオルセアが胸を押さえ、斧槍《ハルバード》に体重をあずけながら、立ちあがった。

「おまえは、何者だ。われらが宿敵ガラフニリク……ではないな」

魔物は、バカにしたようにオルセアを見た。ヒューの亡骸《なきがら》に近づき、剣と盾を奪いながら、夢見るようにつぶやく。

「わが名はメイルドメイデン」

サグナの神官戦士は、足を肩幅より広く開き、息を整えて、両手で武器をかまえた。

「そりゃ単に《甲冑の乙女》って意味だろ。真の名を明かさぬ気か。目的はなんだ？」

《甲冑の乙女《メイルドメイデン》》は、剣の舞いでも踊るように、軽やかに跳ねた。

「さあて、ひさしぶりの現世だ。まずは好きに遊ばせてもらおうか」

そしてそよ風のような素早さで、オルセアに突きをくらわせた。

神官戦士は身をくねらせ、悪魔の一撃を柄で受け流したかと思うと、先端の斧を叩きつける。

《甲冑の乙女》は、慌てずしゃがみながら、頭上に持ちあげた盾で受け、反撃に転ずる。

二合三合、ふたりの女戦士は微妙に間合いを取りながら、打ちあった。

アイーダはぼんやりとその剣戟《けんげき》を見ながら、いくたびかの無駄な苦闘のすえに、完全な呪文を唱えることをあきらめた。それよりも呪文を構成している単語を探し出し、見つけしだい、とにかくありったけの想いをこめて発声しよう。ぶつ切りにしても言霊《ことだま》はあるていどの呪力を秘めているはずだ。

バキャ！

《甲冑の乙女》が舌打ちする。銀の剣が斧槍《ハルバード》とぶつかって、破片と化したのだ。

オルセアは、ここぞとばかりに突き刺す。《甲冑の乙女》

は、それを盾でまともに受けた。

ガイィーン！

ハルバードの槍の部分が、がっちりと盾に貫通していた。《甲冑の乙女》はニヤリと笑い、盾を放り出す。

オルセアも観念して、斧槍《ハルバード》を床に捨てた。盾がついたままでは先端が重く、バランスが悪すぎて使いものにならない。呪文詠唱の準備に入る。

悪魔はヒューの側へ転がりこみ、彼の胸に刺さったもう一本の剣を引き抜いた。血潮が刀身から糸を引いた。

「年貢の納めどきだな、サグナの神官戦士」

《甲冑の乙女》は、大きく振りかぶった。

そのときアイーダは、あり得ないものを見た。床に崩れ落ちていたヒューが、目を見開いて、立ちあがったのだ。

金縛りが解けたように、アイーダの心に灯がともった。のどの感触が戻っていた。胸にある言葉を、一気に吐き出す。

「天なる真の光の名において……」

悪魔の動きが、一瞬止まる。

「うおおおおっ」

背後から無敵戦士が襲いかかり、《甲冑の乙女》を羽交い絞めにした。

アイーダは続けた。

「戦《いくさ》の精霊《甲冑の乙女》よ……」

「やめろ」

悪魔が抵抗する。

ヒューは彼女（すなわちアイーダの身体）をがっちり抑えこんでしまい、テコでも離さない。ふたりは一丸となって、床を転がりまわる。

そしてアイーダと悪魔は、たがいに声帯を奪いあった。

「汝を奈落の牢獄に繋ぎとめん……」

「あんなところは、もういやだ」

「天軍と聖文字の力によりて汝を封じん……」

「いっそ、殺せ！」

「永久《とわ》に時の果つるときまで」

「いやだ、いやだ、いやだ、いやだ」

最後のほうのわめき声は、小さくてほとんど聞き取れなくなった。

急速に、感覚が戻ってくる。鼻の奥に血のにおい。腕に打撲の痛み。胸に宿る息苦しさ。それでも、泣きたいほどありがたかった。

悪魔は去った。しかも自分は生きている。

ヒューの腕から力が抜け、アイーダの背中に押しつけられた逞《たくま》しい肉体が離れていく。

オルセアが、笑いながら手を差し出してきた。

「どうやら、やったようだね」

その手をとって、身を起こす。

「はい」

そう言うのが、せいいっぱいだった。

7

それからまもなく。佐藤武流《ゲームマスター》が今回の冒険の終了を宣言した。

「やったー!」

部屋じゅうに、歓声が響いた。時間は、夕刻。西の空では、雲が真っ赤に焦げている。

あけみは椅子にもたれかかり、心地よい疲労感に身をまかせていた。

こんな体験なんか、したことがなかった。泣いたし笑ったし怒ったし、こんなに〝生きた〟と感じたことはなかった。プレイヤー・キャラクター同士で戦闘になったときは、もう終わりかとも思った。しかしみんなの協力で、なんとか乗りきることができたのだ。

実際にはあけみは、ただ何時間も椅子に座っていたにすぎない。なのに、この充実感はなんだろう。これが〝ゲーム〟なのだろうか。それにしても、メンバーが素晴らしかったのではないだろうか。

メガネくんは顔を紅潮させ、うれしそうに目を丸くした。

「ふう……危なかった。これまでになく、緊張させられたよ」

彼にしては、最大級のほめ言葉なのかもしれない。

「おもしろかったわ、佐藤くん」

リボンさんが、いきなり馴れ馴れしく武流の首に腕をまわした。

あけみのなかで、なにかがうずいた。

「うん、うん……じゃあ、今回の経験によるキャラの成長を済ましておこう」

武流はどこか、うわの空だった。照れているようには見えない。どちらかといえば、困惑しているといったかんじだ。どうしたのだろう？〝ゲーム〟を始めたころと、印象が違う。

ふと、武流と目が合う。探るような視線。どぎまぎする。

「そういえば、河野さんはどうだった？」

武流の言葉。でも視線は、みんなに向けられていた。

リボンさんが、今度はあけみのところに来る。熱のこもった、まっすぐなまなざし。

「初心者なんでしょ。初めてにしては、すんごいうまかった。びっくりしちゃった」

あっけにとられているまに、手を握られてしまった。恥ずかしげのないスキンシップ。あけみには、とうていできないワザだ。

あけみは、うつむいた。

「無我夢中で……」

メガネくんが、うなずきながら言う。

「うちのセッションはどうだった？　ずいぶんいろんなとこで〝ゲーム〟やったけど、話《ストーリーテリング》のうまさといい、CAM《キャム》使いこなしてる点といい、タケルは間違いなく、トップクラスのゲームマスターだよ」

「きゃむ……ですか？」

あけみの問いに、彼は目を輝かせる。

「コンピュータ支援《アシステッド》マスタリングの略。うちのは標準的なマルチ・ウィンドゥOS《オーエス》をベースにしたシステムで、独自のインタフェイスを使って、ハイパーテキスト、表計算、データベース、MIDI《ミディ》、4D展開ツール、通信／制御プロトコルなんかの機能《リソース》を統合してある。タケルのコンセプトに応じて、ボクがシステム構築したんだ」

リボンさんが『お手あげ、ちんぷんかんぷん』というゼスチャーをして言った。

「オ・タ・ク」

「なんだ、ひどいなぁ……」

めんどくさいことになりそうな雰囲気。あけみは、こういうのが苦手だ。なにかいい方法はないかと思い……尋ねてみた。

「そういえばヒューさんは、どうして無事だったんですか？」

メガネくんは、さっきのことなどすっかり忘れたという顔で答える。

「だって無敵戦士なんだよ」

あたりまえ、という表情。

あけみの頭のなかで、たくさんのクエスチョン・マークが蝶となって乱舞した。

一瞬の間。

リボンさんが、笑いながらフォローしてくれる。

「ヒューの心臓は、彼の身体のなかにないのよ。昔の冒険で、〝古《いにしえ》の鉤爪の神〟に奪われ、異世界にあるの。それが無事であるあいだ、彼は死ねないの。頭でもつぶされない限りね。一種の呪いなのよ」

「それって……」

イメージが胸を締めつけた。

「すごく、悲しい」

メガネくんが、トレードマークの眼鏡を押しあげた。

「ふつうは『ずるーい』とか、言われるんだけど」

武流が、視線をこっちに向けずに、資料を片づけながら言った。

「河野さんは、ゲームずれしてないぶん、素直な感想が言えるんだよ」

「ふうん、そういうもんかね……」

そう言いながら、メガネくんは頭をかいた。

「しかし魔物が胸から剣を抜いてくれて助かったよ。銀の剣で不死身の魔力を抑制されてたから、あのままじゃ立ち上がれないところだった」

「まあヒューにとっては、そのぐらいの幸運は日常茶飯事だろ」

武流がそう返すと、リボンさんが提案する。

「ねえねえ、ちゃんと自己紹介してなかったじゃない。いつまでもキャラの名前で呼びあっててもしかたないんだし、せっかくだから連絡先を教えあいましょうよ」

うりざね顔が笑いかけてきた。目が細くなって、なくなってしまいそう。

「わたし、浅倉《あさくら》やよい」

言いながら取り出されたローズピンクの携帯電話は、中央が細くなったスタイリッシュなデザインだった。見たこともないような、南洋の青と白の花のチャームのストラップが、アクセントになっている。

「稲垣《いながき》です！」

これはメガネくん。画面が大きな機種で、おそらくiPhoneとかいうものだろう。

「って、稲垣。おまえまた、ケータイ変えたのかよ」

噛みつく武流に対し、稲垣は人差し指をピンと立て、それをクイッと横に倒した。

「大丈夫。番号自体は、変わってない」

そこに、やよいが割って入った。

「どうしてシルバーなの？」

「ああ、そういえば……」

やよいと武流が不思議そうな顔をしているのが、あけみには全く理解できない。

「iPhoneって、ホワイトしかなかったんじゃない？」

やよいが、目を輝かせながら詰め寄った。

稲垣は上体をそらし、ちょっと困った目で、返事をする。

「そ、それは、一般には出回っていない限定版というか……」

「それを、どうして稲垣くんが？」

「海外のオークション・サイトに転がってたのを、たまたま見つけて……」

「たまたま、ねえ」

やよいは、その説明に納得していないようだった。

「というか、まだひとり、自己紹介が済んでない人がいるんだけど？」

武流は、たしなめるように声をかけた。

「あ、ごめんなさい。わたしったら……ねえ、稲垣くん」

なぜかやよいは、はにかんだように笑うと、パシリと稲垣の肩を叩いた。

「え？　ええ？？？」

武流はとりあわず、その気遣わしげな目で、あけみに合図した。「あ……え、あ、ああ、河野《かわの》あけみです。よろしく、お願いします」

そんな感じであけみも簡単に自己紹介を済ませて、みんなの連絡先をメモしようと、バッグからスケジュール帳を取り出した。お気に入りのスカイブルーで、簡単に開かないように、ベルトで留めるようになっている。

「え？　もしかして河野さん、ケータイ持ってない……とか？」

稲垣の指が、iPhoneのタッチパネル上で止まった。

「あ、はい……」

あけみとしては、今まで、その必要性を感じたことがなかった。

「今時そんな時代遅れは、てっきり佐藤くんだけだと、思ってたんだけどなぁ」

やよいが意味深な視線を武流に送った。武流はひとつ咳払いをしたきり、何も言わなかった。

8

男ふたりにバス停まで送られながら、あけみとやよいは帰路についた。

稲垣は、武流とゲームやらコンピュータやらの話があるとかで、今日は泊まっていくらしい。どうせ連休なのだし、あけみとしては「じゃあ、わたしも」と乗ってしまいたいところだが、やよいの手前もあって、そうはいかなかった。

武流が、なにか言いたげな目をしている。しかし、口から出た言葉は「じゃ、またな」だけだった。最後まで、彼の不機嫌は直らなかった。

バスの座席に着きながら、気がふさいでいく。両腕で、デイパックをかかえこんだ。

やよいが隣に腰かけ、リボンとおそろいのハンドバッグを、膝の上に置いた。

「あけみさん、食べる？」

やよいは赤いハンドバッグを開け、銀と緑のきれいな缶を取り出す。開くと、なかにはさまざまな色のキャンディがひしめいていた。

「ありがとう。いただきます」

あけみは、薄黄の檸檬《レモン》をつまむ。

やよいはコーヒーをほおばった。頬のいろんなところが出たりひっこんだりしたので、キャンディを舌であちこち転がしているのがわかる。その味を存分に満喫しようというのだろう。

やよいはあけみより、すらっとしていて背も高い。一六五センチくらいだろうか。背筋をぴしっと伸ばして座り、前かがみのあけみに、上からの視線を投げかけていた。

細い二重まぶたの下に泣きぼくろ。上品で小さな唇。ほんのり桜色がかったルージュ。鼻すじが、すうっと通っている。その容姿をひきたてるように、じつによく薄化粧がなされている。佳人という表現がぴったりくる、古風なかんじの女性。あけみにはとても身につけられそうにない、やんごとなき雰囲気を漂わせていた。

彼女はキャンディの缶をしまいながら、いかにも楽しげに言う。

「うふふ。ねえ、あけみさんて部活なにかなさってるの？」

甘ずっぱい味が、あけみの頬の奥をきゅっと痛めつける。

苦手なタイプの質問。

もしかしたら苦手なタイプの女性かもしれない。やよいがオルセアとはまったく違う性格だったとしたら……その考えに、憂鬱が増していく。

「いえ……帰宅部です」

押し殺すような声になった。

部活動をどうするかは個人の自由なのに、入っていないと申しわけなく思えるようにしくまれた質問。あけみの劣等感《コンプレックス》が、うずきだした。

やよいは『とても意外だわ。でもわたしには関係ないのよ』といった顔をつくる。

「あら、わたし演劇部なのよ」

あけみのなかで育っていた疑問点が、氷解した。やよいには、優位者としての仮面が貼りついている。もしかしたら彼女は、自分の人生さえ、主役を演じる劇のつもりでいるのかもしれない。

彼女のようなタイプとは、無意味にコトをかまえたくなかった。あけみは、せいいっぱいの譲歩をする。

「ああ、それで。すごく板についていましたよね」

「ありがとう」

『当然ね』というニュアンス。自尊心が、ワンピースを着て座っている。

やよいとあけみのあいだに、とてつもない意識の断裂があった。とにかく、どちらかがバスを降りるまでは、話をあわせなくてはならない。あけみは話題を探した。

「演劇やってらっしゃるのと〝ゲーム〟してるのは、なにか関係あるんですか？」

「そうね。劇って台本があって、あるていど話がきまってるじゃない。でも〝ゲーム〟なら前もって筋を知らされてないし、アドリブで自由に伸び伸びやれる。いつだって主役になれるし……」

最後の一言が一番大きい理由に思われた。

演じるというのは、どういうことなのだろう。あけみはアイーダをやってみて、役に没入する感覚を味わった。いつのまにか、キャラクターになってしまったというか……アイーダが向こうからやってきて、自分のなかに降りたという気がしていた。

しかしやよいの場合、演ずるのは自己表現の延長のように思える。あくまでも自分が主体で、まるで服でも着替えるように、役を装うのではないか。そういえばサグナの神官戦士は、呪文のこもった刺青を、まるで衣類のように着こなしていた。

あけみは口にしてみる。

「あの、普段だったら着れないような服、ほらオルセアさんの着てたようなのだって、着れますものね」

「そう？　舞台の上だったら。わたし着れるわ。そういう役だったらね。必要だったら、裸だって濡れ場だって平気よ」

やよいは、目をまっすぐあけみに向けた。『あなたにできて？』と、問いかけているように思えた。

あけみは言葉を失って、目を二、三度しばたたかせる。

やよいは、ある意味ではオルセアと同じだった。その場を仕切り、主導権を握らなければ気がすまないところが。

彼女は口もとをゆるめた。

「〝ゲーム〟をやってる、あとひとつの理由なんだけどね……」

「はい？」

「わたし、佐藤くんの影響があると思うの」

この人は、なにを話したいんだろう。

やよいは淡々と続ける。

「あけみさん。あなたも、そうなんでしょ？」

その言葉には、あいかわらず自信があふれていた。

「ええ、まあ」

だんだん、気も口も重くなってくる。

「わたし、一年のときからクラスも一緒だし……あけみさん、あなた佐藤くんと知りあって、どのくらいになるの？」

「半年です……」

「そう。わたしと稲垣くん……ああ、ヒューやってた子だけど、佐藤くんと同じで一応物理部にも入っているのよ。といっても、ほとんどコンピュータいじったり、ゲームしたりばっかりだけど」

勝ち誇った顔。顔全体の表情が、微妙に変化した。化けの皮が、一枚剥げたといったかんじだ。仮面の向こうから、やよいの生《なま》の感情が見えた気がした。どろどろの内面が。

武流のことなのだ。彼女は結局、武流のことで、なにか言いたいのだ。

そう思った矢先、やよいは関係ないけどというふうに、話題を変える。

「あけみさん。あの憑かれてたときの演技、鬼気せまってたわね」

「ええ、はあ……」

話の展開に、ついていくのがやっとだ。

「そうですね。なにがなんだか無我夢中で……」

「そう。見事だったわ。とても、しろうととは思えないくらい。まるで映画の『エクソシスト』を見ているようだったわ」

胃がキリキリしはじめる。

やよいは身を乗り出し、あけみの耳もとにささやいた。

「あなた、本当にオカしいんじゃないの？」

世界が暗転し、あけみは凍りついた。身体が、いうことをきかなかった。耳にしたことが、信じられない。人間の口から、こんなセリフが発せられるとは、これまで思ってもみなかった。内側から、とてつもなく激しい感情が湧きあがり、理性を消し飛ばしそうになる。心か身体が、爆発しそうだ。

やよいは値踏みするように、あけみを見る。そして満足げにハンドバッグをとり、すっと席を立った。

「そんな捨てられた犬みたいな目なんかして。佐藤くんに悪影響があるといけないわね。彼のこと好きなんだったら、すこしは考えたらどうかしら。ご忠告まで。じゃあ、またね。あけみさん」

彼女は、あくまでもしとやかに《エレガント》、高貴に《ノーブル》、すまし顔でバスを降りた。赤いリボンが、楚々として揺れた。

あけみは、反応するきっかけを失った。

取り残される。

現実が、ガラガラと音をたてて崩壊していく。バスは静かに出発するが、あけみの心だけは、どこかに置き去られてしまったようだ。

窓の外を見ると、人形のような笑みを浮かべたやよいが、バス停でこちらを見続けている。ふいにそのまわりで、白い炎《オーラ》が燃えあがった。闇のなかの雪のように、彼女の姿は背景から浮きあがっている。

やよいはあけみの視線をとらえると、大きくはっきりと桜色の唇を動かした。

「シンデイイヨ」

そう読み取れた。気のせいか、やよいの顔が白蝋化《はくろうか》し、しゃれこうべの様相を呈した。それは、死そのものを写しとったデスマスクだった。

あけみの内に膨れあがる悔しさ、哀しさ、怒り、恐れ。なんという衝動の嵐。

その場にうずくまり、手で顔をおおって、大声で叫んでしまいそうな自分を必死に抑える。身体じゅうが震えた。のどが勝手に、わけのわからない声を出しそうになる。押し殺すと、激痛が走った。首から胸もとまで拡がって、咳きこむ。呼吸がひどく苦しい。涙が、あとからあとからあふれ出た。

あけみは今、純粋の悪にさらされて初めて理解できた。人間は、言葉で人が殺せるのだ。

「タケルくん、タケルくん、タケルくん……」

知らず、そうつぶやいていた。

武流のせつない表情が浮かんでくる。

そして思い出した。ゲームが始まる前のできごとを。

やよいたちが来る前に、武流とあけみとのあいだにあった、小さなできごとを。

なぜだか今のあけみは、あのときの武流の行動のわけが、わかる気がした。

9

初めて佐藤家の玄関をくぐった。そしてそのあと、あけみは音を立てないように階段をのぼった。武流を驚かせようと思ったからだ。

二階には部屋がいくつかあったが、幸いにもドアが開いているのは一ヶ所だけ。そこからメロディアスで軽快な音楽が流れていた。

なつかしいサウンドトラック。ひたすら深海にダイヴするふたりの男の映画だった。イルカ好きの武流に誘われ、特別上映だとかで、わざわざ有楽町《ゆうらくちょう》まで足を延ばした。まわりじゅうが青の空間になり、そのなかに浸りこむ。あけみは映画を見終わってしばらくしても、海の世界から抜け出せなかった。

紺碧《こんぺき》のサウンドに満たされた部屋へ近づきながら、あけみはそんなことを思い出す。

ドアの隙間から、なかをのぞいてみた。

床にはウッドカーペットが敷かれ、そのほかは深い水色のベースカラーで統一された八畳ぐらいの部屋。中央には丸く丈の高いガラステーブル。椅子が三つ添えられていた。東向きの窓際はベッドで占拠されている。枕もとに小さな棚があり、パーコレーターからコーヒーがコポコポ沸きだしていた。すぐわきには、２ドア式の冷蔵庫。

右側へ目を移していくと、メタリックのオーディオ・コンポがあり、波のような曲にあわせて、蛍光色の表示器《インディケーター》が明滅していた。

上には、ワイドスクリーン・テレビが鎮座している。画面は左右に二分割され、右側には五芒星を背景にして、いろいろな大きさとかたちの図形が踊っていた。左側には文字列らしきものが映しだされているが、ここからでは内容まではわからない。

そのさらに右には、たくさんのファイルが乗った大きなデザイン机。そして、そこで作業をしている武流のうしろ姿が見えた。グレーのスウェットと緑の半纏《はんてん》を着て、ノートパソコンに向かっている。キーの音がカタカタ響いていた。

　机のわきの本棚には、びっしりと本が詰まっていた。ジャンルは漫画から専門書までさまざま。なかでも特にあけみの興味をひいた区画がある。それらの本の背表紙には、妖精、悪魔、魔術などといった単語がちりばめられていた。

　思わず身を乗り出す。

　コツッという音がして、なにかが額にぶつかった。部屋のドアが、目の前で開いていく。

　武流が椅子ごと振り向いて、こっちを見た。ミラーグラスに覆われていて、目もとは見えないが、口がカパッと拡がった。

「わっ」

　武流が、眼鏡を外す。目も大きく見開かれていた。

「わわっ、河野さん」

　武流は立ちあがる。

「いつから、ここにいたの？」

　その仰天のしかたに、あけみも不意をつかれた。

「つい、さっき」

　ドキドキして、言葉がカタコトになる。

「どうやって、入ったの？」

「タケルくんのお母さんが、入れてくれたの」

　答えながら、自分に『落ち着け落ち着け』と言い聞かせる。

「おふくろに、逢ったのか……だからおふくろ、若い子がどうとか言ってたんだ」

　武流は、しょうがないといった顔をしたあと、慌ててつけたした。

「あ、すわって。コーヒー飲むかい？」

「うん」

　すすめられた椅子に腰をおろす。ワインレッドのデイパックは、足もとに置いた。

　ふと、思ったことを口にする。

「タケルくんって、ひとりでいるときもカッコつけてるの？」

「なんだって？」

　武流の足はパーコレーターに歩いていこうとするが、上半身がさからって、あけみのほうに振り向く。結果、ずっこけそうになる。

「だって、そのメガネ」

あけみは、笑いをこらえながら言った。

「ああ、これか」

武流は、自分が手にしていたものを、めずらしいものでも見るように、眺めた。

「ミラーシェードっていうんだ。ずっとコンピュータに向かってると、目に良くないんだよ。紫外線防護。半纏着てるのに、カッコなんかつかねえじゃん」

「そうね……」

言いながらも、あけみは『ミラーシェードって言いかたが、やっぱりカッコつけてるね』と思う。

周囲を眺める。趣味がいい品々に守られた部屋。コーディネートがしっかりしているのは、ちゃんとしたデザイナーが取りまとめたせいだろう。

「もしかしてこの部屋、おかあさんのデザイン?」

「へえー、よくわかったね。部屋だけじゃなく、家じたいもなんだけどさ」

臆面もなく、そう認める武流。普通なら、マザコンとか言われることを気にしそうなものなのに。

「タケルくんとおかあさん、仲よさそう」

「おれんちさ、親ひとり子ひとりだろ。おふくろはおれのこと、友達みたいに思ってるようだぜ。まったく、いいトシこいて若づくりだから」

武流の視線はこっちに向かず、冷蔵庫を開けたり、カップやらなにやらを準備している。

あけみは徐々に冷静になってきて、まわりを見れるようになった。

「タケルくん、怪しげな本いっぱい持ってるね」

武流は慌ててあけみの視線を追う。それから、ほっとしたように言った。

「ああ、魔術関係のやつね。全部資料なんだよ」

「なんの?」

「今日やる〝ゲーム〟なんかの」

「なんのゲームやるの?」

「テーブルトークRPG。ジャンルはファンタシイ」

「ふうん。なにそれ?」

「コンシューマ機のRPGと違って、人間がメインなんだ。まあ詳しくは、あとでキャラクター作りながら説明するよ。はい、おまっとうさん」

青いイルカの模様が入った白いカップで、コーヒーが出てきた。生クリームが浮かんでいる、甘くこうばしい香りが湯気に乗って、あけみの鼻孔をくすぐる。

武流は、自分のカップを持ちあげた。

「乾杯」

あけみも同じようにしながら、小首をかしげる。

「でも、なにに？」

武流の目が、いたずらっぽく光った。

「おれたちが出会えたことに」

またキザなセリフ。前ほどの衝撃はない。

あけみはすこし笑いながら、言い返す。

「とりあえず思い出の曲に」

コーヒーカップをあわせる。陶器のかちんという音が、心地よい。

「ったく。おれは、真剣に言ってんだぜ」

武流は、ぼやくのと笑うのを同時にやった。それから、どこか遠くを見るような目をした。

「思い出の曲って……ああ『グラン・ブルー』か。かけてたんだっけ、おれ。そうか」

爽やかな表情。耳を澄ませて、曲に聴きいっている。

あけみも思わずつられた。

「あのときタケルくん言ったでしょ『この映画、男しかのめりこめないと思ってたけど、やっぱ河野さんは違うわあ』って。わたし、複雑な気分だったのよ」

言いながら、口に含む。経験のない飲み口。いろんな要素が渾然一体となって、絶妙なハーモニーを奏でている。豊饒の味だ。

「ウインナー・コーヒーじゃないの、これ？」

思わず訊いてしまった。

「ウィーンじゃなくて、アイリッシュ。かくし味が入ってるんだ。おいしいでしょ」

武流は自然に笑った。

「うん。よくわかんないけど、身体があったまるかんじ。コーヒーなのに……かくし味ってなんなの」

「ブラックブッシュ」

「え？」

「アイリッシュ・ウィスキー。目が醒めたままで、酔っぱらえるっていう寸法さ」

一瞬、言葉が出てこなかった。

「タケルくんって……」

「なに？」

あけみは、ためてから吐き出す。

「不良ね」

「ちえっ、煙草はやんないぜ。肺に影響するからね。それにふつう、喫茶店で高校生がアイリッシュ・コーヒーを頼んでも、別に怒られたりなんかしないよ」

「それ、本当なの？」

「もちろん」

まあ、いいのだけれど。

「ほかの人たちは？」

「あと一時間は来ない」

「え？」

「うん。それまで、ふたりっきり」

「え、どうして？」

「だからさ、河野さん」

武流の表情が、急に真剣になった。

「泣こうがわめこうが、今のおれはきみを自由にできるんだ」

時間が静止した。目の前が真っ暗になる。心が張り裂けそうだ。武流のまたたかない目が、すぐそこにある。

あけみは、やっとのことで言葉をつむいだ。

「タケルくん、紳士だよね」

武流は目をそらし、唇を噛んだ。

「きみが望まないことは、できないよ。おれには……」

つらそうな目。偽悪者の仮面がはがれた。

「どうしてもね」

それから自嘲ぎみに笑った。

「じゃあ、河野さんのキャラクターをつくろう」

「え？」

一瞬、話の流れについていけなかった。

「今日やる〝ゲーム〟のキャラクター。河野さん以外のメンツとは前に何度かやったから、みんな持ちキャラがあるんだ」

そういえばさっき、そんなことを言われたような気もする。

「どうやれば、いいの？」

「それはだねぇ」

武流は自分の机に戻り、カップを置いて、タッチパネルとキーボードを操作する。画面に次々とウィンドゥが展開され、図や表のたぐいが映し出された。脇から薄いパッド状の端末を取り出し、USBケーブルでパソコンに接続して、あけみの前に置いた。

「河野さん、まずこれ見て」

振り返った武流の目が、さっきとは打って変わって輝いていた。好きなことに夢中になれる瞳。きれいで純粋な光。

最初に出逢ったとき、武流は今と同じ目をしていた。

自分はこの目の輝きが、好きだったのだ。

10

それから一時間ほどして、やよいは現れた。稲垣の到着より、十五分ほど早かった。

「あら、お邪魔だったかしら?」

ひとことめが、そのセリフ。本気か冗談か測りかねたが、あれはあけみに対する威嚇であったらしい。いま思えば、そのときからやよいは、つねに自分の存在をアピールし続けていたようである。なにかと理由をつけては、やたらと武流に接触していた。

あけみはそれを、見まい見まいとしていた自分に気づく。

自分が一番忌避したかった、泥沼の修羅場にいるような気がした。

ひとりきりの自室で、あけみは孤独に抱かれながら、深く深く沈みこんでいった。


時間が経つにつれて、悲しみと絶望によって隠されていた感情が、徐々に浮きあがってくる。それは、とてつもなく冷たい怒りだった。

バスのなかでの、やよいの完璧なセリフ。やよいのなかでは、あけみを目茶苦茶にする筋書き《シナリオ》ができていたのかもしれない。

武流が、かわいそうだった。彼はやよいの、持ち物でもアクセサリィでもない。ひとりの自由な人間なのに。

そこまで思ったとき、あけみの胸に深く突き刺さるものがあった。

自分に、そんなことを言う資格があるのか? 武流の心をもてあそんでいるという意味では、あけみも同じではないのか。あけみは、武流に紳士であることを要求してきた、武流にとって、それがどんなにつらいことか、今の今まで理解しようともせずに……

あけみはもう、武流の気持ちを知ってしまった。このままずるずる、つきあうともなしにつきあっていても、彼を傷つけるだけかもしれない。武流と別れるということが、自分にとってつらい事実だからこそ、そのことにずっと目をそむけていた。

一瞬だけ、もう会うのはよそうかと、本気で考えた。

とたんに、やよいの冷酷な笑みが見えた、そのイメージが、獲物を捕らえた白蛇と重なり、二股に分かれた舌で、舌なめずりをした。

「そうね。消えなさい、あなた邪魔よ」

声までが聞こえた。

頭が割れるようだ
彼女の思うつぼだ。あけみという〝イヤな虫〟がいなくなったあと、やよいは勝手気まま、したい放題のことをするだろう。

ハッとした。

いや、やよいはもう、シナリオをつくっている。やよい自身を主人公として、武流やあけみが出てくる脚本を、明確に頭に描いている。

なにをしても、どう動いても、あけみはやよいの手のなかで泳がされているにすぎないのではなかろうか。あけみの行動は逐一読まれていて、すべて対応作が練られている。そんな強迫観念が、心をつかんだ。

ぞっとする。そんなことありえないと首を振るが、どこか否定しきれない不気味さが残る。現実が遠ざかった。

なにをしても、なにをしなくても、いま以上、よくはならない気がする。

どうすればいい……どうすれば。

そのとき、虚空から声が聞こえてきた。

『あんたの心は、奈落とおんなじさ』

聞き覚えのある、あの声。

『そうさ、気がついたかい。あたしだよ』

あけみの脳裏に、白銀の鎧を着た魔女の姿が浮かんだ。

『アイーダには追い払われちまったからね、あんたに取り憑くことにしたよ』

そんな、あれは〝ゲーム〟のなかのことじゃ……

『いったいだれがそんなことを、決めたんだい。あたしはこうやってここに、現に存在するんだよ』

そう言って《甲冑の乙女》は、高らかに笑った。

『だいたい、あんたのほうが〝ゲーム〟のコマじゃないって、どうして言えるんだい？　他人《ひと》の書いた台本通りに動いて、どこが人間なんだか』

信じたくない。やめてほしい。

『いやだね。あたしはあたしの自由にやらせてもらうよ。あんたの指図は受けない』

彼女は、しなかやな腰から刺突剣《レイピア》を抜き放った。まちがいなく人を殺せそうな抜き身の刃が、月光を受けて青く光る。次の瞬間、目にも止まらぬ電光のような突きが放たれた。

ギャリッ！

切先《きっさき》が、鏡にめりこむ。ガラスが放射状に割れ、その断片のすべてに、白銀の兜と酷薄な笑みが映っていた。

あけみの顔は、もうどこにもなかった。

悪魔はオーラの翼を拡げ、実体を得た喜びを噛みしめながら、いつまでもいつまでも笑っていた。

うつろになったあけみの心は、その声を聞き続ける。

そして潮が退くよりも速く、暗黒の渦へと引きこまれる。

景色が暗転し、意識が混濁した。

11

寒気とともに、朝がしめやかに忍びよってきた。二、三回くしゃみをし、自分の身体を抱きながら、震えて目を覚ます。

服を着たまま、ベッドに横になってしまったらしい。半身を起こし、毛布をかき集めて、腰から下をくるんだ。

ふと手を止める。右手の甲が、赤黒い汚れとかさぶたで覆われていた。手を切ったらしい。シーツにもすこし、血がついている。

はっとして鏡を見た。ギザギザの割れ目が入った鏡面には、たくさんのあけみが映っていた。まぎれもない、あけみ自身が。

昨夜のできごとを思い出す。夢だったのか、それとも……。

いろいろなことがありすぎた週末だった。考えを整理するのに、だいぶ時間がかかりそうだ。

手当てをしてから、熱いコーヒーでも飲もうと思って、ベッドを出る。

住み慣れた自分の部屋だというのに、なぜか違和感を憶えた。

散らかした憶えのない本や雑誌が、床に乱雑に放り出されている。

ゴミ箱で、まだ中身が残っていたはずのペットボトルが、ぐしゃぐしゃになっている。

閉まりきっていない引き出しがある。開けてみると、なかのものの位置が微妙に変わっていた。

頭がクラクラした。

憑依されただなんて、そんなことは信じたくはなかった。しかし、なにかが起こっている。それは確かだ。

水で手を洗いながら傷口を探す。中指の甲の部分が、すっぱり一センチほど切れていた。手当ては、バンドエイドですませる。血はすでに止まっているので、さいわい縫ったり包帯を巻いたりする必要はなさそうだ。どだい裁縫は苦手なのだ。

身体が、冷えきっていた。

封を切ってインスタントの粉末を手早くコーヒーカップに開け、ポットから熱湯を注ぐ。やすっぽい香りがして、武流の家で飲んだアイリッシュ・コーヒーの暖かい味がしのばれた。

思いきってダイニングの飾り棚のなかから、タマネギ型をした瓶を持ってくる。アイリッシュではないが、どうせ雰囲気だけなのだから、どうにでもなるだろう。適当に砂糖もクリームも混ぜて、褐色のアルコールをティスプーンに一杯だけ、しこむ。

やっぱり、やすっぽい味がした。コーヒーの質なのか、クリームが生ではないのがいけないのか、それともウィスキーが足りないのか……ためしにスコッチをもう一杯増やしてみたら、なんとかマシになった。

「あいつ……」

もう一度毛布にくるまりながら、ひとりごちる。ずいぶん濃い飲み物をごちそうになったものだ。こんなものを飲ませて、どうしようという魂胆だったのか。

武流の罪のなさそうな顔が浮かんだ。

たくさん話を聞いてほしかった。しかし同時に、武流にはなにも知られたくないという気持ちも強かった。

〝ゲーム〟の悪魔に取り憑かれただなんて、正気の沙汰ではない。自分はいったい、どうしてしまったのだろう？　考えなければいけないのに、考えたくない。

両手でカップをかかえ、ゆっくりと飲む。吉備津に話したら、なんと言うだろう。なにごとにも動じそうもない数学教師。あけみの相談に乗ってくれるだろうか。それとも、信じないだけだろうか。

しばらくウダウダしていたが、とりあえず悪魔のことは、すっぱりと頭のなかから閉め出すことにした。結論が出ない疑問は、考えるだけ無駄だ。ほかにも、しなければならないことはたくさんある。

〝爆風スランプ〟をかけながら適当に食事をすませ、洗濯をし、部屋の片づけをした。まだツジツマがあわないところがあったが、あえて無視する。

外出しよう。映画を観て、繁華街をひやかし、本や洋服を買って、自分のために時間を使うのだ。

街じゅうが、光っていた。天に向かって枝を広げた木立、どこまでも延びていく道路。その上を歩いていく人々。陽射しが、それらのすべてに勇気を与えている。

あけみは公園のベンチに座って、まわりを眺めていた。太陽の傾きに応じて景色の質が変わり、様相がゆらめく。銀色のビルが陽光を反射してウインクし、光と影の野外劇《ページェント》を演じている。

ふたりだけの世界に遊んでいるカップル。やっと歩けるようになった子供を、心配しながらもうれしげに見守る若い夫婦。唇をキッと結んだ真剣な表情で、ローラーブレードの急ターンの練習をしている中学生。

一瞬あけみは、自分が目だけの存在になってしまって、それらの光景をただ傍観しているのだという気がした。世界から大きく遊離して、観察するだけの存在になったようだ。自分に関する感情はすべて消えうせ、それと引き換えに、景色のなかのすべての生命に、大いなる慈しみを感じた。

しかしやがて、いつのまにかそんな感覚は遠ざかり、あけみは取り残される。いつも味わいなれた寂寥。わけもなく不安になる。

ひとりでいたくて外に出たのに、とつぜん人恋しくなった。でも、一緒にいたい人は限られている。しばらく耐えていた。

あけみの目が、知らずなにかを追い求めた。

グリーンの公衆電話。最近では、探さないと見つからない。

近づいていって、ためらう。それでも、テレホンカードを挿しこんでしまう。

指が、番号を覚えていた。

コールが一回、二回……

「はい、佐藤でございます」

上品な女性の声。思わず気持ちがきゅっとする。

「あの、河野と言いますが、タケルくんは……」

落ち着こうとした。唾液が口のなかでねばつき、のどが渇く。

武流もあけみと同じように、携帯電話を持っていなかった。でも今まで、この番号にかけたら必ず武流が出ていたので、それを意識したことはなかったのだが……

「あら、あけみさん。ちょっと待っててね」

声色が、がらっと変わった。ＢＧＭがビートアップしたように、あたりの色彩が暖色系になったように、あけみから緊張が離れていく。

最初にこれを感じたときは、怖い気がした。しかし、すぐに安らぎに変わった。

二度目に聞いた今は、なんだか懐かしかった。とてもとても。

「タケルーっ！　カノジョからよ」

電話口の向こうから、バタバタする音。

「早く来ないと、おかあさん、あることないことイロイロ話しちゃうわよー」

忍び笑いが聞こえてくる。

すぐに武流の声。

「なに言ってんだよ……ったく。もしもし！」

怒ったような、困ったような、やつあたりなかんじ。

あけみは、笑いだしたくなった。

「あ、わたし」

「あ、やっぱり河野さん……ごめん、おふくろがヘンなこと言って」

狼狽《ろうばい》している。こんな武流、いつもだったら思わずいじめたくなってしまうのだが、今はヤメにした。もうしわけない。

「ううん。わたし、タケルくんのお母さん好き。溌剌としてて」

「へえ。聞いたら、おふくろ喜ぶよ。いや、図に乗るだけかな」

「ひどいのねえ。ねえねえ。稲垣くん、まだいるの？」

「うん、いるよ」

「仲いいんだー。あやしー、モホモホ」

「まったく、なに言ってんだよおふくろといい、おまえといい」

やっぱり、からかってしまった。おどけていないと、気持ちが保たない。

「わたしも泊まりたかったなあ。いっしょにモホモホしたーい」

「アノネ、あんた女だからホモになんないでしょ。そんなに泊まりたかったら、今度おふくろのいないときに来なさい。俺がホモじゃねーって、思う存分証明してあげるから」

武流の声も笑っている。

「えっちいー。ねえ、タケルくん」

そこで、しばしためらった。

「ん？」

武流の、なにも特別なことは予期していない返事。

あけみののどの奥から、不自然な内容の言葉が、自然にするりと出てきた。

「もしわたしが、今のわたしじゃなくなっても、憶えていてくれる？」

一瞬の間。

「なに言ってんの？」

いっぺんに目が覚めたというような反応。

「そんなわけないよね……」

あけみの自嘲に、武流がムキになって反論した。

「バカ言うなよ。憶えてるに決まってるじゃないか。いったい、なにがあったんだ？」

「ごめんね……ヘンなこと言って。タケルくんの声が聞きたくなっただけ」

そして自分がひとりじゃないって、安心したかっただけ。

武流のトーンが、一段さがった。

「昨日のこと？　なにか気にしてるの？」

あけみは黙りこむ。それから自分の沈黙にうながされるように、重い口を開く。

「タケルくんさあ……」

やよいさんとは、どんな関係なの？

唇は動いたが、声は出なかった。

「なに？」

やめよう。どうかしてる。

「……ううん、なんでもない。切るね」

「おい待てよ」

あけみは受話器を置いた。

訊きたいことは、いっぱいあった。

〝ゲーム〟終了時の、あの不可解な表情は、いったいなんだったのか。

どういうつもりで、やよいとあけみを会わせたのか。

そして武流は、本当にあけみを抱きたいと思っているのか。

だが、とても訊けなかった。

公衆電話を離れ、あてどなく歩きだす。

景色が一変していた。光がない。すべてが凍りついていて色がない。

灰色の街角。世界に重みがなく、ひたすら流れていく。

風も、車も、人も。

突然、ふらついた。

首筋を、熱いものがのぼっていく。

こめかみで、痛みが凝り固まる。

目の奥で、光が明滅した。

頭を押さえてうずくまり、体内で吹き荒れている嵐が、過ぎ去るのを待った。ただひたすら……

インターミッション

メイルドメイデンは、闇の世界から浮かびあがった。そして光の世界を舞った。

獲得したばかりの不器用な肉体に対する不満は、百年を超える孤独から解放された喜びによって、消し飛んでしまった。手足を思いっきり伸ばし、大きく深呼吸をする。春の木が放つ生臭さに混じって、煤煙のにおいが感じられた。ぎらぎらする風景。走りすぎる爆音。

ニヤリと笑う。

初めて感じるはずなのに、あたりの空気はしっとりと肌にあった。なにもかもが人工的で鋭角的。自然と決別した、偉大なる鋼《はがね》の文明。

この世界については、すでにかなりの情報を得ていた。昨夜あけみの家で読んだ資料や、あけみの背後から盗み見た光景によって。ただし知識としてわかるということが、概念を理解することに直結するわけでない。生きた情報になっていない。簡単な言葉でいえば、ピンとこないのだ。自分で体験してみなければ、なにも確かなことは言えない。

どうしても必要なら、あけみに問いただしてみることもできる。いささか面倒ではあったが。

メイルドメイデンは、思い出し笑いで身をくねらせた。自分の宿主が、いかにくだらない煩悩に腐心しているかを考えるだけで、お笑いだった。

あけみは、ふたりの男を秤《はかり》にかけている。しかしその気持ちを否定し、そんなことを考えることすら、汚らわしいと思っている。こんな幼稚な考えは受け容れられない。

ふたりとも支配してしまえばいいのだ。あけみにできないというなら、自分がやったっていい。

いや逆にすべてをぶちこわして、あけみをどん底に叩きこんでやるという手もある。

はずむような足取りで、メイルドメイデンは歩き出した。人波の流れに身をまかせながら、わきを駆け抜けていく輝く車を眺める。じつに不思議な色だ。それらは青く、赤く、あるいは褐色なのに、同時に金属質《メタリック》でもある。すべてのものに、鋼の精が宿っているようだ。

事実、そうなのだろう。精霊を宿していると考えれば、車が引き馬もなく走っていることにも合点がいく。

下僕として精霊を使いこなしている都市。おもしろすぎる。その多様性を考えるだけで、肩胛骨の内側がうずき、全身に震えが走る。

街の背景には、幾何学的な山なみが林立していた。巨大な墓石にも、狂った天才による芸術作品にも見える。色もかたちも輝きかたも、個性的だった。

近づいていくと、それらがどうやら塔らしいことがわかった。透明な材質の四角い窓が無数にあり、その向こうにたくさんの人影が見えたからだ。あの容積から判断するに、たったひとつの塔でも、ゆうに数個ぶんの町の人口を擁すると考えられる。それが、ちょっと目に入るだけでも十指にあまるのだ。

そうした縦型都市のひとつである、黒い御影石そっくりの要塞の基部にたどり着き、あらためて見あげる。壁だ。視界の半分をくぎる、神話的な障壁。天使たちの領域へと続く直立階段。

すぐ近くに、対照的なものがあった。地表が大きく切り取られており、そこから果てしない地下都市の景観が見えた。少なくとも三層ぶんが顔をのぞかせ、前後左右どこまで広がっているかわからない。敷き詰められた赤レンガの上には、通行人やベンチで休むさまざまな年齢の人々とともに、樹木、噴水、滝のカーテン、奇妙なかたちのモニュメント、そしてガラスで仕切られた色とりどりの店が見えた。

なにを目にしても、興味と驚嘆とうれしさで、笑いがこみあげてくる。

ほとんど吸いこまれるように、動く階段に乗った。それはメイルドメイデンを、地下の公園へと運んだ。

楽器もないのに、あたりは音楽に満ちている。

陽光が届かないところも、暗闇ではなかった。明るくきらめく七色の灯が、地下道の左右でまたたいている。

見渡す限りが商店街だった。ガラス張りの店舗の前まで来ると、気づくほどの音もなく、扉が開いた。招かれるまま、なかに入る。

夜空の星のようにちりばめられた物品。ほとんどのものに輝きがあった。

見知らぬ都会に出てきた観光客のように、しかしそれよりもっと大胆な気持ちで、メイルドメイデンはあたりを見渡した。異邦人であることを気取られないよう、まわりの人間の雰囲気に同化しながら、物色を続ける。

どうせ、ばれやしない。

棚の上の人形や擬人化した動物のヌイグルミが、思い思いに動いている。どこもかしこも、精霊たちでいっぱいだ。彼らが反旗を翻すことは、ないのだろうか？

たくさん買い物をした。靴や服はその場で着替え、脱いだ服は紙袋に入れてもらった。そして化粧室で、自分が気に入るまで丹念に顔をつくる。

現金を引き出す瞬間が、最高だった。ガラス張りの部屋の大きな金属の箱に入った精霊は、文字を表示して語りかけてきた。

「暗証番号をお入れください」

暗証番号？　従属の呪文か。それとも、それに必要な真の名だろうか。しばらく考えたが、いい知恵が浮かんでこない。

あけみなら知っているに違いない。

心の奥底で眠っている少女を、こづき起こす。

彼女は、こちらの呼びかけに気がついた瞬間、意識の表層に浮かびあがろうともがいた。

メイルドメイデンは、それよりも早く動いた。自分を出し抜こうとする存在は許せない。あけみの〝襟首〟をむんずとつかんで押さえつけ、締めあげる。

すべては心のなかの出来事。はた目には、なにやら踊っているようにしか見えないだろう。心はふたつでも、身体はひとつ。今は支配権を握っているメイルドメイデンの行動しか、表には出てこない。

あけみは激しい痛みを訴えた。

「痛いかい。痛いだろうねえ」

首から上が純粋なる苦痛。

「あたしに逆らわなかったら、すぐさまこの身体をおまえに返してやるよ」

長い悲鳴。

「目を開けてよく見な。そして必要なことに答えるんだ」

あけみの反応が、二、三秒停止した。外界への窓であるふたつの眼を使って、あけみが外を見ているのがわかる。やがて、あきらめの感情が伝わってきた。

イメージが流れてくる。日めくりカレンダーだった。

「七月十二日？」

あけみの誕生日。その日付をしめした暦がはがれ、宙を舞う。それが裏返しに水たまりに落ち、裏文字として浮かび上がる。その光景が何度も繰り返された。そのイメージの意味が、把握できるまで。

メイルドメイデンは、すうっと指を動かして「２１７」

と入れ、さらに四つ目の数字を要求されていることに気づいて、毒づく。再び操作する。

「０２１７」

表示される文字が変わった。

「金額をお入れください」

メイルドメイデンは口笛を吹き、入力する。まもなく箱の口が開いて、ぞろっと紙幣が吐き出されてきた。

とうとう、この精霊の秘密を知ることができた。真の名によって従属させたのだ。あとは同じ方法で、何度でも使役できる。

あけみが、わめいていた。身体を返せと。こちらに向かって、必死に手を伸ばしていた。

うざったい。用済みだ。

「バカが、奈落に落ちな」

メイルドメイデンは、ありったけの力で、あけみの魂を意識の奥底の暗き深みへと投げこんだ。

第三部　支《し》配《はい》　*Control*

イエス之《これ》に『なんぢの名は何か』と問い給へば『レギオン』と答ふ。多くの悪鬼その中に入りたる故なり。彼らイエスに底なき所に往くを命じ給はざらんことを請ふ。

——ルカ傳八章二九～三一節

1

打鍵音がリズミカルに響く、武流の自室。稲垣がプログラミングしている。

　武流が見るともなしに見ていると、やがて稲垣の手がキーボードから離れ、左手でマウスを操作しながら、右手でマグをつかみ、ズズッとコーヒーをすすった。

「タケル、なに考えてる？」

　稲垣の淡々とした声。

「えっ？」

　武流は、われに返る。気がつくと、自分の手がキーボード上の基本位置《ホームポジション》で止まっていた。さっきから掌底は、キーボードの手前にある掌休め《パームレスト》を暖めている。

「悩んでるみたいだけど、ボクのMP3かけてくれる？」

　稲垣が言った。口は動かしながらも、眼はディスプレイを離れず、タッチパネルで作画《ドローイング》ソフトを立ちあげている。

　武流は一瞬、なにを言われているのかわからなかった。それから、稲垣の厄介なクセを思い出した。彼は、まったく関係ないことがらを、つなげて話すことがあるのだ。

この場合「悩んでるみたいだ」という意見と「音楽《MP3》をかけてくれ」という要求のあいだに、なんら論理的連結はないと考えていい。

　たしかに先ほどから音楽は止まったままだ。ボーッとしていた武流に対しては、しごく当然の要求といえよう。

　武流は立ちあがり、そのへんに転がっている、稲垣の持ちこんだUSBメモリを手にとる。星屑を背景にして、メカとロリロリした少女キャラが描かれていた。流行《はやり》のSFアニメのキャラクターだ。

　それをパソコンに挿しこみ、再生ソフトで立ち上げると、広いオクターヴの女性ヴォーカルが、アカペラでサビを歌いあげる。すぐさまリズムギターとドラムスが食らいつき、それから華やかな主旋律に突入した。

　稲垣が鼻歌をうたい、音の波に乗せて身体を揺らしながら、さらりと言った。

「効率悪いよタケル、悩みルーチン働かして仕事してると。脳ミソの容量、そのぶん無駄に食っちゃうからさ」

　武流は頭をかき、冷蔵庫を開けてジンジャーエールのペットボトルを取り出した。

「わかってるって」

　グラスをふたつ用意して注ぎ、自分は飲みながら、稲垣のぶんをデスクトップ・パソコンのわきに置いた。

それから、内側が褐色に汚れたマグを回収し、とりあえず真んなかのテーブルに、ペットボトルといっしょに置く。格闘ゲームのキャラクターがプリントされたマグカップは稲垣の私物だが、武流の家に常時置いてある。ふたりで〝ゲーム〟を作り始めた一年前から、ずっと使っているものだ。

〝ゲーム〟は、武流と稲垣の経験の集大成だった。全身全霊と言っていい。通常のコンピュータRPGとしてのプログラムはもちろんのこと、先日のセッションでやったようなテーブルトークRPGの支援ツール（すなわちCAM）としての性格も兼ね備えていた。たとえば市販の建物の平面図を読み取り器《スキャナ》にかけ、図形識別ツールを通してちょっと修正するだけで、迷宮《ダンジョン》の2Dデータができあがり、それをリアルタイムで3D表示することができる。ふたりが読破した本やネットの情報も、必要なものはハイパーテキスト構造のデータベースとして入力してあった。圧縮はかけてあるが、全部でもう1テラバイト近くある。

主に仕様作成と文章打ちが武流の仕事だ。もっとも、難しくないプログラムは武流もマクロ言語で記述し、それを補正《デバグ》したものを稲垣にあずける。

稲垣の主な仕事のひとつはプログラムで、ドライバ・ソフトを調整したり、武流には難しすぎる部分を直接組《プログラミング》んだりする。彼のもうひとつの分担は画像《グラフィック》である。絵心のない武流にはマネできない。

今ディスプレイには、あけみのキャラであるアイーダのCGが表示されていた。稲垣はペンタブを器用に操っている。マウスと違って、ふつうのペンや筆に近い感覚で電子的に絵が描けるしろもの。細かな部分の仕上げには、欠かせない。稲垣は絵に立体感をつけるべく、陰影や反射を描きこんでいく。

武流は、音楽よりはグラスのなかの泡の音を聞いていた。いやもっと正確にいえば、自分のなかではじける、なにかの音かもしれない。

アイーダの紫の瞳が、こちらを見つめていた。遠い島国アイルランドには、まれに紫の瞳の人物が実在するらしい。ケルト民族の血には女神の遺伝子が混じっていて、それがそんな色として現出するのだという。

錯覚かもしれないが、あけみの瞳がときどき紫に見えることがある。決まってぼうっとしているときで、武流に見えない何かを見つめているようにも思えた。何を見ているのかと訊いてみたこともあったが、はぐらかされてしまった。今では怖くて、もう一度尋ねてみる気にはなれない。

武流は稲垣の隣に腰かけ、琥珀色の冷たい液体を流しこんだ。のどを灼いただけで、味はほとんどわからなかった。

「ちょっと、おおた慶文《けいぶん》か平凡《ピンファン》の絵に似てるな」

なにげなく、印象的な少女を描く画家の名を、口にしてしまった。メルヘン的な色彩の、この世にはとてもいそうにない、透き通った乙女。妖精というほど淫らではなく、天使にしては地に足が着いていて、なにかの化身というには圧倒的な存在感がありすぎる。

「そういう資質を持ってるわけ、彼女は。悲しくて、はかない、永遠の処女」

「彼女ってだれが？」

稲垣が首を向けて、こっちを睨《にら》んだ。

「河野さん」

その言葉を理解するのに、何秒かかかった、そして得心できると、腹をかかえて転がりそうになった。

「あ、あけみが、永遠の処女！」

武流は、かろうじてグラスをテーブルに置き、実際にベッドじゅうを転げまわった。

稲垣も、自分で言ってて恥ずかしくなったのか、メガネを押さえてうつむいた。

「ボクはね、イメージの問題を言ってるの」

武流の腹筋が痛みで硬直し、涙が出てくる。しかし笑いの衝動はなかなか去ってくれない。声をしぼりだす。

「い、稲垣、おまえ……さては惚れたか」

武流の軽口に、稲垣はつきあわなかった。もともと、そういう性格ではあるが。

「きみ、さっき河野さんの電話を受けてから、ずっとヘンだよ」

今度は、背筋のほうが硬直した。バケツで水をかけられた感じだ。ふざけた気分は流れ去り、再び不安が忍び寄ってきた。

「そうなんだよ。おれ、ヘンなんだよ。なんでだと思う？」

「きみが、河野さんに惚れてるの。ボクでないの」

「いや、まぁその……」

二の句が継げない。

とりあえず、ベッドに上半身を起こした。

稲垣は作業を中断し、飲み干したグラスを手にすると、なんの予動もなく、一気に武流の額に叩きつけた。

ゴツッ。

「ぐあっ！」

言語機能も反射神経も、まだ戻っていない武流には、避けきれなかった。

「なにしやがる……」

すると稲垣は、大声で宣言した。

「ひとおつ。悩みルーチンは、早めに解体《デプログラム》すること！」

武流は、思わず立ちあがった。

「え？　な、なに？」

「ふたあつ、悩みは友人にも分けあうこと！」

稲垣は、その空のグラスに、自分で二杯目のジンジャーエールを注いで、ニヤリと笑った。

「え、ええと……」

「言っとくけど、ぼくだって怒るときには怒るんだよ」

「だからって、なにもグラスの角で……いつつぅ」

武流の目の奥では、たくさんの白い光が、ちらちらしていた。

2

地獄の底から響いてくるような咆哮《ほうこう》。絞め殺したヒキガエルのよう。

あけみは重低音に身を震わせながら、目を醒ました。のどの奥から心臓が飛び出しそうだ。

気がつくと家のなか。またベッドで、天井のシミを眺めていた。

部屋に満ちていたのは、ものすごいビートのドラムス。不安をかきたてる反復楽節《リフ》を刻むエレキ・ギター。そして歌というにはあまりにも病んだ、魂の叫びである。

首を回すと、電源がついたプレーヤーと、回転するディスクが見えた。ＣＤらしい。

自分の指が、考えるよりも早く伸びて、停止キーを押していた。

静寂が、身をさいなんだ。とてつもない不条理感が、めまいと頭痛をひきおこした。湿った雨のような幻臭が、鼻腔からのどの奥まで拡がった。

プレーヤーのわきにＣＤケースがあった。

ジャケットを見る。

朱《あけ》に染まった世界のなかで、いびつな黒い翼を広げた悪魔が、欲望にひきつった笑みを浮かべている。彼の足もとからは、全裸の女体たちが河となって流れている。Morbid Angel の『Blessed are the Sick』。聞いたこともないアーティスト。見たこともないアルバム。帯を見ると〝デス・メタル〟とかいうジャンル名が書いてある。

気分が悪い。吐き気がする。起きあがって、洗面所へ行こうとする。

ベッドわきの時計が目に入った。

五時二十六分。

その数字が、あけみの脳裏に刻みこまれた。

五時二十六分……そんなこと。

もういちど確かめた。間違いなかった。

部屋を見渡す。柱時計も、目覚まし時計も、腕時計も、おおむね同じ時刻をさしていた。

正確にはわからないが、公園を離れてから四時間ぐらいは経っている計算になる。そのあいだの記憶が、まったくない。帰りに電車に乗ったとして、一時間は説明がつくが、残りの三時間、自分はいったいなにをやっていたのだろう。このベッドで、ただ寝ていただけだろうか？

頭をかかえそうになり、自分の指先に目がいった。

爪が銀色だった。

あけみは、マニキュアをしたことがなかった。ましてや、こんな色のものは。

身体じゅうに、むずがゆさを憶えた。すぐに立ちあがって、自分自身を見おろした。自分の身に、まとわれているものを。

ひとまわりサイズの大きな、黒いレザーのジャケット。黒文字で〝F'N Damned〟と書かれた、銀メッシュのTシャツ。

鋼の鎖がたくさんついた、黒いラバーパンツ。それは重く大きなバックルの革ベルトで留められている。

ごてごてした指輪やブレスレットやネックレス。

左の脇腹の近くに、ごつい異物感があった。

ジャケットをはだけてみる。肩から革製のホルスターのようなものがさがっており、大きなナイフが吊ってあった。鞘《さや》に収められてはいるが、刃渡り十五センチはあるかと思われる凶悪なしろもの。

血の気が退いた。唾液がたまり、呑みくださなければならなかった。

ナイフは、なにかの拍子で飛び出さないように、細い革のバンドで押さえられている。震える手でバンドの留め金を外し、鞘から抜いてみる……

波形にうねった片刃で、背の部分がノコギリ状になっている。刀身は黒に近いいぶし銀。刃の部分だけが肉食獣の舌先のように光っていた。血の跡はどこにもなく、なにかに使われた形跡もない、まったくの新品。

すぐさま鞘に戻して、金具を留め、右手でしっかり握ったまま天を仰ぐ。

大きなため息がもれた。

気持ちを落ち着かせようと、深く息を吸いこむ。四回ほど息と恐怖とを吐き出すと、こんどは右の腿にかすかな痛みを感じた。

財布だった。

取り出して、開けてみる。お金は、ほとんど入っていなかった。見覚えのないレシートやカード類が、札入れの部分にごっそりあった。

夢の断片が燃えあがった。《甲冑の乙女》の笑いが、フラッシュバックした。

ＡＴＭの記録用紙を探しだし、確認する。預金が十五万、引き出されていた。

レシートは、高額の多数にわたる買い物のリストだった。化粧品、アクセサリィ、洋服、靴、登山用品？　とにかく見ているだけで、気が遠くなりそうだ。

カードは、さまざまなショップの優待券や特典券だった。そのなかのひとつに目がいった。どこかのブティックの会員証らしかった。いぶし銀のカードの裏に、ボールペンで英文が書いてある、会員名の欄にあるその筆体は、こう読めた。

《Mailed《メイルド》 Maiden《メイデン》》

思考が、凍りついた。

あけみのなかの存在は、ついに自己主張を始めた。「自分は確かに存在するのだ」という証拠を残した。彼女を無視したあけみに対する、報復なのだろうか。

胃のなかにあったムカムカが、とうとう頂点に達した。

あけみは洗面所に走った。

洗面台のわきに、さまざまな種類と色彩の化粧品が、無造作に置かれていた。そのほとんどは、メタリックや緑や黒など、基本色からほど遠かった。

そして鏡には、見知らぬ人物が映っていた。

一部が銀に染められた髪。薄いピンク系のファンデーションの上に、Ｊリーグのサポーターやアメリカ先住民の戦士のようなペイント。真っ青な口紅。しかしそこには、身の毛のよだつような美しさがあった。

あけみはやがて、それがまさしく自分の姿であることに気づいた。

陶器の洗面台をかかえるようにして、身体を折り曲げる。ひどく咳きこんで、吐きかけた。内容物はほとんど出てこなかった。すっぱい液体が、唇からシンクへと伝わる。

蛇口をひねって、洗面台と口のなかを洗った。

クレンジング・ジェルを持って、風呂場に直行しようと思った。もうすこしして、気持ちが落ち着いたら。

タオルで口もとを拭きながら、ダイニングに戻って、ソファにうつぶせに倒れ伏す。

疲れたし、なにも考えたくない。そのくせイヤに明晰な思考が、あけみのなかで幅をきかせている。

すべて《甲冑の乙女《メイルドメイデン》》がやったのだ。

ため息をつきながら寝返りを打つ。視界の端で、電話の指示灯が自己主張をしていた。伝言が入っている。

再生のボタンを押す。ピーという電子音のあとに、聞きなれた声が流れた。

「もしもし？　佐藤です。あけみさん、いないんですか？　もしもし……あ、あの、電話、気になったんでかけてみました。どうしたの、落ちこんでるの？　おれでよかったら、相談に乗るよ。話しにくいことかもしれないけど、あんまおれの立場とか気にしなくていいからさ。話したくなかったら、いいんだけど、もし悩んだり苦しんだりしてるんだったら、力になりたいからさ。ぜんぜん、迷惑なんかじゃないし。忘れないで。おれ、あけみのこと親友だと思ってるからさ。じゃ、また。元気だして……」

とめどなく、涙が出てくる。

やっぱり武流を失うことなど、できはしない。あけみの光。希望。自分を気づかってくれる唯一の友。

胎児のように身を丸めながら、あけみは彼の声にすがりつこうとした。

そのとき留守番電話が、二件目の用件を吐きだした。

「あけみかい。あたしだよ。もう、わかってただろ？　あたしのこと否定しようとしてるみたいだけど、無理だね。この世界は、おもしろい。ちょっとハネ伸ばさせてもらったよ。まあ、これから長いつきあいになるわけだし、身のまわりのものも欲しいしね。そうそう。あたしから逃げようったって、ムダだからね。覚悟をし」

冥府の闇から響く、かん高い笑い声。

心の底に、陰鬱な確信があった。あけみはもはや、自分固有の身体というものを、持ってはいないのだ。

3

「雨、降ってたな……あの遊園地」

グラスの中ではじける炭酸の音を聴きながら、武流は初めてあけみと会った時のことを思い出していた。

「あいつさ、浮いてたんだよ。今でも浮いてるけど」

作業机の稲垣は、あまり口をはさまず、聞き役に徹していた。ありがたい態度だ。それともコイツ、まだ怒ってるのか？

まあ、かんぐってもしかたがない。武流は先を続けた。

「傘のさしかたとか、仲間との距離のとりかたとか、しゃべりかたとかで、わかるじゃん。なんとなくそういうの」

ディスプレイから、あけみの分身が、こちらを見ていた。あのときと同じ壊れそうな濡れた瞳で。

「それで声かけて、ふたりで抜けだしちまったんだ。いっしょに来てた連中から」

「タケル、一目惚れだったんだ」

稲垣が言う。

言い返そうかとも思った、でも不毛な気がした。

「よくわかんないけど、ありゃそうだったのかなあ。なんとなく話があうからさ、そのあとでも電話したり映画観に行ったりして……」

稲垣が、グラスを通してこっちを見つめた
「それで現在にいたると。で、どうしたんだい、さっきの電話？」

稲垣のグラスが真横に十センチずれ、顔半分がのぞいた。鋭い眼光が、武流を射すくめた。

「今の自分じゃなくなっても、憶えていてくれるか？」

ほとんど棒読みの、自分の声。

「なんだ、そりゃ？」

「あいつ、そう言ってたんだ、おれ、どうしたらいいか……」

武流は、電話での一部始終を話した。全身が冷たい汗で、びっしょり濡れている。

稲垣がゴクリとのどを鳴らして、またもやグラスを空にした。目に感傷の色が宿っていた。

「電話を切られたあと、かけなおした？」

「かけたよ。でも、留守電だったんだ。どだい背景の雑音から、外の公衆電話でかけてきたことはわかってたけど……」

　手のなかでグラスが震える。視界には、木目を模した床しかなかった。

「あとでもう一回、かけてみたら？」

「いや、伝言残しておいたから。しばらくは、向こうからかかってくるのを待つよ」

「それでいいのか？」

　稲垣は、再びグラスにジンジャーエールを注ぎながらも、やはり怒っているようすだ。薄茶の泡も、シューシュー言って武流を非難している。

　武流はため息をついて、立ちあがった。

「おれから電話をかけるのは、二週間に一度と決めてる。どうしても我慢できないときでも、一週間以上は間隔をあける」

「どうして？」

　稲垣は、武流のグラスにもジンジャーエールを入れてくる。

　武流は軽くおじぎをして、つぶやくように言った。

「おれ、カレシじゃないからさ」

「あん？」

　稲垣は、さっきからほとんど言葉を失っていた。反応的な語句しか口にしていない。

　武流はグラスを持ちあげ、その縁にペットボトルの口をひっかけて、まっすぐ上を向くようにした。稲垣の手が硬直していたので、放っておいたら、あふれてしまいそうだったからだ。

「はっきりそう言われたわけじゃないけど、あいつにはほかに好きなヤツがいることぐらい、わかってる」

　生《き》のままのソフトドリンクを口に当て、すこしすすって、琥珀色の水面に目をそそぐ。

「だったら……」

　稲垣はジンジャーエールに栓をしながら、視線を向けてくる。武流は目をそらした。

「でもおれ、自分の都合で何度も電話したくない。あいつの迷惑に、なりたくないんだ」

　泡だちの音が一気に高まり、黄昏の色が増していく。

「タケル、どうしてそんなに自分を追いつめてまで、ヤセ我慢するんだ？」

　その素朴な問いに、武流は痛みを吐き出した。

「ひとを好きになるってのは、自分のどこかを殺すってことじゃないのか？」

「おまえって……」

稲垣が立ちあがって眼鏡を外す、オタク度をもうすこし薄めれば、年上から人気の出そうな童顔が現れた。

武流の口からは、心の奥底から湧いてきた言葉が流れる。今までだれかに言いたくて言えなかったことだからこそ、止まらない。

「もう、いつわりの恋はごめんなんだよ。おれ、相手の望まない位置にはいたくない」

「間合いと距離感の問題ってわけね……」稲垣が眉間を押さえ、先を続ける。「れいの件じゃ、きみ苦労したもんな……いや、まだ現在進行形か」

鋭い矢が胸をえぐった。武流は、おもわず顔をあげる。

稲垣は、真剣な表情だ。目は見開かれ、右のこめかみが痙攣《けいれん》し、腕が震えていた。鼻腔がふくらんだかと思うと、ふいにその腕がスイングし、武流の側頭部を、コツンと小突いた。

「このタコ！　遊び人！　カッコつけ！　エロ男！　こっちにもひとりぐらいまわせ」

稲垣の顔に『ガマンして聞いてりゃ』と、書いてあった。

「お、おい、やめろよ」

頭は痛くない。ただクラクラする。

「考えすぎんなよ、バカ。あー、イライラする。なんでもいいけど、男にそこまで想われてるんだったら、女は幸せだよ」

ヤケクソのように、稲垣はグラスをあおった。

「そういうもんか？」

武流は残念ながら、稲垣の見解を素直に支持する気にはなれなかった。今までのあけみとの経緯《いきさつ》を考えると。

「彼女が、タケルのそんな気持ちに気づいてるかどうかは疑問だがね」

ため息が出た。その通り。ご明察。だからこそ、こんなにもつらいんだ。

「くそー、そんな悩み多き恋がしてみたい」

稲垣が、人ごとのように続けた。

「ムリだよ」

武流は聞こえないように、ぼそっと言った。

こんどは思いっきり、はり倒された。聞こえたらしい。

やれやれ。今日の稲垣は、いつになく凶暴だ。

4

《甲冑の乙女《メイルドメイデン》》は、確実にあけみのなかに棲みはじめていた。あけみの意識のないときはおろか、起きているときですら、ときどきあけみの身体を奪って、奔放と煩悩の限りをつくした。

あけみは自分が表に出ているときでも、《甲冑の乙女》が身体の支配権を奪いはしないかと、いつも怯《おび》えて過ごさなければならなかった。しぜん、知りあいと接触するのが苦痛になった。ゴールデンウィークのあいだ、家や図書館で本を読み、音楽を聴き、ビデオを見て、ただただ孤独に耐えていた。

魔女が壊した鏡は押し入れにしまい、そのままでは不便なのでダイニングから自分の部屋に別の鏡を持ってきておいた。

自分に起こった異変を、だれかに聞いてもらいたい。助けてほしい。そんな気持ちは強かった。

しかし、おいそれと話せる内容でもなかった。気が狂ったと思われるに決まっている。結局、武流には相談できずじまいだった、あけみも連絡しなかったし、武流からの電話も来ない。

一日一日と過ぎ、あけみの心の内圧が高まり、暴発寸前になる。

そんなとき、彼を夢に見た。

吉備津優一郎。担任の数学教師。

抑圧していた想いが一気に拡がった。胸が苦しい。

最初に出会ったときから予感があった。なぜかは知らないが『彼が自分のなかに巣喰う存在から解放してくれる』ような気がしていた。あけみはこれまで、予感がはずれる恐れを抱きながら静かに吉備津を観察してきた。しかし、その期待は強まりこそすれ、裏切られはしなかった。

今が、その時ではないだろうか？

彼になら、話してもいい気がした。力になってくれそうに思えた。吉備津の目と、姿と、オーラとが、あけみに大丈夫だと語りかけているような気がした。

あけみは、一縷《いちる》の望みにすがった。

自分を叱咤激励しながら、呪いに蝕まれた重い重い肉体をひきずって、一歩一歩、休み明けのクラスへと歩いていく。

コロンビアの残滓《ざんし》が、どこへも流れて行けずに、冷めてカップの底にすがりついていた。

喫茶《サティ》。コーヒーの香りとクラシックが漂う落ち着いた店。カウンターのほかには、小さなテーブル席が五つ。髭のマスターは四十くらいで、落ち着いたたたずまいである。今のところ、ほかの従業員もお客も見あたらない。

誉紗名《ホサナ》学園の生徒は、下校したらほとんどすぐ近くの駅へ向かうのだが、ここはその通学路から大きく外れていた。繁華街や住宅街とも方向が違うし、めったに同じ学校の人間がやってくるとは思えない。

あけみは窓際のテーブルに席をとり、魂を失ったように、ひとり外の光景を眺めていた。

悪意でもこもっていそうな大きな雨粒が、屋根といわず道といわず、目に見えるすべてのものを叩いていた。小太鼓のドラム・ロールに似た規則正しい調べが、意識を真っ白にし、眠りを誘発する。

授業は、なんとか切り抜けた。起きているのが苦痛だった国語や英語の音読は、ほとんどつきあわずに寝ていた。

それよりも、休み時間に廊下で言われたことが、さっきから頭のなかに居座っていた。

「ねえ、あけみさあ。あんたきのう新宿《しんじゅく》にいなかった?」

山内晴奈《やまうちはるな》。ふだんから、あまりつきあいのないクラスメイト。快活なのはいいのだが、好奇心が強くて、なんでも口にしてみないと気がすまないタチ。

あけみは晴奈の質問に対して否定はしなかった。

「やっぱり。あたし声かけたらさ、『ハーイ』とかなんとか言っちゃって。ビックリしたんだから。ちょっと見、ぜんぜんわかんないんだもの」

声をかけた? ぜんぜん、わからない?

「すごいねえ、あれ、パンク? ヘビメタ? なんだか知らないけど、ビャーッと化粧しちゃって。あんなの先生に見つかったらタイヘンだよ。勇気あるよね。でも、あんだけ変わってたら、わかんないか。普段おとなしいふりして、ヤルときゃヤルんじゃん。見直しちゃった、あたし」

彼女は《甲冑の乙女《メイルドメイデン》》に逢ったのだ。目の前が暗くなってくる。

適当に話をあわせて、切りあげようとしたが、晴奈は執拗だった。

「なになに、昨日なにがあったの? ライブ? パーティ? あたしも行きたーい」

晴奈主導の会話で、あけみは『まあ』とか『そうね』とかしか言っていないのだが、流れでライブに行っていたことになってしまった。話がこじれるのがイヤで、結局あけみは、吉備津に見せるつもりでカバンに忍ばせてきたCDを、晴奈に渡した。

「えー、すっごーい。こんなの聴いてんだ。なにこれ？」

「……デス・メタル」

あけみは、自分の乏しい知識を披露した。デス・メタルの定義だって、知りはしない、

「で……」

晴奈は一瞬絶句し、すぐその瞳を子供のように輝かせ、手足をばたばたさせて、はしゃいだ。

「か、かっこよすぎぃ……信じらんない。あんたほんとに、あのあけみなの？」

確かにその通りだ。なぜ自分は、こんなことをする気になったのだろう。

「ね、ね、貸してくれない？　いいのっ！　わー、ありがとう。すぐメモリに入れてから返すから」

への字になった目が、輝いていた。

一瞬なにを言われているのかわからなかったが、パソコンかケータイに、ダビングするということらしい。やっぱりみんな、自宅にパソコンがあるのだろうか？

ともかくそういうことで、なんとか晴奈からは解放された。CDに関しては《甲冑の乙女》が文句を言うかもしれないが、知ったことか。文句なら、こっちのほうが山積みなのだ。

きっと明日になったら〝デス・メタルのあけみ〟という噂が広まっているだろう。それだけが憂鬱だ。

しかし晴奈と話し終えて、以前ほど彼女に嫌悪感を感じなくなっている自分に気づき、すこし戸惑った。かわいいという感情さえ、ないわけではない。彼女の態度のなかのなにかが、心の琴線に触れたのだ。

扉が開く音がした。黒いレインコートに身をつつんだ吉備津が、灰色の世界から抜け出してきた。まるでそれを待っていたかのように、BGMが、管弦楽からゆったりしたピアノ曲に変わる。

心臓が早鐘を打った。

「待ちましたか？　できるだけ、早く来たのですがね」

寂しげな微笑み。すこし眠そうな表情。実際に眠いわけではなかろうが、伏しがちの切れ長の目が、そう感じさせる。

吉備津は手早く外套を脱いでかけ、メニューにちらりと目をやると、カウンターに声をかけた。

「ブレンドひとつ……河野さんも、よかったらなにか追加したらどうです？　おごりますよ」

やさしい声を聞いて、安心が胃までおりてきた。おなかがすいていたので、甘いものを頼んでしまう。

「ホットケーキ、お願いします」

吉備津は、向かいの席に腰をおろしながら言う。

「飲みものは？　もう空じゃないですか」

「じゃあ、わたしもブレンドを」

実は銘柄による味の違いなんか、よくわからないのだ。

マスターはうなずき、てきぱきと準備を始める。

吉備津は薄茶のスーツに、グリーンを基調にした手書き風の水紋模様のネクタイをしていた。幅が広く上品な光沢がある。

「先生、ネクタイは自分で選んでいるの？」

思わず訊いていた。

吉備津は胸もとに手をやり、眺めて、小首をかしげる。

「だいたいは、そうですね。スーツに合いそうなものを、ときどき買いますよ。ほとんど衝動買い。欲しいと思ったら、高くても買ってしまいます」

「誕生日は十一月だったよね」

「ええ」

本当は知っている。十一月十九日生まれの蠍座。去年もなにかプレゼントしようと思いながら、けっきょく買い物に行く勇気が出なかった。

「じゃあこんど、誕生日プレゼントしてあげる。今日のお札に」

「まだ、なにもしてませんよ」

この一年で、何人かの生徒が吉備津にアプローチしていた。たしか晴奈も、そのクチだったはず。しかしだれひとりとして、成功していない。せいぜい一緒にお茶したぐらいだ。

ホモだという噂も流れているが、あけみはそうは思わない。ふられた連中の中傷だ。

こうして差し向かいになってみると、自分自身のことなどそっちのけで、吉備津のことしか考えられないことに気づき、ひどく狼狽する。今日、先生に時間をとってもらったのは、こんなことを考えるためではないのだ。

「それで相談の内容というのは、ぼくのネクタイの柄が気になって、夜も眠れないってことですか？」

吉備津が、すまし顔で言った、
テンションの高い沈黙。

どちらからともなく吹き出した。おかげで、すこし緊張がとけた。

「自分でも……信じられないことだから。なにから話していいか」

マスターがブレンド・コーヒーを持ってきて、一礼をして去った。吉備津は一口味わって、微笑んだ。

「話しやすいところから。思いついたところから。ともかく、いちばん河野さんがやりやすいように。ぼくは、なんでもかまいません」

「はい……」

あけみは、ゆっくりと落ち着いて話しはじめた。

5

夜の物理室。しのつく雨の降る外は、上映直前の映画館のように暗い。

武流は、学校の端末からインターネットに入っていた。物理部とは名ばかり。実際にはパソコン同好会なので、活動としては何の問題もない。

部員は、武流以外は帰ってしまった。稲垣は新作ブルーレイの予約日だとかで、七時前にフケたらしい。武流は放課後すぐにここに顔を出して、そのあと軽く天文観測部を流し、適度な時間になったらポップス研の練習へすっとんでいく。それが終わると、再び物理室へ戻ってくる。部員がいつまでも居残ってゲームをしていて、武流がケツを叩いて追い出さねばならない日もあるし、今日みたいなときもある。運動部みたいに「だれかが休むとみんなが困る」というところではない。個々人で好きに遊んでいるような、部らしくない部なのだ。

武流は、ひととおりプログラムの更新を終えた後、ロサンゼルスにある〝ゲームマスターズ・サロン〟のホームページを覗いていた。そのなかの掲示板《BBS》に、このあいだやった〝ゲーム〟のレポートを書きこむつもりなのだ。文章は昨日のうちにしたためておいたので、あとは翻訳ソフトにかけてすこし調整するだけだ。

〝ゲーム〟のストーリーについては、ほとんど触れなかった。そのレベルの議論には、すでに飽き飽きしていた。今の武流の興味は、もっぱら運営方法である。よりプレイヤーの欲求に応え、楽しみを増やすには、どうしたらいいのか。しかも、お追従と思われないように、自然に運営したい。

それを論ずるには、演劇論《ドラマツルギー》、心理学、文化人類学、文学などの知識を総動員し、統合しなければならない。武流はいろいろと本を読んで、独学した。各分野では、それぞれの専門家にかなわないまでも、それらを総合して〝ゲーム〟に生かすワザには、自信がある。だからこそ、あけみを自宅に呼べたのだ。

インターネットは世界中に解放されているから、自分の知識の弱いところを補う専門家たちと、簡単にコンタクトを取ることができる。資料もそこらじゅうに落ちている。

ついこのあいだも、クロアチアの通称《ハンドル》サンダーロード氏が「プレイヤーの怒りをそらす12の方法」という興味深い意見をくれた。怒りを〝鎮める〟ではなく〝そらす〟というのが、実に正鵠《せいこく》を射ている。〝ゲーム〟がさかんではない国ほど、かえってディープなファンがいるようだ。

常連の掲示板の閲覧を一通り終えたころ、廊下を静かな足音が近づいてきた。

画面右下に常駐している、デジタル時計に目をやる。七時四十四分。

顧問だろうか？

閉門時間は九時だから、まだ一時間以上早い。

それにステップが違う感じだ。ほとんど重さのない、軽やかさ。


窓から、金の冠《ティアラ》を戴いた、ブロンドの巻き毛が見えた。

目を疑った。

扉が開く。

少女が、レモンイエローのふんわりしたイブニング・ドレスにつつまれて立っていた。レースのパフスリーブ。ふくらんだフレアスカートには、たくさんのプリーツが入っていた。背中から、半透明で丸い蝶のような翅が生えている。足もとは銀ラメのストッキングと、クリーム色をしたトゥシューズ。すらりと立ち、青い瞳が光を宿している。

「やっぱり、ここにいたのね」

舞台衣装を着た、浅倉やよいだった。金髪はかつらで、スカイブルーの瞳はコンタクトレンズ。しかし朱のリップスティックを塗った酷薄な笑みは、自前である。

「やよい……なにやってんだ、そんなかっこうで」

「練習が早く終わったので、ひさしぶりに寄ってみたのよ。あなたに、この姿を見せたくて」

近づいてくるとともに、衣擦れの音が、風のように鈴の音のように、自己主張する。

やよいは、去年の後半からほとんどここに顔を出していない。幽霊部員というやつだ。枯れ木も山のにぎわいというわけではないが、女子部員は貴重なので、武流はやよいを名簿から削除しないでおいた。

いま目の前にいる彼女は、まさしく幻想世界から抜け出して来たようなたたずまいだ。やよいには、普段から妙に現実味のない雰囲気がつきまとっていた。だから、地に足が着いていない役をやらせたら、天下一品なのである。

「これは妖精の女王ティターニア。こんどシェイクスピアの『夏の夜の夢』をやるの」

「そうか」

あえて、そっけない返事をした。このまま彼女のペースにつきあっていると、幻惑されそうだ。

「ねえ聞いて。ボトム役が大根で、こっちがいくら真面目にやってもダメなのよ。雰囲気ぶちこわし。相手がタケルだったら、わたしいくらでも燃えるのに……ねえタケルは、なにをしてるの?」

やよいは近寄ってきて、かがみこんだ。きわどい襟ぐりが、視線の端にちらつく。胸の谷間が、吊りひもなしのブラで強調されていた。

「ネットだよ。今〝ゲーム〟関係のページに入ってる」

視線を動かさないようにするには、すこしばかりの努力が必要だった。

「ふうん。わたしにも入りかた、教えてくれる?」

ふくみ笑い。

「前に登録しただろうが。IDとパスワードは?」

武流は、ログイン画面に戻り、打ちこみの準備をした。

「あれから、半年も経っているのよ。もう、忘れちゃった」

「しょうがねえなあ……」

やよいに代わって、パスワード再発行の手続きをしようとした矢先……

気がつくと、やよいの白手袋をした長い指が、武流の胸をまさぐっていた。細い両腕は武流の首にからまり、うしろから抱きつかれたかたちになっている。ほんのりとした胸のふくらみが、肩のあたりに押しつけられた。

「よせよ」

「うふふ」

外科医のように精密な指先が、さらに下に伸びた。震えが全身をつつむ。

「女は蔦《つた》。こうしてたくましい楡の幹や枝に、からみつくの。ああ、大好きよあなた。わたしを引き剥がさないで」

「いいかげんにしてくれ。きみはおれを捨てたんだぜ」

武流は手を払おうとした。

やよいがすうっと離れる。考えるまもなく、世界が回った。気がつくと、やよいの訴えるような目が、下からのぞきこんでいる。縦ロールのブロンドが、むきだしのきゃしゃな肩の上で揺れた。

彼女は、キャスターつきの武流の椅子を回して、その正面でしゃがみこんだのだ。

「ヨリを戻しに来たのよ。だから、わたしに奉仕させて」

白く輝く首筋。なまめかしい青い瞳。まるで、メデューサに魅入られたようだ。

「自分に都合のいいときだけ来るなよ」

武流は目をそらした。ペルセウスの逸話を思い出したのだ。

だが、そうすべきではなかった。

視線を外したすきに、なめらかな指がスラックスにまで、まとわりついてきた。吸いつくように撫でまわされ、危険で甘美な戦標が、脊髄を駆けあがる。

「でもタケル、こんなになってるわ。わたしが、忘れられないんでしょ」

身体がわななないた。声がもれる。

やよいは全身で抱きつき、体重をあずけてきた。

武流はのけぞり、椅子は簡易ベッドとなって、極限までうしろに軋《きし》んだ。

「妖精女王に、貞操を奪われる気分はどう?」

その瞬間、空全体が紫色に光り、真昼のような明るさになった。やよいの全身が照らし出され、まさしく妖精のような後光が射した。

生々しい感触が蘇ってきた。鼻の奥をかすかな芳香《アロマ》がくすぐる。身体に火がついた。ケダモノへと変化しそうだ。視界がせばまる。

扇情的に半開きにされた魔性の唇からは、ピンクの舌がちろちろとのぞいていた。

手を出したら地獄に堕ちる。すべて演技だ。彼女のこの手に、何度だまされたことか。

あけみのことを思い出そうとする。蘭のような色香を払拭する、清楚な野の花を。

稲光はすでに消え、外はまた闇に返った。

武流は、やよいとのあいだに片膝をさしこみ、彼女の両肩をつかんで押し返した。椅子はふたたび、反動で軋めいた。

息がはずみ、心臓が苦しい。

「なにが目的なんだ。身体を武器にしなくたって、訊けるだろう？」

やよいは、ぺたりと床に座りこんだ。

「あなただって、わたしを利用したでしょ。演劇部だからって。演技のノウハウを訊いて〝ゲーム〟に活かす。それだけのために、わたしを抱いたのじゃなくて？」

「ばかばかしい。みんながみんな、目的論なんかで動いてると思ったら大間違いだ。それにぼくは、ほかのヤツなんかと寝たりしない」

やよいは、しばらくこちらを見つめていた。探るような視線。

そのうちあきらめたのか、顔から表情が消えた。ゆっくり立ちあがり、ドレスのホコリを払う。

「タケル。あけみさんとは、どこまでいったの？」

どこかあさってのほうを向きながら、やよいが言った。声音はマネキンのように、淡々としていた。

「答えたくない」

「彼女、キスもさせてくれないんじゃない？」

やよいは着崩れを直し、冠を押さえる。

武流は唇を噛んだ。

「河野さんとは、きみが考えてるような仲じゃない」

「そうかしら？」

空気が、ぎこちなく張りつめた。

武流は、吐き捨てるように言った。

「きみは身体でしか、ものを考えられないのか？」

やよいはたおやかな胸を、凛と張った。

「わたし、身体を張って生きてるのよ。いろいろな意味でね。タケルはそういうこと、考えないの？　あなたみたいな人が？」

目が責めていた。彼女の瞳をのぞきこむと、過去の武流が笑い返してくる。おまえは変わったよと。

やよいの寂しげな蒼い頬が揺れる。

「そんなの誠実でもないし、正直でもないわ、だいいち不健全ね」

やよいはゆっくり戸口へ歩き、去りぎわに振り返った。スカートがふんわりと拡がる。長いまつげの瞳が、なにかの色で濡れていた。

「もったいないわ。あなたは磨けば光る素材なのよ。このままいろんな経験をして、三十ぐらいになったら、女が放っておかないわ」

そして小首をかしげた。

「わたしでよかったら、いつでもお相手してあげてよ。それとも、生娘じゃなきゃお気にめさなくって？

処女殺し《ヴァージンキラー》さん」
Vの字に曲がった口もと。泣きぼくろが光る。うるんだ目が、伏せられた、
このときのやよいの表情を、武流はついぞ忘れることができなかった。記憶の深層に巣喰い、長いあいだ武流の良心を悩ませ続けた。
蛇に睨まれたカエルは、こんな気持ちになるのだろうか。

6

あけみは部屋にこもり、飢えるように待っていたのだ。かかってこない電話を。

この半年、自分が困ったときはいつでも、武流が助けてくれた。話し相手になり、グチを聞いてくれた。でもいま電話は、かたくなに沈黙を守り続けている。

武流のかわりに、ビートルズの青盤が話しかけてきた。

「レット・イット・ビー」

なるがままに身をまかせて。つらいとき、苦しいとき、どうにもならないとき、この言葉を噛みしめて。悪いときばかりではない。雲が晴れたら太陽が待っている、別れた人とも、会える日が来る。

ポール・マッカートニーが、聖母マリアから授かった箴言《しんげん》だ。

あけみは歌に命じられるまま、心をゆったりと解放する。

水面に気泡が浮かんでくるように、ごく自然に吉備津の顔が見えてきた。

彼は、ちゃんと話を聞いてくれた。あけみの体験を、否定も肯定もせずに。

「ぼくは、霊がいないと言いきるつもりはありません」

これは、吉備津が初めて口にした意見だった。

ほっとしながらも、あけみはもっと突っこんで訊いてみずにはいられなかった。

「理系の先生が、そんなこと言っていいんですか？」

「いると言っているわけでもない」

「ずるーい」

吉備津の顔がひきしまった。授業をするときの、真剣な表情になった。

「いいですか河野さん、ものごとは検証されない限り、

あるともないとも言えないんです。真に科学的な思考をするなら、霊の存在を検証する方法がまだ確立されていないことこそを、認めるべきでしょう。霊がいないと言いきることは、だれにもできません。言ってしまった瞬間から、その人はエセ科学者か芸能人になってしまいます」

最後の一節は、だれかに対する皮肉だったのだろうか。判断がつかないうちに、吉備津は素早くウインクして先を続けた。

「河野さんのケースが、霊現象なのかそれとも心理現象なのか、今のところぼくには判断できません。話として聞いただけでは、確かに荒唐無稽な感じがします。しかし、あなたの恐怖は本物だ。少なくとも、ぼくにはそう見える」

日本人にしては色の薄い瞳が、あけみを見つめていた。純粋できれいな褐色。あけみのなかに、熱いものがこみあげてくる。

「問題は霊かどうかとは、別のところにあります。現実にあなたが困っているという事実、それが一番です」

吉備津はあまり、生徒を下に見ない。先生対生徒という図式を破る無法者は容赦なくしかりつけるが、こちらが最低限の礼儀さえわきまえていれば、一人前の大人として、レディとしてあつかってくれる。あけみたちの意見を、尊重してくれるのだ。

「リベラルな考えかたができれば、いくぶん楽になると思うのですが……ともかく死を考えないこと。負《マイナス》のイメージというのは、いったん考えだすとそれこそ取り憑かれたようになってしまいますから。〝生きる〟という気持ちを忘れないで。好きなこと、楽しいことを心に抱いて、しっかり生きてください。この世に生まれた生命で、不要なものなど、なにひとつないのですから」

助けてほしい、この身を救ってほしい、しかし気持ちばかりが先行して、言葉にならない。

「ぼくの知りあいに、親身になって話を聞いてくれる専門家がいます。河野さんさえその気なら、いっしょに相談に行けます。考えてみてください」

話は、それでほぼ終わりだった。

「そうですね……」

そう言うしかなかった。

それほどのまもなく、あけみは吉備津と店を出ていた。頭の芯が、ゆらゆらする。

自分は、吉備津にすがったのだ。だれかほかの人間にではない。なのに彼は、自分を他人にまかせるという提案をした。

「また状況が変わったり、なにかあったら、相談してください。ぼくで役に立つんだったら」

気遣わしげな表情。吉備津の瞳の悲しみが、より深くなった気がする。

抱きしめて！　きっとそれだけでも、不安が消えていく。

雨に呑まれていく吉備津の背を、あけみは黙って見送った。彼は安堵をくれ、それからそれを奪い去って、失望を投げてよこした。残酷な結末。見通せない闇。

呆然としていると、だれかに肩をたたかれた。

振り返ると、赤い相合い傘の下に、グレーのブレザーがふたつ見えた。正確には黒とこげ茶のギンガムチェックなのだが、ちょっと離れると灰色にしか見えない。特にこんな雨のなかでは。

ブレザーの下は、両サイドが空いた同色のジャンパースカート。Vネックの内側からは、ピンタックのクリーム色のブラウスがのぞいている。白いルーズソックスと、黒いローファー。

誉紗名学園高等部の制服。同級生だ。


ユニフォームの主は、康子《やすこ》と久美子《くみこ》である。いつも一緒にいる、話し好きなふたり。

「河野さん、〝ももちゃん〟と逢い引きしてたの？」

あねご肌の康子が、遠い目をして尋ねた。

「そう」

思わず、そう答えていた。

「へえー、ふうん」

久美子が康子の腕にすがりつきながら、穴があくほどあけみを見つめた。

彼女たちとはすぐに別れた。しかし、花のようで無辜《むこ》の小鳥のようなふたりは、純粋な心のまま、残酷な噂をばらまくだろう。


ブルーな気持ちが、心のなかの中途半端な位置で泳いでいる。そんな憂鬱なんか、このまま沈んで溺れてしまえばいい。

アルバムはすでに、最終曲の「ザ・ロング・アンド・ワインディング・ロード」になっていた。

いろんな道を歩いてきたけど、結局ぼくがたどり着くのは、きみへと続く長く曲がりくねった道。もうぼくを、置いて行かないで。ひとりで取り残さないで。

あけみには、そんな道は見えなかった。吉備津への道は、果てしなく遠い、まるで雲の上まで続いているようだ。

耐えきれない。

鳴らない電話の音が、あけみを責めたてた。耳を聾《ろう》し、身体を痛めつけた。

鳴らない電話の音を止めるために、あけみは受話器をとる。でも、かけられる相手がいなかった。

どのくらい、ツーッツーッという音を聞いていたのだろう。ふいに、眼鏡をかけた少年の顔が浮かんだ。

無敵戦士ヒューのプレイヤー、名前は確か……稲垣くんだ。

あけみは、急いでスケジュール帳をめくった。ア行の欄の最後に、ミミズがのたくったような字で〝稲垣功亮〟という名と、住所および電話番号が記されていた。

この名は、なんと読むのだろう。そういえば、だれも彼のことをファーストネームで呼んでいなかった。

プッシュボタンに伸ばした手が躊躇し、5の数字を中心に、回ってしまう。

あけみは唇を噛んだ。どうせほかに、突破口はないのだ。覚悟を決めないと。


二度三度深呼吸をし、ひとつひとつ数字を押していく。呼び出し音が五回鳴ったところで、向こうが出た。

「はい、稲垣です」

彼だろうか？　声は似ているが、電話では違ったふうに聞こえることがあるから。

「もしもし、わたし河野といいますが」

「かわのって……あけみさん？」

「稲垣くん？」

「あれえ、どうしたの？」

どうやら本物のようだ。

「いきなり電話しちゃって、ごめんなさい」

「いや、それはいいんだけど、どうしたの？」

稲垣の声の背景から、剣戟のような効果音が流れてくる。かけあいのセリフも、小さく聞こえてきた。なんだろう？

いや、そんなことを気にしているときではない。すぐ目先のことに興味が移ってしまうのが、自分の悪いくせだ。

「稲垣くんって……タケルくんとつきあい長いよねえ」

「うーん、中二のときからだから、長いってば長いのかな」

そうだったのか。てっきり、高校一年からのつきあいかと思っていたのに。

「もしよかったら……タケルくんのことで、いろいろと訊きたいことがあるの」

「なるほど……じゃ、ちょっと待ってて」

電話の奥で、雑音レベルが減少した。なにかのボリュームをさげたらしい。

「お待たせ。話をどうぞ」

「あ、あの……」

「はい？」

ここで聞きたかったことを訊いておかないと、なんのためにに電話をしたのかわからない。

あけみ、勇気を出さなきゃ。

自分に活を入れ、息を吐く勢いで、言葉まで出そうとする。

「タケルくんとやよいさん、どんな関係なの？」

なにかガタンと大きな音がして、咳きこむ声がそれに続いた。しきりに、むせかえっていた。

「だいじょうぶ、稲垣くん？」

稲垣は、息を整えようとしながら言った。

「だ、だーいじょぅぶ……だと思いたい」

何秒か苦しんでいた。稲垣にとっては、答えにくいことなのだろうか。

「なんか、アレだったら、別にいいのよ」

「いやさっきは、単にボクの心の準備ができてなかっただけで……もうだいじょうぶ」

心の準備？　やっぱり、そんなものが必要な内容らしい。肌が粟立ってきた。

「で、苦いままがいい？　オブラートでくるんだほうがいい？」

あけみは、つばを呑みこんだ。

「そのまま、つつみ隠さず。お願い」

ため息が聞こえた。

「ふたりは昔、つきあってたんだ。別れたのは半年前、ちょうどタケルがあけみさんと会いはじめたあたり」

「それだけ？」

「だったら、なんの問題もないんだけどね」

しばしの沈黙。どうしたというのだろう。やはり言いにくいことが、あるのだろうか。

あけみは、すこし角度を変えてみることにした。

「タケルくんは、どういうつもりで、わたしとやよいさんを会わせたのかしら？」

「手違いがあってね、本当は〝あの人〟じゃなく、大《おお》崎《さき》っていう男子が来るはずだったんだ。けれど急病だとかで〝あの人〟が代打を買ってでて」

「でもどうして、やよいさんが？」

「あけみさんを、一目おがみたかったんじゃない？」

「え？　だって、どうして……」

自分はやよいを知らないのに、向こうは会う前からある程度のことを知っていたのか。彼女は〝ゲーム〟をしながら、ずっとあけみを観察していたことになる。

「タケルが、つきあってる娘を〝ゲーム〟に呼ぶっていうこと、どっからか聞きつけたんだと思う。〝あの人〟メチャクチャ情報網広いから」

やよいに対する恐怖が蘇ってきた。偏頭痛が脈打ちはじめる。

ダメだ。この程度でメげてちゃ、ダメだ。

負けちゃいけない。やよいにも《甲冑の乙女《メイルドメイデン》》にも。

そして自分自身にも。

気持ちを言葉にしてつむぎだす。

「やよいさんって、どういう人なの？」

「コワーい、おねえさん」

間髪いれずに、稲垣が言った。笑いを禁じえない。

それから、声が真剣な感じに戻った。

「演劇部のほかに一般の劇団にも入ってて、何度かプロ講演もしてるんだ。十歳ぐらいの時には、子役で映画やテレビに出たこともあって、親衛隊はいるし、シンパも多い。ファンのみんなは、深窓のお嬢様だと思ってる」

「稲垣くんは、どう思ってるの？」

舌打ちのような音が聞こえた。

「近づきたくないね。食いものにされる。もっとも彼女は、ボクなんか相手にしないけれど」

「えー、そんなことないよ。わたし稲垣くん、いい男だと思うよ」

「ありがとう。でもその言葉は、タケルに言うべきなんじゃないの？」

胸が小さく疼《うず》いた。八方美人な自分。罪を背負った自分。なんてことだ。

「わたし……ごめんなさい。そんなつもりじゃ」

「あいつ、真剣だよ。あけみさんに対しては。見ていて、こっちまでつらくなる」

言葉もなかった。

稲垣は、咳払いをして続けた。

「〝あの人〟、むかしタケルがアプローチしてたころは適当にあしらってたのに、〝ライバル〟が現れたとたん、取られたくなくなったんだと思うな、あ・け・み・さん」

「え？」

「簡単に言うと、タケルとのヨリを戻したがってるってこと」

「そうなの……やっぱり、そうなの」

「自分がいつも一番でいたい人だから。あけみさんがタケルとくっつくと、タケルのなかの〝あの人〟の存在が、二番になってしまうじゃない」

ということは、やっぱりやよいも武流のことが好きなのだ。今でも。

「稲垣くん、いろいろとありがとう。ずいぶん、気持ちがスッキリしたわ」

「こんなことでいいなら、いつでもどうぞ。ボクはタケルの友達だけど、あけみさんの友達だとも思ってるから」

友達。なんと便利な言葉なのだろう。うれしいけれど、いろんなことを考えると、泣きたくなってしまう。人はみな、何気なく吐いた自分の言葉で、大事な人を傷つけてしまうのだろうか？

滅入った気持ちのなかに、まだなにかが引っかかっていた。それがなんだかわかると、身体が熱くなった。


「最後に、もうひとつだけ……」

「いいよ。どうぞ」

「タケルくんって……」

やよいさんと寝たの？

いや、ダメだ。これだけは、やっぱり言い出せない。自分には、そんなことを訊く権利も資格もない。

「ううん、やっぱりいい。本当にありがとう。感謝してるわ」

「だいじょうぶ？ ともかく〝あの人〟には、気をつけて。目的のためには、手段を選ばないから。ちなみに急病だったはずの大崎は今日、ピンピンして学校に出てきてたよ」

うれしいことと、悲しいことが、いっしょになってやって来る。どっちか片一方だけというのは、望めないのだろうか。

「じゃまた。元気出して、がんばって」

稲垣がまとめた。

「おやすみなさい」

そして、あけみは心残りを胸に秘めたまま電話を切った。

それから気がついた。稲垣のファーストネームの読みかたを、とうとう訊かずじまいだったことに。

7

低気圧は夜のうちに過ぎ去り、雨は朝日が顔をのぞかせるよりも前にやんでいた。

そして昼休み。武流は風が気持ちいい渡り廊下で、ばったりと稲垣に会った。手をあげながら声をかける。

「よー、稲垣！」

ガツン。

いきなり出合いがしらに、なんの予備動作もなく、稲垣の右アッパーが飛んできた。

「おまえ、しっかり好かれとるやんけ！」

パンチが理不尽なら、しゃべる内容も藪《やぶ》から棒だ。

「いってー、なにすんだあ！　しかも、エセ関西弁で！」

しゃがみこんで、顎をさする。

「ケンカ売るには、これがいちばんいいんだ。あー、顔見てるだけでムカつく」

稲垣は高くかかげた右手をわなわなと震わせ、左手で眼鏡を押さえた。

下から睨んでやった。

「ムチャ言うな！」

稲垣は負けずに、上から責めるような視線をあびせかけてくる。

「昨日、河野さんから電話があったよ。きみのこと心配してた」

「えっ、なんで稲垣のところに？」

なぜ自分のところには、かかってこないのだろう？

稲垣は『おまえが不甲斐ないからだろ』とでも言いたげな目をした。しかしそんな言葉は呑みこんだのか、話題をそらした。

「しかし、きみらもよくエッチなしでこんなに保ってるね。今どきのカップルだなんて、信じられないぐらいだ」

「いやホント、おれもそう思う……って、そんなことまで、あけみから聞いたのか？」

「タケル見てれば、よくわかる」

「あ、そうか」

複雑だ。そんなにすぐ、わかるのか？

いや、稲垣だからわかるんだ。つきあいが長いから。そう思わせてくれ。

稲垣の目が、ニヤけた。

「タケルも、もう限界だね。心は河野さんに捧げて、身体は浅倉か誰かにでもヤっちまったほうが、健康にいいんじゃない？」

「ま、そうなんだけどな……」

ドカン。

「うぎゃー、頭が、頭があ」

学校指定の白い内履き《スニーカー》で、蹴倒された。後頭部が床にめりこみ、マジで目のまわりに火花が散った。

稲垣の笑いは、オトリだったのだ。

「一瞬でも認めるな、ダホ！　そんなことしてみい、わしがケツの穴から手え入れて、奥歯ガタガタいわしたる！」

「もう、やってるだろ」

頭をかかえて転がりまわっているうちに、稲垣は両手を学ランのポケットに突っこんで、何気ない猫背でこの場を去って行った。こんな捨てぜりふを残して。

「浅倉やよいの動きに、気をつけろ」

心の時間が静止した。昨日のことと稲垣の言葉が、オーバーラップした。

稲垣はやっぱり、あけみかやよいが好きなんじゃないだろうか。七対三で、前者有利といったところ。

バカかおれは。なに考えてるんだ。

頭が痛かった。

それから、もっとバカなことを思いついた。

両方好きってことも考えられるな。もしそうだとしたら……うわあ。なんにしてもこりゃ、泥沼だ。

いや、マジでヤバい。

8

次の日の学校。視線が、ネットリとからみつく。まるで深海を歩いているかのように、粘着質の凝視が、あけみの自由を奪っていく。つとめて無視していても、心に負担が溜まっていった。

階段をおりて購買部へ行こうとしたところで、うしろから駆け足が迫ってくるのに気づき、思わず振り向いた。

ピンクの貝殻をモチーフにした髪飾りを、左サイドに留めたショートヘア。目の下のひだがない、すっきりした顔立ち。眉は淡く、耳は太陽に向かってツンと尖っていた。唇も上を向き、だれかからのキスを待っているようなかたちを保っている。

山内晴奈だった。

「ねえあけみ、コレすごいすごい。失神するかと思った。イっちゃうぐらい、すごかった」

満面の笑みを浮かべて近寄ってきた。手に、例の悪魔のCDジャケットを持っている。

「最初、なんじゃコリャって思ったんだけど、二、三回聴いたら、ヴィンセントのダミ声がさあ、もうヤミつきになっちゃって。ただ叫んでるだけかと思ったら、ちゃんとメロディアスなところもあって、うまくつくってあるよね。今朝の電車でも聴いてきたんだよ」

あけみ自身は、二度と聴く気になれない。でも、こんなに喜んでくれるなら、貸してよかった。

晴奈は、早口で先を続ける。

「あ、そうだ。お昼いっしょに食べない？　どっか外へ出てさ。お天道《てんと》さんをバーッと浴びて。あたしはお弁当なんだけど、あけみは？」

「わたしも、そうよ」

「じゃ、決まりね」

あけみの肩をトンとたたき、鼻歌まじりに廊下を小走りで戻っていく。きれいなフォーム。そういえば彼女は、短距離の選手ではなかったか。

あけみは、人からベタベタ触られるのが苦手だ。しかし晴奈のタッチは、軽やかでイヤな気がしなかった。

自分が変わったのだろうか。それとも晴奈が特別なのだろうか。

あけみは購買部での買い物に、サンスクリーンを追加した。

丘を渡る風。暖かい陽射し。芝生の上でとる食事。なにもかもが新鮮だった。

目を細めて見ると、世界がもうひとつの輪郭をそなえている。芝生や木々の梢はぼんやりとした萌黄《もえぎ》色につつまれ、樹木の幹はしっかりした白い縁どりで覆われていた。枝に佇《たたず》む鳩たちは、眠たげな緑の衣をまとっている。

紋白蝶が、その短い生命を赤く強く燃やして、高く低くひらひらと舞った。上空で輪を描いたとんびは、夕食のことでも考えこんでいるのか、澄んだ青い光を発している。

元気な晴奈は、溌剌としたピンクをあたりじゅうに発散していた。近くにいるあけみも、そのオーラに抱かれ、影響されてうれしくなってしまう。

「やっぱ、きっかけよね。あけみのこと、前から気にはなってたんだけどさ、なんか話しかけづらくって。あけみって、ちょっと人を寄せつけない雰囲気あるじゃない」

晴奈のかわいい唇が言った。華やかな色彩が、まわり

へ拡がった、

「そう?」

「うん。なんていうの。あえて深い人間関係にならないようにしてるっていうか、垣根をつくっちゃってるっていうかさ。そういうことして傷つくことから逃げてると、けっこー生きてくうえで楽しいことも、見逃しちゃうと思ってたんだ、あたし」

確かに。自分でも薄々そうかなとは思っていたが、はっきり面と向かって言われると、すこし傷ついてしまう。

「でもそんなの、あたしの思いこみだったんだね。学校離れて、あんなファッションしてるんだもん。あたしの知らないこと、あけみはいっぱい、してたんだね」

話が意外な方向に曲がった。

「そんなこと、ないよ」

晴奈さん、あれはわたしじゃないのよ。

「ううん。カッコよかったよ。ねえねえ、ところでさ、あけみ〝きびだんご〟にアプローチしたんだって?」

箸がぴたりと止まる。怖くて、彼女の顔が見れない。

「みんな、なんかグジャグジャ言ってるけど、あたしはもうダンゼン、あけみを応援しちゃうな」

彼女は笑っていた。心地よい風に緑の黒髪が舞い、木洩れ陽で白い歯が輝いて見えた。オーラはさらに強まり、ほとんどローズといっていい色になった。その爽やかさが解せなくて、あけみは問いかける。

「晴奈さん、あなた吉備津先生が好きだったんじゃないの?」

「え? 今でも好きだよ。でもあたし、もうカレシいるもん。そりゃ男が二人三人いたって悪かないけど、〝きびだんご〟はあけみに譲るよ。あたしじゃ、かなわない」

あけみは、なぜ自分が彼女に親近感をいだいたかを理解した。晴菜は、あけみに欠けているものを持っている。ちょっとやそっとではめげない、たくましい神経を。命の火に燃えあがるバイタリティを。

「〝きびだんご〟ってさあ、基本的に朴念仁《ぼくねんじん》じゃない。あたし去年、処女あげようと思ってがんばったんだよ。でも半年で待ちきれなくなっちゃって、ナンパされた相手のとこに捨てちゃった。なんか、女って悲しい生きものだよね」

ひとすじの深い青が、右の頭近くにすっと現れた。しかしそれも、徐々にまわりの薔薇色に溶けて消えていく。

頬が火照ってきた。晴奈とあけみでは、今まで生きてきた世界が違いすぎる、それでも好感がもてるというのは、初めての経験だった。

「ところで、あけみってヴァージン？」

コクリと一度うなずいて、そのままうつむいてしまう。

「そっかー。状況的には、あたしが迫ってたときとおんなじか。ちょっと、きびしーね。〝きびだんご〟って、なんか『処女は絶対に襲いません』って感じしない？」

男性経験が乏しいあけみには、そのへんがいまいちピンとこない。とりあえず、自分の印象を言ってみる。

「うーん。女っ気は、あんまり感じないね」

「っていうかさ、なんか自分が生きるってこととか、セックスして楽しむってこと自体を、否定してない？ 死の影みたいなもの、引きずっちゃってる気がするんだよね」

胸が熱くなる。晴奈の気持ちは、自分と同じだった。

「なのにダサくないし。存在自体がミステリアスじゃん。なんであたしらの学園で、先生なんかしてるんだろ。あたし訊いてみたんだけど、はぐらかされちゃってさ。やっぱ、人生経験の差はくつがえせないかな、ハハ」

チャーミングなえくぼが現れた。基調となったローズのまわりを、さらにオレンジやイエローが取り囲む。こんなにかわいい子でもダメだったのに、自分なんかでは、とても望みがない気がした。

それなのに晴奈は、全面的にバックアップするというのだ。

「だってあたし〝きびだんご〟に関しちゃ、先輩にあたるわけじゃん。先輩は後輩に、なんでも教えるもんだよ」

運動部らしい、明快な回答。

たった一日で、あけみは晴奈のとりこになってしまった。世のなかに、こんな種類の魅力があるなんて。本から仕入れただけの自分の知識が、いかにかたよっているのか、改めて認識させられた。それからあけみは、晴奈が処女喪失したときの話を聞いた。すべてが赤裸々で、みもふたもなく、驚きと後悔と痛みとに満ち、顔じゅう真っ赤になってしまう。それでも自分の奥底に、聞いていたいと思う心があった、

「あけみ、ロスト・ヴァージンは好きな相手じゃなきゃダメ。ゼッタイ後悔するよ」

晴奈がそう言うのを待っていたかのように、予鈴が鳴った。晴奈は、真剣な表情から爽やかな笑顔に変わり、ささっと弁当を片づける。緑や白の光芒が、すばやく現れ、目まぐるしく頭のまわりを回転する。

「あ、そうだ。学校終わったら、いっしょに街へ出ない。ほかのアルバムも欲しくなっちゃった。モービッド・エ

ンジェルさいこー。デス・メタルしびれるー。ねえ、売ってる場所教えてよ」

「でも晴奈さん……」

「ハルナって呼んで。おハルでもいいわよ」

　ひとを呼び捨てにするには、勇気が要った。でも晴奈に対してさんづけするのは、もっと失礼な気がした。

「じゃあハルナ……あなた部活あるんじゃない？」

「いいのいいの、一日ぐらいフケちゃったって。『生理でーす』とかなんとか言ってさ。ところであけみ、あんた英語得意だったよね。モービッドって、どんな意味？」

「……調べとくわ」

　言いながら、あけみは目を大きく見開いて、霊視をやめた。長時間続けたので、疲れてはいたが、気分はずいぶんとラクになった。


　結局あけみは、五限が終わるとすぐ図書館にすっ飛び、ランダムハウスで英単語の意味を調べることにした。アーティスト名は。疫病の天使《モービッド・エンジェル》、アルバム・タイトルは聖書の一節で『病める者は幸いなるかな《ブレスト・アー・ザ・スィック》』と訳すらしい。ついでにライナーノーツもざっと見てみると、曲はおおむね、堕天使たちの運命をモチーフにしたものだ。詩は怒りと悲しみと、そしてそれ以上の力強さにあふれていた。またあの不穏な（今では美しくも見える）ジャケットが、ジャン・デルヴァルというベルギーの画家の代表作「サタンの宝物」であることもわかった。堕天使の長にとって大事な宝とは何なのか……

　ふと《甲冑の乙女《メイルドメイデン》》の顔が浮かんだ。彼女も、そんな惨劇を体験してきたのだろうか……

　冗談ではない、あぶなく取りこまれそうになる。こんなところで同情なんかしたら、おしまいだ。

　はしゃいでいる晴奈といっしょに、自分も街へ向かおう。

　さっき、財布にあったレシートのミュージック・ショップに電話をかけて、場所と行きかたを確認したことは、彼女には内緒だ。

9

「サトー・タケル」

　くぐもった声に名を呼ばれ、振り向くと、路肩に黒く巨大なハーレー・ダビッドソンが駐車していた。バイクとは思えないほど重厚なアイドリング音が、あたりの空気を震撼させる。

またがっているのも巨漢だった。ただのノッポではなく、漆黒のライダーズ・スーツの上からでも、全身が鍛えられた鋼のような筋肉でできているのがわかった。どだいこのハーレーは一二〇〇ccである。相当な力がないと、転がせないシロモノなのだ。

頭はすっぽり黒光りするヘルメットで覆われ、口のあたりもモトクロス用のプロテクター・マスクで守られている。目を覆う丸いミラー・ゴーグルによって、顔面はまさしくガスマスクの様相を呈していた。

どこからどこまでも墨の色。生身で露出した部分は見あたらない。鬼神か、中世の黒騎士が顕現したといっても、おかしくなかった。

「なんか知らんが、おいでなすった」

当惑した武流の言葉に、稲垣はおもしろくなさそうに答える。

「どうするタケル。浅倉んトコの……たしか親衛隊長かなんかだ」

「やよいの？　このバケモノがかぁ？」

「前に乱闘してたのを、見たことがある。きみが今までお世話になってないほうが、不思議かもな」

稲垣とは、あのあと五分で仲直りしていた。武流が背後から奇襲をかけ、腕ひしぎ立ち十字固めを極めると、稲垣はマイッタ《タップ》をしながら「それ一本で手を打とう」と言ったのだ。どだいさっきのも、普段からやってるプロレスごっこの延長にすぎない。多少エスカレートしてしまったが。

問題は今、目の前にいる時代錯誤《アナクロ》な存在が、ごっこ遊びでは済まされそうにない、ということにある。

まったく、うんざりだ。やよいの領域へ侵入していくと、こういった非現実的な手合いを相手にしなければならなくなる。自分のなかで常識だと思っていたことが、ガラガラと音を立てて崩れそうになった。

ひさびさに授業終了のチャイムと同時に学校を出れば、これだ。ＯＳ展なんか行こうって、言うんじゃなかった。

「稲垣は、どうするんだ？」

「どうせ相手はタケルに用なんだから。ボクは巻き添えにならないうちに、これにて失敬」

「お、おい。ちょっとお」

「タケルと違って、ボクはまだ死にたくないの。生きてたら会場で会おう。健闘を祈る」

稲垣はポンと武流の肩をたたくと、くるりと背を向け、すたすたと歩いて行ってしまった。一度も振り向かない。ああ、まったく。持つべきものは友とは、よく言ったものだ！

黒ずくめの男はハーレーから巨体をおろし、武流に向かってまっすぐ近づいてきた。歩くたびに、ガチャコン、ガチャコンと機械じかけの音がしそうだ。

「サトー・タケルだな」

二メートル近い長身だった。三十センチも上から見おろされるのは、いい気持ちがしない。

くそっ。いくら向こうが優勢だからといって、言うべきコトは言っておかなければ。

「あんなあ。ここは科学文明が発達した現代日本なんだよ。まったく、そんな映画のなかから抜け出してきたような格好で来んな！　わわっ」

大男の丸太のような手がグッと伸び、武流の胸ぐらをつかんで持ちあげた。息が苦しく、足が地に着かない。暴れてみたが、ビクともしない。一瞬前の発言を、武流はすでに後悔していた。

目の前には、ふたつの丸いミラー・ゴーグルがあった。武流自身の恐怖にひきつった顔が、映りこんでいる。

押し殺した低い声が、マスクの奥から聞こえてきた。

「やよいさまに、手を出すな」

武流は自分に言い聞かせた。だめだよ。もっとニコやかにしなきゃ。スマイル、スマイル。

眼鏡に映りこんだ顔は、ますますひきつり、もっと無様《ぶざま》になった。

「おれのほうから手を出したんじゃ……あぎゃっ」

首が絞まり、息ができない。のどからは、ひねられたアヒルのような声しか出なかった。

「やよいさまに、手を出すな、いいな」

そこで急に放り出された。受け身を取るまもなく、背中をしたたか打った。耳がキーンとし、痛みで目が見えなくなる、全身が痙攣している。

「今回は、警告に寄っただけだ」

遠ざかる大男の足音。悠然とした足取り。ハーレーにまたがったのがわかった。

「われわれには、これからやることがあるからな」

黒い怪物の声に、かすかに笑いが混じったような気がした。

「こんど時間があるときに、遊んでやろう。もっと、じっくりとな」

うなるような排気音《エグゾーストノート》。

ガソリンが燃える独特のにおい。

武流は、なんとか立ちあがる。

視力が戻ってきた。

黒い影は車の流れに呑まれていくところだった。

そのとき、背後から声がかかった。

「今日のところは引き分けだ……ってとこか」

すまし顔で眼鏡をかけた、稲垣がいた。

「おまえ……」

声を出すと、ものすごく声帯が痛んだ。

「本当に逃げたかと思った？　なんかあったらすぐ警察に通報できるよう、待機してたんだぜ。心外だなあ」

すまん。うたがった自分が、情けない。

「タケル、こりゃ天中殺だ。お祓《はら》いでもしないと死ぬよ」

じゃかあしいわい。よけいなお世話だ。おまえだって、原因の一端を担ってるんじゃないか。

「しかし気になる」

稲垣は、心ここにあらずといった顔で言った。

「なにが？」

すこしのどが楽になったので、武流も心のなかで叫ぶのをヤメにした。

稲垣の眉間のしわが、険しくなる。

「あの男、これから用事があるとか言ってたよね。どこへ、なにしに行くんだろ？　わざわざ因縁をつけに寄ったってことは、その用件は、タケルに関係があることなんじゃないか？　ひょっとして……」

武流のなかで、不安が渦を巻いた。それがいきなり、ぞっとしない感触に凝固する。

「まさか、あけみが！」

「狙われている可能性は、充分あるね」

「あるねって稲垣……くそっ、追うぞ！」

言って、咳きこんだ。稲垣が駆け寄ってくる。武流は『大丈夫だ』と手をあげ、息を整えようとした。

稲垣は納得すると、呑気なことを言った。

「タケルは、ライディング・テクニックに自信あるんだ？」

「はあ？　免許も持ってないよ」

「だったら尾行は、まずムリ。あいつ、バイクには乗り慣れてる感じだったからね。タクシーを拾ったとしても、車で通れない道を行かれたらお手あげさ」

「でも、なにもしないよりはマシだろ」

「きみは、そう考えて自分の心をなぐさめたいだけなのか。それとも本気で河野さんを助けたいのか。どっちなんだ？」

　静かだが、有無を言わせない口調。

　武流は、もう頭がぐちゃぐちゃで、どうしていいかわからなかった。

「もちろん、あけみを助けたいんだ。けど、どうしたらいいんだ？」

「ひとぉつ、冷静になること。目的と手段を確立しないで行動するのは、もっとも破滅へ近い道さ。現代の戦争は情報戦なんだ」

　稲垣はおもむろに、学生カバンから銀色に輝くiPhoneを取り出した。

「今のところ、ボクらの武器はこれしかない」

　しかしその顔は、名案を思いついた男の表情ではなかった。苦虫を噛みつぶしたようにしか見えない。

「ふたぁつ、戦争は手もとにある兵隊と武器とを使って、やるしかない」

　稲垣はそう言って、電話を武流の手に押しつけてきた。

「やや不本意ながら、きみの出番だよ。もとより、タケル自身の蒔いたタネなんだからな」

　くだらない当てこすりのつもりなら、ぶん殴ってやるところだ。

10

　夕刻間近の新宿東口。

　人があふれた大通りに沿って、あけみは晴奈と歩道を歩いていた。

　晴奈は目的のものを手に入れて、ホクホク顔だった。悪魔やらなんやらのＣＤを四枚も買ったので、一万円近い出費である。

「散財しちゃったね」

　あけみの意見に、いきおいよく首を横にふる晴奈。

「ううん、いいの。これは、あたしが変わるための先行投資」

「変わるって？」

「あけみみたいに、変わるの」

　彼女は、なにもわかっていない。あけみは言った。

「そんな……わたしが見習おうと思ってることのほうが多いのに」

「いいのいいの。気にしないで……」

　そこまで言ったとき、予期せぬ方角から声がかかった。まったく抑揚のない、低く淡々とした声。

「コーノ・アケミ……さんだね」

振り向くと、すぐそばに黒ずくめの影。大通りに直交した街路樹の道で、大きなバイクにまたがり、丸い鏡の目でこちらを見ていた。

金縛りになったように、身体が凍りついた。その男の陰から、うごめく障気のようなものが、にじみ出ているのだ。

「知りあい？」

晴奈が、こちらの表情をうかがう。

彼女には、あの障気が見えていない。あの霧状の粘液のようなものは、男の幽体《オーラ》である。凶々《まがまが》しい地獄の闇をまとわりつかせた悪鬼。

「……なわけないか」

晴奈のもちまえの笑顔がすうと消え、厳しいおももちになった。二、三度地面を蹴り、腕を軽く回す。無意識の習性のようだ。このまま今にも走り出しそう。

「あけみ、さがって」

その言葉に、男は大きく満足げにうなずいた。

晴奈は舌打ちする。顔に動揺の色が走った。

男は晴奈の呼びかけで、こちらが〝あけみ〟であることを確認したのだ。

「サトー・タケルのことで、話がある。うしろに乗ってくれないか」

偏頭痛が、首のあたりから這い登ってくる。

晴奈が恐怖をこらえ、必死にツッパった。

「行っちゃだめだ。あんた、あけみになにをするの！」

男は巨体を前傾させ、人差し指を晴奈に突きつける。

距離が一気に縮まった感があった。蜘蛛が糸を吐くように指先から闇が伸びて、晴奈の首にからみつく。

「あなたがだれかは知らないが、こっちは彼女と話があるのだ。しばらく黙っていてほしい。さもないと……」

くぐもった笑いが聞こえる。男はオーラを通して、恐怖を吹きこんだ。

晴奈が、つばを呑みこむのが聞こえた。かすかに震えているのがわかる。

「な、なによ。あけみに手を出したら、許さないんだから」

晴奈のその言葉が、あけみを決心させた。

前に出る。

晴奈は振り向き、悲痛な表情をした。

「あけみぃ……」

「ハルナ、いいのよ。これはわたしの問題みたいだから。タケルくんが、どうしたの？」

男は身体を起こし、満足げに言った。

「ここでは話せない。彼がどうなってもいいのなら、隣の彼女と一緒に、どこへでも行くがいい。私は、どちらでもかまわない」

暗黒の糸が晴奈から離れた。交渉を楽しんでいる気配。どちらにせよ、自分の思うとおりになると、踏んでいるのだろう。

「やよいさんのさしがね？」

「だれだね、そのヤヨイさんというのは。私はサトー・タケルの個人的な知りあいだよ」

ふたたび仮面の下から、笑い声が響いた。ふくみのある反応だ。生ける闇が蠕動《ぜんどう》し、男の輪郭が一瞬ひとまわり大きくなった。

あけみのなかで、なにかが凍結した。

「わかった、行くわ」

「あけみぃ！」

なんの罪もない晴奈は、巻きこめない。あけみは感情を押し隠して、非情に徹しようと言い放った。

「どうせ、昨日今日の仲じゃない？　だまって家へ帰って、すべて忘れて。わたしのことは、考えないで」

晴奈は、見捨てられた仔猫のような顔。

男が手で、来いと合図した。漆黒が翼のように、はためいた。

あけみは、振り向かずにバイクに近づく。あまりに大きすぎて、どこからどう乗っていいのかわからない。

男が大きな手を差し出す。恐る恐るその手を取ると、すごい力で引っ張られた。闇のオーラが、そこから這い寄ってくる。

「しっかり、つかまっていろ」

使い古されたシルバーのヘルメットを渡された。あけみは無言でかぶった。すえたにおいがする。そして自分を待っている運命に思いを馳せ、唇を噛んだ。

男と自分とのあいだに通学カバンをはさみ、あけみは男の腹に手をまわした。分かれ目がくっきりとわかる、硬い腹筋の感触があった。

バイクが走りだすと、うしろに倒れそうになる。意識をしっかり保って、握った手に力をこめた。

男の背中は鋼の鎧のようだった。その広い背中から闇色のオーラは伸びてきて、あけみの身体を這いまわる。おぞましい感触だ。

自分の名を呼ぶ晴奈の声が聞こえたような気がした。しかしそれも、吹きつける風にまぎれて、やがて聞こえなくなった。

あけみは、新宿付近の地理にはうとかった。いや新宿に限らない。渋谷《しぶや》や池袋《いけぶくろ》も、駅の周辺やショッピング・ゾーン以外は、よくわからない。ただバイクが、どんどん人気《ひとけ》のない方向へ進んでいくのは、わかった。

「どこへ行くの？」

「放棄された倉庫だ。倒産した企業のもので、まだ買い手がついていない。しばらく、つきそうにもない」

「そこに……タケルくんがいるの？」

「着けばわかる」

いないのだ。そんな確信が、あけみのもとを訪れた。

あけみはすっかり彼のオーラにつつまれてしまった。その証拠に、視界は一段暗くなり、なにもかもが鉛色に見えた。

男が、たしなめるように言う。

「この速度で手を離すと、死ぬか大ケガをする。おとなしく協力するなら、そんな目に遭わせはしない」

さっきからあけみは、この男の矛盾した態度に戸惑っていった。暴力と、奇妙な礼儀正しさとを兼ね備えている。会話そのものにも、知性が感じられた。表面的な優しさのようなものに惑わされると、このまま虎の穴に連れて行かれそうだ。

確かに、飛び降りる勇気はなかった。しかし、そうしておけばよかったのだ。

プルルというコール音。場に似つかわしくないそのトーンが、かえって緊張感をあおった。

男は、右の人差し指と中指で、左の腕のあたりを軽く叩いた。呼び出し音が切れる。よく見ると、プッシュボタンのようなものがあった。

「おれだ……ああ、わかった。連れて来い。そうだ、例の場所だ」

言葉の合間に、なにか話し声が聞こえたが、内容までは聞き取れなかった。

男は、もう一度ボタンを操作して、ハンドルに手を戻す。

「ものわかりが悪い連中は、始末におえない」

状況を楽しんでいる声。

「いよいよ目的地だ」

考えがまとまらないうちに、塗装が剥げ、あちこち錆びついた大きな建物が見えてきた。バイクはそこに入っていく。だだっぴろく、体育館ぐらいの広さと高さがあって、あちこちに廃材やなにかの機械の成れの果てが放置してあった。

男は、スチール製の作業台わきにバイクを止めた。あけみにも降りるよう指示すると、ヘルメットを取りあげる。

あけみはカバンをしっかり胸に抱いて、男を見つめた。

男は素早く革のジャケットを脱いで、作業台の上に敷く。白いTシャツが見え、原発の番組などでよく見るマークと"BIOHAZARD"の文字が描かれていた。

「制服とは具合がいいな、うしろを向いて、上半身をその台の上にぴたりとつけろ」

「なにを、する気……」

「聞こえなかったのか、うしろを向いて、上半身をその台の上につけろ」

声が、イラついていた。

言うとおりにすれば、男の前に高く尻を突き出すことになる。それが意味することは、いくら奥手のあけみにでも、わかった。

「た、タケルくんの話は、どうなったの?」

あけみは二、三歩退いた。自分の声がうわずっているのがわかった。


瓶のようなものを踏んで、転びそうになった。

すぐに背中がなにかにぶつかった。

見ると、左右二メートルはある巨大な柱だった。わきに逃げようとすると、男が左右に両手をついて、死神のようなヘルメットを近づけてくる。炎のように闇が揺れ、泡だった。

「おまえがジャンヌ・ダルクかどうか、調べる手はずになっている。おまえがわれわれに協力しない場合は素直に手を引こう。その代わり、今おまえにしたのと同じ要求を、サトー・タケルにも出す」

男の言っていることが、呑みこめなかった。いや、正確に言えば理解したくなかったのかもしれない。

「行きがけに見てきたが、なかなか綺麗《シャン》だったな」

背筋が凍った。ここにいる無貌の存在は、自分の理解をはるかに超えていた。まさしく邪悪の顕現であった。

「男のほうが、面倒はなくてね。無理矢理犯しても、まず警察に届けるなんてことはしない。ただ女と違って、それだけで狂っちまうこともあるらしいが。男ってのは、繊細なもんさ」

右手の人差し指を自分の頭の横で何度かまわして、それから天に向かって手を拡げた。

恐怖と、怒りと、憤りと、混乱とが、あけみの頭脳に侵略してきた。

「あなた……信じられない」

悪霊と話している気がした。

彼は、あくまで淡々としていた。

「私は力ずくというのは、嫌いなんだ。戦争は、無粋だし、スマートでもない。現代は契約社会だ。戦争は、時代遅れの原始人のものだ。お互い納得ずくのほうが、あとあと問題は起きない。協力する気になったら、この封筒をやろう。十五万円ほど入っている。万が一のときでも、足りないということはないだろう」

男は茶色いクラフト封筒を、すっと台の上に置いた。

この偽善者め。

「われわれの裏をかこうとしても無駄だ。サトー・タケルには、仲間を張りつかせてある。あんたを解放したあと、すぐさま行動に移る」

気がつくと、唇を噛んでいた。

「ほかに選択肢はない。選ぶのは……アケミさん、あんただ。一分だけ猶予をやる。自分とサトー・タケルの、どっちの貞操を守るんだ」

「人でなし。悪魔！」


口が勝手に叫んでいた。

「いいね。もっと言ってくれ。気持ちも身体も燃えてくる。時間はあと42秒……41……40……」

男は動じるようすもなく、腕時計を見ていた。

武流との思い出が、心の奥で交錯した。心もブルーだった雨のベンチ。両手にストロベリーとバニラのソフトクリームを持って、にっこりと笑った少年。

初めてふたりで行った映画、そのあとイタメシ屋《タベルナ》で、食事をしながら語りあった。

でかけると、いつも、ふたりとも本屋へ寄ったっけ。

「30……29……28……」

涙が、頬を流れた。大粒ではなく、滝のようでもない。ただささめざめと、ゆるい河のように静かに。

「15……14……13……」

映画、コンサート、ショッピング、遊園地、ゲームセンター、公園。気まぐれに一回だけ撮影したプリクラ。

電話でもファミレスでも、悩みやグチを聞いてくれた。

武流の表情が目の前に浮かんだ。心配そうなとき、ちょっとタレ目になる。いつもは自信満々で『オレは天才だ』という顔。でもその反動でときどき落ちこんでは、電話をかけてきた。自分の好きなコトを話すときは目が輝いて、頬がピンクになった。その途中で、あけみが楽しんでるかどうか気になって、また心配そうなタレ目になる。

ああ、タケルくん……タケルくん。

「4……3……2……」

「わかったわ」

あけみは、鉛のような身体をゆっくりと動かした。指定どおり、すえた汗くさい革ジャンの上に腹ばいになる。台は高く、つま先立ちにならないと、足が地に着かない。両腿に、たいらで冷たいスチールが当たった。

男はあけみの手からカバンをとって、なかに封筒を押しこんだ。

「ずいぶん、重いな。教科書をちゃんと持ち歩くのは優等生の証拠だ。話がよくわかるわけだ……そう、両手を前に伸ばして」

全身に悪寒が走り、鳥肌がたった。歯がカタカタ鳴り、景色が暗転する。

ごつい手が、スカートの内側に侵入してきた。

息を呑む。

手は、膝の裏のあたりから、ずりあがってくる。いも虫か蛇の群れのようだった。

おぞけがふるう。羞恥心《しゅうちしん》と悲しみと、なにかが神経を這い登ってくる感覚で、ぐしゃぐしゃになった。歯を食いしばる。

スカートがまくりあげられ、ショーツの上から尻を、まさぐられた。

耐えきれず、おえつが漏れる。筋肉が硬直し、震えが止まらず、汗は全身をびっしょり濡らした。歯の根に疼痛が宿る。心臓は破れんばかり。

まだだれにも触れられたことのない部分が、見知らぬ男の目の前に、むき出しでさらされようとしている。そう思うと、自分の今までの抑制が、悲しいくらいバカバカしくなった。こんなことで捨てることになるなら、処女をあげる相手は、武流でもよかったのだ。自分自身が、道化のように思えた。

晴奈から聞いた話が、鮮明に蘇ってきた。身体がまっぷたつに裂けるような痛みに対する予感。聞いただけでは、とても心の準備ができない。実感できない。それが、今すぐそばまで迫っているというのに。

そのとき、複数の爆音が近づいてきた。男は手を離し、なにやらうしろでカチャカチャやっている。ベルトを外しているのだろう。

「仲間が獲物を連れてきたようだな」

獲物？

首を寝かせて、音のほうを見た。バイクが三台。うち一台に、誉紗名学園の制服の少女が乗せられていた。気絶しているらしく、バイクから落ちないように、手首が手錠で結ばれていた。

「あんたのお友達だ。ケータイからコールしようとしたところを、仲間が押さえた。衆人の死角から鳩尾を殴っておいて『大丈夫ですか』と駆け寄る。まあ古い手だ。素直になにもせず、お家に帰っていれば、こうはならなかったのにな。残念だ……だが、たまにはヤツらにも報酬をやらないと」

「ハルナを、どうするつもり？」

自分の口が、ばかげたことしか言わないことに、あけみは腹が立った。

「常道ではこうだ。メチャクチャに壊れるぐらいまわして、写真をとる。そのスジに訴えようとしたら、われわれはその写真をしかるべき場所へ送る。ほかに、イロイロとオプションもある。あんたは犯されるだけだから、まだ運がいいな。ま、悪く思わないでくれ。われわれのモットーは、友情・努力・勝利なんだからな」


再びあけみの腰に、男の岩のような手が、当てがわれた。

向こうのほうで二度、晴奈が頬を叩かれた。意識を取り戻したらしく、絹を切り裂くような悲鳴があがる。バイクの連中は、笑いながら、ふたたび晴奈を殴った。

目の前が白くフラッシュした。純粋な怒りが、全身を満たす。首筋の痛みは、もはや脳髄にまで浸透していたが、意識は不思議なぐらいハッキリしていた。

耳の奥で、金属のこすれる音がする。脳裏で輝く鎧と剣とが、はっきりと見えた。酷薄な魔女の笑み。

今は不思議なぐらい、彼女の気持ちに同感できた。あけみはその思いに、自分の身をまかせた。

11

劇場控え室の廊下。武流と稲垣は備えつけの椅子に座り、紙コップのコーヒーを飲みながら、じりじりと待っていた。

ときどき人通りはあったが、みな忙しそう。廊下で座っているのは、武流たち以外には、ひとりしかいなかった。

向こうの喫煙スペースで煙草をふかしている、Ｔシャツにジーンズの青年。ひょろひょろの身体で、髪を金に染めている。劇団員だろうか？　ときどき呑気に、煙でワッカをつくったりしている。

ここへ来るタクシーのなかで、１１０番以外の必要な電話は、すべて済ませていた。

まず、あけみの留守番電話に「ともかく、この携帯電話に折り返しかけてくれ」というメッセージを入れた。

それから、自宅で作業中だった母親にもかけ、携帯の番号を教えた。

これで攻略ポイントは、最大の難関を残すのみとなった。

浅倉やよいである。

早急に、彼女の現在位置を調べた。

まず、物理部の後輩で携帯電話を持っている田代《たしろ》を呼び出した。彼は校内にいたので、それなりに豪華なメシをおごることを条件に、演劇部への斥候を頼んだ。結果はからぶり。浅倉は、今日は劇団のほうの練習へ行っているという。

やよいの携帯に、メールしたり直接電話することも考えたが、練習中に身につけているとは思えない。それに複雑なやりとりをすることになるので、電話だとかえってこじれたり、途中で切られたりする可能性がある。さまざまなことを検討した結果、直接会って話したほうが早いということになったのだ。

そういうわけで、武流たちはここで、やよいを待っていた。

まもなく彼女は、青い半袖トレーナーに黒いスパッツという、いでたちで現れた。白慢の長い黒髪は、かつらのためにまとめあげられていた。スレンダーさが強調され、今にも折れそうだった。

役者というよりは、バレリーナか大きな水鳥のように見えた。

「十分ぐらいしか時間がとれないの。ごめんなさい」

表情には疲れが宿り、すこし蒼ざめていた。

「いや、仕事場にお邪魔した、こっちが悪いんだ」

稲垣が、眼鏡のブリッジを押しあげて言った。すっかり恐縮している。まったく、乗りこんでくるまでの強気な態度は、どこへ行ったのだろう。

やよいは、うつむいて笑った。

「仕事じゃないわ。劇団ってのはね、お金にならないの。ほとんどの人は副業をもってて、そのお金をつぎこんで劇をやっている。好きでなきゃ、できないわ」

それから、武流のほうを見た。

「でも、うれしい。私を応援しに来てくれるなんて」

やよいは、明らかに自分のペースをつくっていた。稲垣は、それに呑まれかけている。

武流はツバを呑みこみ、やよいを見据えた。

「いや。今日来たのは、二メートルの黒い男について、話がしたいからだ」

「あら、つまらない」

やよいは、自販機から缶の炭酸飲料を買い、それを飲みはじめた。すこし機嫌を損ねた顔。

武流は立ちあがり、めげずに押した。

「やよいのトコの親衛隊長だって、聞いてる。さっき、殴られそうになったよ」

やよいは、たおやかな身体を壁にもたせかけた。本来細い目が、倍くらいに見開かれ、まじまじと武流を見つめる。心の内を見透かされてしまうようだ。

「そう……大変だったわね。知らないけど」

腹のなかでくすぶっていた怒りが、徐々に沸騰しはじめた。武流はグッと拳《こぶし》を握り、その衝動を抑えた。

「おれのことは、別にいいんだよ。問題は、そのあとだ」

「あとって？」

やよいは、いかにも興味を失ったという顔で視線をそらした。

いいかげんにしろよ。

「か、河野さんのことだ。あいつが河野さんにしようとしていることを、やめさせてくれ」

自分の声は、震えていた。

やよいは、すまし顔だ。

「その人が勝手にやるのを、わたしにどうやって止めろっていうの？」

神経回路のどこかが、短絡《ショート》する音がした。身体が勝手に動いた。

「しらばっくれるな、おまえの差し金だろ！」

「やめろタケル。落ち着け！」

身体が前に出なかった。武流は腕を振りあげた状態で、稲垣に羽交い締めされていた。

喫煙席に座っていただれかも、驚いて立ちあがったようだ。煙草を消し、なにかあったらこっちまで飛んできそうな、不穏な気配である。

やよいはダイエット・ペプシをのどの奥に流しこみながら、バカにしたような目で笑った。

「あら、女を殴る気？　女殺しさん」

やよいの視線が、武流の肺腑に斬りこんできた。

「性別なんか関係あるか！」

言いながらも、その性別に捕らわれている自分を自覚させられた。

くそっ、自分が女であることにアグラをかいた生きものめ。やよいの言葉は、確実に武流の心に鎖を巻き、鍵をかける。

怒りが、しぼんでいくのがわかった。水をかけられた燠火《おきび》のように。不自然にりきんだ身体から、ゆっくりと力が抜けていく。

武流は稲垣にうなずいて『もう大丈夫だ』と知らせた。

やよいが、缶をゴミ箱に放った。虚ろな音が響いた。

「暴力では、なにも解決しないのよ」

稲垣も、やっと手を離す。

「タケル、わかってるな。ここには、話し合いをしに来たんだ」

向こうの金髪青年も、こっちをじろじろ見ながら席に着いた。不愉快な表情は変わらない。

稲垣は『すいません』と言うように、彼に向かっておじぎをして、あとを続けた、

「浅倉さんが命じたという証拠もないんだし、第一本当に、河野さんに関係があるコトかどうかも、確認できたわけじゃない。アツくなるな」

「わかってる、わかってるって……すまん」

そう答えたものの、話のもっていきかたがわからない。あきらめとあせりとが、自分のなかで衝突している。こうしているあいだにも、あけみの身に危険が迫っているかもしれない。それなのに自分は、なんの手だてもなく、ただここに突っ立っている。

やよいが近づいてきた。

「タケルくん、そんなにあけみさんのことが、心配なの？　わたしも、あやかりたいわ」

そして斜め前に立ち、片手をしめやかに武流の肩に当てた。憂いを秘めた瞳が武流をのぞきこみ、唇がきゅっと微笑む。

「ふざけるなよ。どうしていつもおまえは、そうやって人を惑わすことばかりしてるんだ」

武流は視線をそらし、椅子に座りこんだ。こうすれば、手を振り払うという不作法をせずに、やよいから離れられた。

稲垣は視線をそらし、もう冷たくなってしまったコー

ヒーに口をつけた。

やよいは、武流を追ってしゃがみこんだ。

「ねえ、わたしを抱いてちょうだい」

稲垣が虚空に向かって、思いっきりコーヒーの霧を吹いた。彼が気にいっていた悪役《ヒール》のレスラーも、これほどうまくは吐けないというぐらい。

やよいは拍手もしなければ、顔をしかめるわけでもなかった。どだい人の話すら聞いていないのだ。

「タケル、忘れられない夜をあげるわ」

やよいは、頬に両手を伸ばしてきた。

「よせよ」

言いながら、武流は顔をそらした。

「さからわないで！　あけみさん、あなたがたが言うその親衛隊長とかに、なにされてるかわからないわよ。彼女、処女じゃないの？　いたましいわ」

やよいの白い手が、そっと頬に触れた。近づいた小さな桜貝のような口が、武流の耳にささやきかけた。

「あなたが、わたしの言う通りにしたら、彼女を救う手だてを、考えてあげてもよくってよ」

我慢の限界だった。目をつぶって、座っていた椅子をわきへ放り投げた。おもちゃ箱をひっくりかえしたような音がした。

驚いた稲垣が、思わず立ちあがったのがわかる。はるか向こうでも音がしたので、例の金髪にいちゃんも、驚いたのだろう。

ええい、かまうものか。

武流は、思いっきり土下座をした。

「すまん。それはできない！」

リノリウムの床に、額がべたっとぶつかって、痛みが走った。痛みには慣れていた。なんといっても、今日は天中殺なのだ。

「なんですって!?」

やよいの動転した声。動転した？　そんなやよいなんか、見たことがない。

武流は一握の希望をこめて、渾身の祈りをささげた。

「それだけは勘弁してくれ。おれを助けると思って、力を貸してくれ。頼む、このとおりだ！」

「タケルくん、困るわ。ここでいきなり、そんなことされちゃ。顔をあげて……」

どこかの扉が開く音も、聞こえてきた。

しかし、やよいの言うことをきくわけにはいかなかった。

「条件を変えてくれないかぎり、この頭はあげられない」

「しょうがないわね。まるで、だだっ子……わかったわ。立って、顔をあげて」

ゆっくりと、顔をあげた。

稲垣が見ていた。真んなかに頂点を向けた三つの三角マークのTシャツを着たヤンキーも、近くまで来て見ていた。五メートルほど向こうの控え室の扉が開いていて、そこから年輩の女性も見ていた。みんなが、武流に興味津々だ。

するとと今度は、やよいがまわりに聞こえるように言った。

「わたしを抱きしめて、口づけをして。それぐらい、いいでしょ」

そして、両腕を武流の首にまいた。

武流が稲垣を見ると、彼は視線をそらして『ボクは知らん』という態度をとった。

しばし頭のなかで、さまざまな感情が闘っていた。「あけみを救うためだ」と言い聞かせていても、自分の心のなかに、やよいの望むことをしたいという感情がわだかまっている。苦い味が、胸のうちにすべりこんでくる。

自分が動けないうちに、やよいは唇を合わせてきた。

両手が肩と背中にまわされ、しっかりとしがみつく。

武流はお義理ていどに、やよいの華奢《きゃしゃ》な身体に手をそえた。

「ダメよ。本気でしてくれなくちゃ」

悪魔のささやき。そして、やわらかい軟体動物のような舌が、すべりこんできた。

ブレーカーが跳んだ。

次にした行動を、武流は以後ずっと、自己正当化しつづけなければならなかった。女を助けるために女を襲うという背徳的なおこないが、精神的平衡を壊してしまった。長く続いた禁欲的な生活も、それを助長した。

からみつくやよいの舌を夢中で吸い、背中や腰をまさぐった。胸板に、やよいのふたつの丘を感じた。

やよいが、あえぎながら腰をからめてくる。

武流はそこで、ハッとして身を離した。

やよいは目を開き、夢から覚めたような、それでいて満足げな笑みを浮かべ、小さく舌なめずりをした。

「よかったわ」

武流の全身に戦標が走った。自分は、悪魔に魂を売ったのだろうか？

やよいが、稲垣に笑いかけた。

「稲垣くんも、する？」

「いや、ボクは……」

稲垣は唇を噛んで、うつむく。

するとやよいは、わきにいた金髪のヤンキーに、いきなり声をかけた。

「あなた《黒騎士《ブラックライダー》》の携帯、知ってたわね」

「あいっ」

ヤンキーが、嫉妬だかなんだかに狂った目でこっちを見、番号を棒読みした。

知りあいだったのか？

やよいは、呆然とヤンキーを見つめていた稲垣に、手を伸ばす。

それを見て稲垣も、すぐに正気を取り戻した。壊れたロボットのような手つきで、やよいに鈍くきらめくiPhoneを渡す。

やよいは、金髪のほうに目で合図をする。

「ごくろうさま」

「あいっ」

ヤンキーは軽く礼をし、それから武流の顔へ五ミリの距離まで近づいてきて、紅蓮《ぐれん》の炎のようなガンをつけてきた。

「フン、クズが」

メンソール臭い息でそう言うと、床にベッと黒っぽいツバを吐き、離れていく。喫煙所のところを通るとき、そこに置いてあった赤いフルフェイスのヘルメットに手を伸ばし、かぶって出口に向かった。

稲垣が、見送りながら言った。

「そうか、あのヘルメット」

「メットがどうした？」

自分のその声が極めて不愉快だったので、武流は狼狽した。

稲垣が説明する。

「タクシーのなかから見たデザインなんだ、あの炎マーク。きっと学校を出たときから、ボクらは尾けられてた。だから《黒騎士》は、ボクらをつかまえられたんだ。とすれば、きっと河野さんにも見張りは、ついている。今までそれに気づかないとは、あーなんてボクはバカなんだ」

そして彼は頭をかきむしった。

やよいを見る。彼女は、なに食わぬ顔で画面を操作しながら、こっちに流し目をくれた。

「タケルくんの反応、おもしろかったわ。ときどき、予想もつかない行動に出るんですもの」

怒りは、今度のためにとっておかなければならなかった。すぐに相手が出たからだ。

「浅倉です……」

耳に当てたiPhoneに向かって、話しかける。

「もしもし……もしもし?」

顔色が、見る見る蒼ざめていった。

「あなた……いったいだれなの?」

すこしの間。それからやよいは二、三度まばたきし、厳しい表情になった。

「あなた、あけみさん……そうなのね!」

その言葉に、武流と稲垣はやよいのすぐ側まで駆け寄った。

12

あけみはすこし離れたところから《甲冑の乙女》《メイルドメイデン》の輝く勇姿を眺めていた。格闘ゲームのお気にいりのキャラクターを、観戦モードで見ているような気分だった。

《甲冑の乙女》は素早く腕立てをし、腕の力だけでグッと前に出て、作業台の上に、腿まで乗せてしまった。二十センチは前進していた。手の届くところに、あけみの通学カバンがある。

手がカバンに伸びるのと、男が彼女の大腿部を鷲づかみにして引っ張るのは、ほぼ同時だった。

「ケガをしたいらしいな」

男のくぐもった声。だがそれが、彼の意味のある最後の言葉になった。

《甲冑の乙女》は、引きずられながらもカバンのポケットのファスナーを開け、なかに手を突っこんでいた。そしてティラノザウルスのような笑みを浮かべる。彼女の身がひるがえり、手が閃光のように走った。

「きさま」

男はとっさに、右腕で受けた。それが間違いだった。鈍い音とともに、あのナイフが男の腕と直角に交わった。波形の刃は、なかばまで腕に埋まっている。ちょうど骨まで達した位置だ。

女のかたちをした悪魔は、すかさずナイフをひねって抜いた。服と肉の破片が飛び、空中に黒と赤の飛沫が跳ねた。

「ぐわっ」

男はのけぞる。

《甲冑の乙女》は、今度はナイフを両手でしっかりと握り、男の左の内腿に突き立てた。十五センチほどの刃は、ほぼすべて埋まり、反対側まで突き出た。

男は傾いた。

やはり刀身をひねって抜く。肉と血液が、ノコギリ状の背の部分にそって、そぎ出された。

男は崩れ落ちた。

「早めに手当てをすれば、死にゃあしないがね。これ以上抵抗するなら、なますにするよ」

そのセリフが終わるか終わらないかのうちに、地獄の底から聞こえてくるような、野太い悲鳴があがった。大男は傷口を押さえ、身体を丸め、赤ん坊のように床を転げ回った。動くたびに、赤いスジが地面に描かれた。

晴奈のほうにいた連中が、残らず振り向く。

《甲冑の乙女》は突進した。彼我《ひが》の距離五メートルで、スナップを利かせてナイフを投げる。それは、晴奈を殴った男の右肩に吸いこまれた。

ショルダータックル。晴奈を背後から押さえていた別の男を、突き飛ばす。

最後のひとりは、まだバイクにまたがっていた。おろおろと、バイクから降りるかどうか、迷っている。

走りこみ、飛びあがって回し蹴り《ローリングソバット》。

胸板に命中《ヒット》。

そのまま右の掌打を、頬に叩きこむ。ライダーがのけぞって落ちるのと同時に、《甲冑の乙女》はバイクにまたがり、アクセルをふかした。不思議なことに、バイクは彼女に実にフィットしていて、身体の一部のようだった。《甲冑の乙女》は、車体をまわして状況を見とった。

タックルをくらったヤツが、起きあがろうとしている。

戦の精霊は、突っこんで尻を蹴りあげた。

そいつは屠殺に怯えるブタのように鳴いて、また転がった。

魔女はふたたび車体をまわす。

もうひとりが肩口からナイフを抜いて、なんとか立ちあがった。

「寝ていればいいのに、バカなやつだ」

魔女は、つぶやいてバイクを加速。

男は根性でナイフを振りかぶり、《甲冑の乙女》を待ち受けた。

彼女は接触の直前でスピンをかけ、白銀のオーラの翼をはためかせて、バイクから飛びおりた。

まっすぐ突っこんで来ることを予測していたらしいチンピラは、転がったバイクのタイヤをまともに胴体で受け、吹き飛ばされた。そしてバイクの下敷きになった。とうてい残酷な悪魔まで届かなかったナイフは、彼の手を離れて宙を舞い、金属音とともに床を跳ねた。

丸まって着地の衝撃をさけた《甲冑の乙女》。豹《ひょう》のような身のこなしで起きあがり、血染めのナイフを、すうっと拾いあげる。そして、あたりを見渡した。

「まだ、やるかい。これは鹿なんかの大型動物を解体するためのハンティング・ナイフなんだよ。人間をバラすなんざ朝飯前さ」

まだナイフの洗礼を受けていないふたりは、恐怖にひきつった顔で、這うようにバイクへ向かった。そして破壊の権化が襲ってこないと見るや、そのまま乗って逃亡を始めた。

《甲冑の乙女》は、最後に残った、バイクの下で呻いてる男のところへ行った。彼は、恥も外聞もなく「たすけてくれ」と叫び続けていた。

ひと蹴りして黙らせる。バイクを起こして、晴奈のところまで転がした。

晴奈は目を大きく見開き、泣きべそをかきながら駆け寄ってきた。

「あけみ。怖かったよー、怖かったよー。あたし、あたし……」

本当は抱きつきたかったらしいが、手錠が邪魔をした。

「早いトコ、ズラかるよ。うしろに乗んな」

晴奈を乗せるのに手間どっていると、黒ずくめの男のほうから、何か音楽か叫び声のようなものが聞こえてきた。すぐに、電話の呼び出し音だと気づいた。

バイクをそちらへ寄せる。男は、太股の止血をしようとしていたが、左手の負傷でうまくいかない、という様子だった。電話は気になるが、それよりもっと自分の命のほうが気になるらしかった。

「あたしが代わりに出といてやるよ」

蹴りを入れて、男の動きを止める。それから、電子音がわめいている男の左手を取った。腕の部分に、携帯電話がはめこまれているが、わきのボタンを押すと、カパリと外れた。受話器の奥から、こんな声がした。

「浅倉です……もしもし……もしもし?」

まさしく、やよいだった。

しかし《甲冑の乙女》は、すべての認識をあけみと共有しているわけではなかった。

「聞いたような声だね。あんた、このデカブツの女かい？」

《甲冑の乙女》は、おもしろそうに言った。

「あなた……いったいだれなの？」

回線の向こうで、不安げな声が高まった。

「メイルドメイデン」

つばを呑みこむ音が聞こえた。

「あなた、あけみさん……そうなのね！」

《甲冑の乙女》は、それに高笑いで答えた。

「あけみは、さっきまでその辺にいたがね。どっかへ行っちまったよ。ところであんたの男、早いとこ手当てをしなけりゃ、出血多量で死んじまうかもしれないね。ふたりで冥土の渡し守と相談しな」

《甲冑の乙女》は、そのへんに携帯電話を落として、バイクを発車させた。

倉庫を駆けぬけ、青い空の下に出た。逃げた二台のバイクは、もうどこにも見あたらなかった。

「かっこいいー。かっこよすぎるよ、あけみぃ」

うしろで晴奈が叫んだ。

「メイルドメイデンって、呼びな」

魔女が訂正する。

ふたりは全身に風を受けて、夕焼け間近の公道を走り抜けた。

13

あけみから電話がかかってくるようすは、なかった。

武流は自宅の机で、なにもせずに座っていた。

モニターでは、悪魔召喚プロセスを模したスクリーン・セイバーが展開され、ヘブル語や古代ギリシア語で神々の名を唱え続けている。

こんなものを使って遊んではいたが、実際に悪魔が出てきたためしはない。少なくとも今までは。

なにも手に着かなかった。まったく思考がまとまらない。

前回の〝ゲーム〟のファイルを呼び出して、《甲冑《メイルド》の乙女《メイデン》》のデータ修正に入ろうとしたとたん、ぴたりと手が止まってしまう。

武流の目が、本棚の一角にとまった。『黒き雌鶏』『赤き竜』『トートの書』『ソロモン王の小鍵』『教皇ホノリウスの書』。すべて悪魔召喚関係の、基本的な魔術書原典およびその邦訳である。近くには巫女《シャーマン》や憑依に関する資料も置いてある。

稲垣と〝ゲーム〟を作り始めたとき、悪魔あるいは魔神《デーモン》をテーマにしようと言い出したのは、武流だった。

自分は、本物の悪魔を呼び出すのに、手を貸してしまったのだろうか？　だとしたら、すべてのデータを消去《デリート》し、破棄してしまいたい気分だ。

あの電話のあとでは、だれもが正気では、いられなかった。みんなゲームや演劇にどっぷりと頭まで漬かっていたせいか、必要以上に超常現象を信じてしまったのかもしれない。稲垣はゲシュタルト崩壊を起こしかけ、今まで信じてきたものが無に帰す不安に怯えた。あの気丈なやよいですら取り乱し、死神を目の当たりにしたような表情を浮かべていた。

やよいと《黒騎士《ブラックライダー》》は、二言三言《ふたことみこと》電話で命のやりとりをしたらしい。というのも、やよいがすぐさま119番をして、救急車の誘導をしていたからだ。

しかし彼女は《黒騎士》の負傷が悲しいのではなさそうだった。いくら重要だとしても、結局は手ゴマのひとつにすぎない。

《黒騎士》のほうは、そうは思っていないだろう。むかしの武流のように、心を吸い尽くされているに違いない。そうでなければ、ここまでの献身は考えられない。やよいには、男を狂わす魔性がある。

やよいの心配ごとは、もっと別なところにある気がした。しかしやよいが心の奥底で考えている本当のことなど、わかるはずもなかった。

自分自身も、どうだったかよく憶えていなかった。なにか無感動なロボットになった気がしていた。


直接電話で会話をしたのはやよいだが、彼女の説明は、あまり要領を得なかった。

あけみに対する心配で気が狂いそうになった武流は、呆然としているやよいに詰め寄った。胸ぐらにつかみかかりそうになったが、例によって稲垣が止めてくれた。

ゆっくり順を追って話をさせて、ようやくわかったのは、《黒騎士》をふくむ大の男が、四人がかりであけみを襲おうとした結果、返り討ちにあったということ。うちふたりは、下手をすると命にかかわる重傷を負ったということである。そのあとあけみは、バイクを奪って逃走したらしい。

あけみは格闘技どころか、体育の授業以外の運動は、ほとんどしないと言っていた。バイクだって、乗れるはずがない。遊園地の絶叫マシーンにも乗れないクチだ。それは武流自身がよく知っていた。

あけみが無事らしいことはわかったが、不安はどうにもおさまらなかった。

やよいが、自信なさげに続けた。

「あけみさん、わたしのことがわからないみたいだった。それに……」

一瞬、言いよどむ。

「彼女、あけみじゃなく《甲冑の乙女《メイルドメイデン》》って名乗った。もしかして、本当にあけみさんに、あの戦の精霊が宿っていたのだとしたら……」

急にあたりの気温が低下した。寒気が、思考にまで入りこんできた。

稲垣が、自分自身に言い聞かせるように叫んだ。

「ばかな、あれはタケルの作り話じゃないか……なあタケル、そうだろ？」

そして、こちらの目をのぞきこんだ。だが武流には、答えるべき言葉がなかった。

やよいはまもなく演劇の練習へと戻り、稲垣とも近くの駅で別れた。

みな口数が少なかった。武流もやはりそうである。すこしでもしゃべると、互いの触れられたくない領域を侵食してしまいそうだった。あるいはこの出来事を頭の隅から追い出し、何事もなかったのだと思いこみたかったのかもしれない。

自分たちは直接話したわけではないのだから「すべてがやよいの狂言」だと考えることもできた。しかし、あまりにも真に迫っていた。どだい、こんな信じられないようなことを、自分たちが信じかけていることじたいが、異常だった。そこには、つくりごとではない何かが存在する、という実感があった。

稲垣は別れぎわ、思慮深げに言った。

「ちょっと図書館へ行ってくる。ググるだけじゃ、わからないことがあるんだ。タケルはどうする？」

「おれは……あけみを探してみる」

「探すって、どうやって？」

「行きそうなところを、いろいろ思い出して、考えてみる」

「そうか……でも、自宅で待機してたほうがいいかもな、『アホの考え休むに似たり』って言うだろ？」

稲垣は、地下鉄ホームへの階段を降りていった。いつもだったら言い返す（あるいはワザをかける）ところだが、そんな気力はなかった。

正直、混乱した頭のままでだれかと一緒にいるのは、耐えられなかったのだ。

そのあと武流は、自分でも自分の行動がよく理解できないまま、よくデートで立ち寄った公園やファストフード店、喫茶店などをまわった。

あけみがそうしたところにいるという確信は、実のところなかった。あけみの思考回路を《甲冑の乙女》が乗っ取っているのだとすると、彼女が武流との思い出の場所を知っているはずもない。しかし、あけみの面影を探して、身体が動いていた。そこにいそうだからではなく、そこにいてほしくて、武流はいろいろ巡り歩いた。

すべて空振りだった。

締めつけられそうな胃の痛みとともに、武流は自宅へ戻ってきた。

留守番電話が一本入っていたので、息を呑みつつ再生してみると「遅くなるから夕食を済ませておいてね」という母の声。

受話器を叩きつけてやりたくなった。

あけみは武流の入れた留守電を、聞いているはずだ。助けが必要なら、かけ直してくるだろう。あんな目に遭ったというのに、何の音沙汰もないということは、あけみにとって自分は、必要ないということではないのか？

夜半を過ぎたころ、玄関のほうから母の帰ってくる音がした。

武流はカーテンを閉めきり、モニター以外の光源を消していたので、眠っていると受け取られたのだろう。あがってくる気配はない。

眠れなかった。

武流はベッドで大の字になりながら、あの時やった〝ゲーム〟のことを思い出していた。そもそも、あけみたちの暴走を許してしまったのが、すべての間違いだったのかもしれない。

アイーダに憑依した悪魔《甲冑の乙女》は、武流が設定したものではなかった。武流は最後のボスキャラとして、本来サグナ神の宿敵たる悪霊ガラフニリクを用意していた。ヒュー（あるいは稲垣）に憑依させたときには、まだそのつもりだった。

しかしアイーダに憑依した瞬間、あけみの態度が豹変した。異言を語る巫女のように、入神状態《トランス》に入ってしまったのだ。そしてみずから《甲冑の乙女《メイルドメイデン》》と名乗った。

それを受けてオルセア（あるいはやよい）が「おまえはガラフニリクではないね」と、確認してしまった。

実際あけみの演技は、鬼気せまっていた。武流自身、それを止められなかったほどに。

佐藤武流の立場は映画監督に似ていて、途中で「今のナシ」と宣言することはできる。しかしいくら暴走とはいえ、プレイヤー全員がノッているのに、ゲームマスターが停止命令を出して水を差すことはない、映画は観客を楽しませるものだが、〝ゲーム〟は参加者を喜ばせるのが本分。そこが最大の相違点である。

けっきょく武流は、そのあとをアドリブで乗り切ることにした。モンスター一体をさしかえるのは、大した手間ではない。さいわい〝ゲーム〟で使うすべての情報は、生きたデータとしてハードディスクにおさめてある。

武流はデータベースを検索し、《甲冑の乙女》の原型《アーキタイプ》として、女性形態の〝争霊《そうれい》〟を選んだ。

これは〝争魔界《そうまかい》〟に起源をもつ精霊たちで、イメージ的にはワーグナーの戦乙女《ワルキューレ》が近い。

〝争魔界〟とは、仏教でいう阿修羅道、北欧神話の戦死者の館《ヴァルハラ》、ケルト神話のリンゴの国《アヴァロン》に相当し、戦いのみを求める魔物が、無限に闘い続ける異世界である。

また〝争霊〟は、より大きな神の眷属《けんぞく》であることが多い（たとえばワルキューレは隻眼の魔術神オーディンの侍女であった）ので、《甲冑の乙女》はガラフニリクの従属女神とし、その能力の一部を付与した。そうすれば、ガラフニリクの代わりに彼女が塚に封印されていたとしても、おかしくはない。

一応そんなまにあわせで、あのときのセッションはなんとか済んだ。

しかし答の出ない疑問は、あの時から始まった。あけみにしか答えられない疑問が。

どだいあのときのセッションは、最初からケチがついていた。まず前の日に、やよいのゴリ押しがあったので、用意しておいたシナリオを一晩で変更しなければならなかった。

やよいを呼びたくはなかったが『呼ばなかったりセッションを中止したりすれば、あけみに対して〝さまざまな手段〟を使う』と、脅されたのだ。

そんな脅迫に屈した自分がバカだった。約束通り〝ゲーム〟に呼んだのに、今日やよいがあけみにしようとしたことは、なんなのだ。

さまざまな要素がからまりすぎて、武流には真実が見えなくなっていた。

いらない情報が、目隠ししているのだ。真実とは、本来単純なものであるはず。いらない情報をすべて切り捨てれば、自然と現れる。

午前二時すぎ。

あけみは、いつも二時ぐらいまでは起きていると言っていた。緊急の際には、何時にかけてきてもいいと、前々から言われている。もし眠くて出たくないなら、彼女は留守電のまま出ない。

あけみは、今どうしてるだろうか?

もう我慢ができなかった。あけみの口から真実を聞きたい。そうでなければ、自分はどうしていいかわからない。ふたりで協力して、やよいの魔の手をふりはらわなければ。

武流は自分に課した禁を破って、電話へと手を伸ばした。

インターミッション

やよいは自室で、苦悶にうち震えていた。ひさしぶりに感じる、かけ値なしの恐怖。それは〝河野あけみ〟という名の得体の知れない存在に対する、本能的な反応だった。

初めから予感があった。会ったときから……いや、会う前から。

あれは何歳のときのことだったろう。クリスマスのプレゼントに買ってもらうはずだった、耳の大きな黒犬のヌイグルミ。

十二月二十三日の夕方。ショーウィンドゥに飾られていたそのムク犬は、やよいが見ている前で、別のだれかに買われてしまった。それが最後のひとつだった。

父親に抗議したが「世のなかには、どうしようもないこともあるのだ」と諭され、似たような違うヌイグルミを買い与えられた。

やよいはまだ幼かったが、そのヌイグルミをズタズタにして、次の日なに食わぬ顔で、両親の待つ食卓についた。

そのとき以来、やよいは自分の欲しいものは、必ず自分の力で手に入れる決心をした。

新しいオモチャに夢中になっているあいだ、古いオモチャはわきへ置いておくが、捨てたわけではない。また手に取ることもある。あけみなんかに、武流はあげない。自分の全存在をかけても。

初めは、自分がこんなにもアツくなっているわけがわからなかった。しかし今日の一件でよくわかった。

河野あけみという存在は、四人の愚連隊を一瞬にして壊滅させたのだ。しかもそのやりくちは残虐で、即死したり不具になるようなポイントは、巧妙にはずしてあった。明らかにプロの手口だ。

彼女が〝悪魔憑き〟であることを認めるほうが、認めないより非現実的ではない。あれは人間わざではない。

今やよいの目の前には、パソコンの端末があった。モニターには〝ゲームマスターズ・サロン〟のホームページが映しだされている。教わったとおりインターネットに入り、武流と同じ手順でロサンゼルスにアクセスし、彼の書きこみを自分のハードディスクに複写《ダウンロード》した。

〝ゲーム〟的な手法について書かれているところは、一部ついていけないところがあったが、わかる部分でさっきからやよいの心を捕らえている文章があった。

『プレイヤーの暴走をどこまで認めるかは、自然で賢いマスタリングをするにあたって、重大なポイントとなる。たとえば当方は、先日のセッションで予定外の経験をした。プレイヤーのひとりが、自分のキャラクターに憑依した精霊に、当方が用意したのとは別の名を勝手につけてしまったのである……』

これは、明らかにあの時のことを言っている。

武流の〝ゲーム〟で、あけみが《甲冑の乙女《メイルドメイデン》》に憑依されたとき、やよいは恐怖のあまり凍えそうになった。それは本来なら、ありえないことだった。

やよいは、自分が柴崎《しばさき》コウや仲里依紗《なかりいさ》のような〝憑依〟タイプの役者ではないことに、とっくの昔から気づいていた。俗に言う〝型〟タイプの役者で、いろいろとソツなくこなすけれど、アカデミーやブルーリボンにはほど遠い。

あけみのあの変化は、今まで目にしたどんな〝憑依〟タイプの役者の演技をも超越していた。そう、あのときの彼女は、まさしく〝悪魔そのもの〟だった。

強烈な嫉妬と賛嘆の渦。

河野あけみという存在は、自分に対する強烈なアンチテーゼなのだ。

今日、誉紗名学園にいるスパイから、奇妙な話を聞いた。あけみが、担任教師にアプローチしているというのだ。吉備津優一郎という、あまり聞き慣れない名字の男だった。なにか旧家の出をイメージさせるものがある。

それはともかく、この情報が本当だとすれば、彼女は他に好きな男がいるくせに、やよいから武流を奪おうとしていることになる。許せない。

そうはいっても、あけみに憑いた悪魔の能力はあなどれない。だとすれば、狙うべきターゲットは限られてくる……

そのとき、脇に置いたピンクの携帯電話が振動し、モーツァルトのセレナーデ第13番「アイネ・クライネ・ナハトムジーク」のファンファーレを奏でた。

受信ボタンを押す。向こうからは、聞き覚えのある荒い息づかい。やよいは、さも心配だという演技のモードに移った。

「だいじょうぶ？　傷の具合はどうなの？」

「たいしたことはない。松葉杖をついて、歩けるていどだ。もっとも、あんたを抱けるようになるには、まだ一週間ぐらいかかりそうだがな」

皮肉げな口調。

必要がないかぎり、もう《黒騎士》と寝る気はない。あんなヘマをしたからには、どっちみち切り捨てる潮時である。

「医者は入院していけと言ったが、このくらいでくたばってちゃ、しめしがつかない。抜け出してきたよ」

「安静にしてなきゃ、だめじゃない」

「復讐しなきゃな」

《黒騎士》には恐怖中枢がないらしい。あけみが本気だったら、自分が死んでいたということに、気づいてもいないようだった。

「あけみに手を出すのは、待って。そのかわり、憂さ晴らしできる相手を教えてあげるから」

「いいね。だれだい、それは」

「あけみの男。吉備津優一郎という、彼女の担任よ」

「セン公をタラしこんでんのか。見かけによらず、ズベ公だな」

「あけみの名前で誘い出して、今日のお礼をしてあげて。ただ教育委員会を相手にすることになるとあなたも動きにくいだろうから、訴えられないように、あとあとまで残るケガはさせないほうがいいわ」

「おれがこんなんじゃなかったら、ヤっちまうんだがな」

《黒騎士》はそこで、冗談のように笑った。

さすがのやよいも、肌寒いものを憶えた。

「いい、今回みたいに『内輪もめです』じゃ済まないのよ。ともかく終わったら、その教師のいる場所を、あけみに教えて。どんな顔をするか、楽しみじゃない？」

「まったくだ」

やよいは、吉備津とあけみの連絡先を教えて通話を切り、気持ちを落ち着けた。

さあ、あけみさん。あなた、次はどう出るの？　お手並みを拝見しましょう。

フラッシュバック・トゥ・プロローグ

紫の燐光を発するなにかが、脈動し、うごめき、吉備津優一郎という存在を内側から喰らっていた。

『死が、いかにして生を与えられようか？』

もはや自分の思考すら、自分のものなのかどうか、確信が持てない。残骸と化したこの身体は、ただ黄泉《よみ》の力に衝き動かされることによって機能している。かたちはどうあれ、自分はすでに人であることをやめ、まごうかたなき悪霊の眷属へと堕《だ》してしまった。

愛のいとなみは意味を失い、喜びは砕け散った。景色は彩《いろど》りを失い、にぎやかな眺めも去った。ただ荒涼たる時間が、鉛に毒されて流れていく。あとには昏き笑いだけが残された。

かつてあった平安は亡《ほろ》んだ。今は緋色《ひいろ》に病んだ脳髄をごまかしながら、手のひらから逃げていく陽炎《かげろう》を追うのみ。

さいわいにも、夜ごと悪夢は気のおけない隣人のごとく訪れ、からっぽの心臓を満たす蜂蜜酒となって、しっくりと血になじんでしまった。裸婦を部屋にまねくように、淫虐《いんぎゃく》とした眠りを待ちこがれる。

だが今宵のまどろみは、忌まわしき電話によってさまたげられた。

受話器を取る前から、コール音に悪しき波動がかぶさっていた。

「キビツ先生だな」

トーンの低い男の声。冥界に由来する、生き腐れの臭いが伝わってきた。

「あんたのおかげで、コーノ・アケミが、ちょっとマズいことになってるようじゃないか」

先日吉備津に相談を持ちかけてきた生徒について、声は語る。だが相手は、彼女の名が正しくはカワノであることを知らない。

「今すぐ、あんた独りで来な。場所は……」

大久保《おおくぼ》の、ドヤ街の住所を告げる。その鬼めいた声には、常人には見えないけれども、触手のような障気がともなっており、吉備津の顔をまさぐって、内部に侵入しようとしていた。

「じゃあな。待ってるぜ」

電話はそれきり、切れてしまった。触手は残念そうに受話器のなかに吸いこまれ、ケーブルの彼方に消えていく。

『むこうから、しかけて来たな』

内なる声がつぶやいた。やることはすでに決まっていた。

『闇は光を、忌避しつつも欲《ほっ》するものだ』

空蝉《うつせみ》の身にからみついた、記憶の結節をひとつひとつ引きちぎり、ネクタイとジャケットを手にして、住まいとは名ばかりの棺桶から這い出る。

駅に急ぎ、終電を逃した客を待つタクシーを捕まえて、指定場所に急ぐ。

風景が、意味のない光と影のコントラストになって、じんわりと流れていく。

やがて先方から指定された袋小路が、戦場として浮かびあがってきた。

大枚を渡してタクシーを降り、その中へ歩んでいく。

飽食の廃棄物が、歳月に汚された道端に積み重ねられ、ゆがんだ暮らしの断片を無様に晒している。

どん詰まりには、ホームレスすらいない。だが気配はあった。

地を揺るがす響き。わななきつつ近づく二輪の爆音。

踵《きびす》を返すと、黒き衣につつまれた傲岸不遜《ごうがんふそん》の権化《ごんげ》が、戦馬《いくさうま》のような巨大なバイクにまたがっていた。溢《あふ》れんばかりの体躯《たいく》を、膿んだ欲望でもてあまし、破壊への飢えを、闇なるオーラとしてあたりに噴出させている。

鉄兜で顔を隠したその巨漢は、鋼の軋みにも似た声で問いかけてきた。

「あんたが先生か」

電話の声と同一だった。男のよこしまな想念が、べとつく臭いとなって嗅ぎとれる。

「彼女は、どこにいます」

自分の言葉は、いずことも知れぬ遠い岸辺より届くように、虚ろだった。

「コーノ・アケミか。とんだジャジャ馬だ。あんたの仕込みかね？」

名前の訂正はしない。放っておいたほうが、相手も馬脚を露わしやすい。

「おれはひどいめに遭ったんだ。責任者《あんた》に償ってもらいたくてね」

聞いているうちに、苦い砂が溶けだしたような味が、幻のように舌の上を転がった。

「ナイフで腕と脚とを、ザックリ刺された。〝くるまいす〟

に乗らないと、どこへも行けやしねえ」

単車を片手で叩きながら、低く短く嗤《わら》う。

「彼女は、どこにいます」

もう一度たずねた。

「家にいるんじゃねえのか。なあに、急ぐこたあねえ。あとで連絡してみるさ」

男の振りあげた左の拳に、革でできた棍棒状のものが握られていた。鉄の馬を進ませて、こちらに近づきながらわめいた。

「女子高の教師ってのは、いい稼業《しょうばい》らしいな。どんな塩梅《あんばい》だ、てめえンとこの生徒とヤるのは。こっちはモノにしそこねたからな」

そしてなげやりに武器を叩きつけてくる。とたん闇そのものが、触手を広げて襲いかかってきた。

とっさにかばった右肩に、しびれるような痛みが付着した。続けて鈍い殴打が、脇といわず背といわず炸裂する。その傷口のすべてを、酸のように闇が侵食していく。

朽ちた自我の抜け殻に、蒼い怒りが宿った。憤りが語りかけてきた。

『あんな下司《げす》、片づけたらどうだ？　誤解をとくのすら、わずらわしい』

迷走神経を犯す囁《ささや》き。汗がにじみ、額が割れそうだ。咆哮《ほうこう》しながら跳躍する影。暗がりに溶けこんだ獣は、吉備津という腐肉に喰らいつく蛆虫《うじむし》さながらに、的確に餌を咀嚼《そしゃく》する。

いくたび傷を負ったのか。頭蓋で渦巻く激情が『敵を殺《え》せ』と叫んでいる。狂乱に陥りそうな際《きわ》で、その妄執をかろうじて押しつぶした。

「おまえ、歯向かいもできねえのか」

鼠をもてあそぶ猫のせりふ。

「なら回収班が来るまで、そのまま休んでな」

首すじに、熱く容赦のない一撃が襲いかかる。

映像が点滅した。こめかみで脈が轟《とどろ》き、耳を聾する。

「まったく、何の先生やら……」

刹那、相手のヘルメット上に、デスマスクのような顔が浮かびあがった。死者特有の、凍りついた表情で、うらやむように吉備津を見ていた。最初それは舌なめずりをしていたが、吉備津の覇気のなさに失望したように、再びヘルメットの奥底に戻っていく。そのとき、今までの男とは別の、空気の振動を介さない声が響いてきた。

【かの憎き怨敵《おんてき》かと思うたが……見当違いだったか。しかし、あの娘のほうは……】

そして離れていった。

吉備津はゴミの海に沈みながら、覚悟した最期を迎えるように、やすらかに瞑目した。今度こそ、永劫の淵へと沈めることを願って。

『それは無理な相談だ。おまえは罪をあがなっていない』

深い静寂の底から湧きあがる、慈悲のかけらもないつぶやき。もとよりわかっていた。許されることなど、ないことは。

『彼女のことは、いいのか？』

教え子は、まだ充分には覚醒していない。今の段階では、このままのほうが危険が少ないだろう。しかし、まかり間違ってその力が開花してしまったら……

そのときは、そのときだ。


ここは絶望の海。

身動きしようとすると、過去の残滓が、ぬめりながら、まとわりついてくる。どう動こうと、必ず引き戻される。そのうち抵抗するのをあきらめ、そのなかに安住してしまった。

もうこの後悔の淵から、抜け出すことはないのだと思っていた。


だが、どのくらいの時間が経ったのだろう。

彼方から、暖かい波動が近寄ってきた。

吉備津をつつみ、溶かし、軟化させる。体温が、涙が、肌を通じて伝わってくる。かさぶたを剥がすのにも似た、痛みと心地よさが同時に浸透してきた。

光が射してくる。

この力。この色。この匂い。

初めてのようにも思えるし、すごくなつかしい気もする。

こごっていた澱《おり》が流れ去っていく。

あたりの海がざわめき、輝き、そして割れ、備津は不意に、現実に放り出された。


目の前に、ふくらみのあるやさしい顔があった。瞳が涙に輝いている。

「先生。吉備津先生！」

大きめだが、かわいらしい唇が、自分の名を呼んだ。

「河野……さん」

吉備津の口から、女生徒の名が漏れた。

自分は彼女に、救われたのだろう。たとえ、そうなることを望んでいなかったとしても。それが河野あけみの、真の力なのかもしれない。

第四部　真語《まことがたり》 *True-speak*

霊はどんな事情のもとでも危険で有害とは限らない。

霊は思想に直されると、有益な効力を持つこともある。

――カール・グスタフ・ユング「霊への信仰の心理学的基礎」 霊と普遍的無意識の複合体

1

深い深い回想の海から、意識が、不意に生まれた泡のように浮かびあがってきた。

あけみの身体には、まだ吉備津のぬくもりが残っていた。

しかし彼はもう、このベッドにはいない。

失望だけが胸にあった。

頭がはっきりしない。だが、夕方あけみを救ってくれた《甲冑の乙女》《メイルドメイデン》が、今や再び敵となったことだけは明らかだった。

わきを見ると、留守番電話の用件ランプが点灯していた。恐ろしくて聞く気になれない。

時計を見る。草木も眠る丑三刻《うしみつどき》。今度の時間喪失は、十分ぐらいで済んでいた。

イメージがフラッシュバックする。記憶が一部、蘇った。それにせきたてられるように、ベッドの下を見る。ハンティング・ナイフが転がっている。あけみ自身が、そこに蹴りこんだのだ。

それですべてを思い出した。

ケガをした吉備津をタクシーでここへ運び、手当てをし、そして……

そして《甲冑の乙女》があけみの身体を乗っ取り、笑いながらナイフを取り出して、吉備津の耳を削ぎ落とそうとしたのだ。

あけみは、すんでのところで身体の支配権を奪い返し、振りかざしたナイフを空中で止めた。自分でも、どうしてそんなことができたのか、わからない。

吉備津は従容と、その光景を見ているだけだった。

「先生、逃げて。わたし、先生を殺しちゃう」

言いながら、涙があとからあとから、こみあげてきた。

それ以降の記憶は、闇のなかだった。ただ吉備津の、屠殺を待つ仔羊かなにかのような目が、脳裏に焼きついていた。

涙は、今でも静かに流れている。

疲れていて、とてもだるいのだが、眠気からは見放されていた。

自分は、身体も心も満足に守れない。《甲冑の乙女》に憑依されてからというもの、一日が本当にめまぐるしい。ここ何週間かで、もう一生ぶんの体験をしたような気がする。

そして自分にかかわる人間は、どんどん不幸になっている。吉備津も、武流も、晴奈も、自分さえいなければ、こんなめに遭わずに済んだはずだ。

頭のなかに、死の翳《かげ》がよぎった。すぐにラクになりたい。自分はなぜこんなところで、生ける屍《しかばね》として動かされているのだろう。

そのとき、ダイニングで電話が叫んだ。午前二時の静寂のなかで、実に生き生きと。

無視しよう。そしてこのまま、なにもせずに死を待つのだ。

そう思っていたはずなのに、身体はふらふらと歩き、受話器を取っていた。もしかしたら、予感があったのかもしれない。

「河野……さん？」

声を聞いて、安堵と感動が胸に押し寄せた。

「タケルくん」

「よかった、まだ起きてたんだね」

優しい声。この世のなかでもっとも暖かい響き。一瞬『まだ生きてたんだね』と聞こえた。

「タケルくん……タケルくん、タケルくん」

すぐには意味のある言葉が出てこなかった。それまで彼の名を、魔除けの呪文のように繰り返そう。

「どうした？　だいじょうぶだよ。おれがついてる」

「わたし……このまま暗い夜が永遠に続いて、朝が来なかったらと思うと、どうにかなってしまいそう」

自分でも、なにが言いたいのかよくわからなかった。気が動転していた。

受話器の奥のためらい。そして決意。

「今から、そっち行こうか？」

その声が、身体じゅうに染みこんだ。空虚な家に、小さな花が咲いたような気がした。自分がその言葉をどれだけ待っていたか、今の今まで気がつかなかった。

「お願い。耐えられないの、もう独りでいるのは」

「三十分ぐらいで着く。それまで、変なこと考えるんじゃないよ」

武流は今にも電話を切って飛び出しそうだった。

「タケルくん……」

「え、なに？」

時間をつなぎとめる。

「ありがとう。タケルくん、好きよ」

自然なセリフだった。昔からそう言いたかった。もう誤解されてもいい。

武流は一瞬、黙りこんだ。しかし、すぐに笑い声になった。

「そのつづきは、会ってからにして。あまりにうれしすぎて、信じられないから」

回線は、それで切断された。

まだ言いたいことが、胸の奥に山ほどたまっていた。それを吐き出すまで、そして武流に会うまでは、死なないでいられる気がした。

バスルームに向かう。

すべてを脱いで、疲れを流そう。自分はあまりにも、汚れすぎた。

熱いシャワーが素肌をたたいた。温かな流れが、あけみの病んだ全身をつつんでいく。

2

武流はウィンドブレーカーを羽織って、階段を一足飛びに駆け降りた。一階の居間では、母親が冷蔵庫の前で、なにかしている。

「こんな時間からお出かけ?」

言いながら、顔をのぞかせる。皮肉というよりは、純粋に驚いているようだ。それでも、左手にパックを持ち、右手の爪楊枝で刺したタコ焼きを、口に運んだ。

「行かなきゃ、いけないんだ」

黒革の指なし手袋《フィンガーレスグラブ》をはめながら、玄関に向かう。

「あら、そう……じゃ、これ持ってきなさい」

「え?」

差し出されたのは、封の開いていないタコ焼きがもう一パック入った、ビニール袋だ。

「サンキュ」

受け取りつつ、スニーカーを突っかける。

「気をつけてね。急いでもいいけど、慌てないでね」

どこかで聞いたセリフだ。

「悠々として急げ……か。行ってきます。場合によっては、電話する」

自転車に飛び乗った。

十キロの道を、あらん限りの速度で飛ばした。

風は露出した顔に冷たく吹きつけてきたが、全身は汗だくだった。心はもっと、びしょ濡れだ。

あけみの告白は、うれしい反面、武流の心をひどく不安にさせた。普段のあけみだったら、あんなことを言うはずがない。精神的動揺の大きさを意味している。

胆汁色の夜を抜けて、煉瓦色のマンションに着いたときには、二十九分をまわったところだった。

二十四時間明るく照らされている共同玄関まで入り、１２０１号室のボタンを押す。

「タケルくん？」

インタホンが言った。沈黙ではなかったので、ひとまず安心した。

「愛と幸せの宅配便、佐藤運輸です。タコ焼きを運んできました」

「んもう……どうぞ」

苦笑とともに、オートロックが解除された。

武流はエレベーターに乗りながら、あけみに起きたすべてのことに思いを馳せていた。

ドアを開けると、そこには武流を歓迎してくれる満面の笑み。輝きに満ちて大きく拡がった瞳。ただそんな笑顔を見るだけで、胸が熱くなる自分を感じた。

ローズピンクのバスローブが、紅潮した頬とよく似あっていた。風呂あがりらしく、同色のタオルを頭に巻きつけている。

「おかえりなさい」

薔薇色のその唇は、確かにそう言った。

水の精のように透き通った指先が、武流を求めて伸びてくる。

武流は引きこまれるように、その指先に触れる。その瞬間、生命の火が灯った。身体じゅうで、血が熱く燃えあがった。頭のなかで渦巻いていたくだらない思考は燃焼しつくし、あとには純粋な想いだけが残された。

手に持っていた袋が落ち、足もとでグシャッと不平を言った。だが、そんなことは気にならなかった。

あけみの唇が上を向いて半開きになり、アイスクリームのような白くかわいい歯が見えた。夢見るようにまぶたを閉じ、指先から伝わってくる感触を、全身に満たしている。

武流は気持ちのおもむくまま、自分の指先を、あけみのみずみずしい手のひらにそって滑らせた。

あけみが震えた。息を吸いこみ、つらそうな表情が目のまわりに現れたが、その感覚を拒否する意識はなく、体内の波に身をまかせて漂っている。

武流は、新雪のように白い腕に指を這わせ、壊さないようにゆっくりと、手のひらでその雪を覆った。

あけみも武流の腕をつかんだ。その姿が、陽炎のように揺れた。

武流は前に進みながら、腕を引く。あけみの柔らかい身体が、飛びこんできた、手を離し、両手を彼女の肩に当てて、天女のようなその身体を支えた。

「あけみ」

すずらんのように清楚な顔が上を向き、薄く開かれた目が、やさしく武流を捕らえた。

「好きだ」

彼女はその響きを確かめるように、もう一度目を閉じた。ほころびかけたつぼみのような唇が、そこにあった。

武流の右手は、彼女のツンと突き出た肩肝骨にそって流れ、左手は頭をなぞった。そして口は、甘い水蜜桃のような唇を吸った。

抱きしめる。

あけみの吐息が乱れた。彼女の熱に浮かされた身体が、自分を求めているということを、おのれの全身で確かめたい。ふたりの距離をゼロにしたい。

武流は片膝を曲げて、彼女の足のあいだにすべらせた。抵抗は、すこししかなかった。あえぎ声がもれ、身体とともに、唇が開いた。

舌をゆっくりと差し入れ、頭を抱き寄せる。初めはなすがままになっていたあけみも、やがて武流の動きにあわせて、徐々に舌と全身とをからませてきた。

深い一体感が武流をつつんだ。初めて今、あけみの自分に対する気持ちに、確信が持てた。深く長く、時間もわからなくなる口づけに、頭の芯が酔っていた。

いつしか、どちらからともなく唇が離れた。こんな距離で、あけみと見つめあったことがなかった。

「好きよ、タケルくん」

そう言って彼女は、ほんのり朱の射した顔を武流の胸に埋めた。

タオルがほどけ、無数の繊細な触手のような洗い髪が、今できたばかりの滝のように輝きながら流れ落ちて、背にまわしていた武流の腕をくすぐった。

「抱いて。わたしのなかにある毒や罪や死や恐怖のすべてを、洗い流して。お願いタケルくん。わたし怖いの」

いくら近づいても、見守ることしかできなかった天使が、今や実体を備えて、痛いくらいにしがみついてくる。初めてあけみの痛みを分けてもらった気がして、武流は自分の魂が涙を流すのを感じた。

3

常夜灯の淡いオレンジの光のなか、武流の鼓動があけみのなかに浸透していく。生命の響きが、あけみを満たしていく。

　武流と並んでベッドに寝そべり、素肌を合わせていると、生きている実感につつまれる。過去も未来も忘れ、ただこの瞬間だけを感じていたい。

「わたしね、もしかしたらすべてを恨んでたのかもしれない。自分の住んでるこの時代を。自分を捨てた親を。そしてなによりも自分を呪ってた」

　武流はベッドサイドに、結露したグラスを置いた。彼の瞳は、そのグラスのなかのミネラル・ウォーターのように透き通っていた。

「あけみのパパって、外国だっけ？」

「日本にいるときだって、めったに帰ってこないわ。仕事、仕事、仕事」

「ママは、どうしてる？」

「出家しちゃった。新手の宗教団体」

「うちとは違った意味ですごいな」

　武流は自分のことのように落ちこんだ。

　彼には、いつも笑顔でいてほしい。あけみは武流の胸に抱きついた。

「タケルくん家《ち》のこと聞きたい。あたし、タケルくんのおかあさん大好き」

「あ、そうだ。ちょっと待ってて」

　いきなり武流はタオルケットを跳ねのけ、出ていった。そしてすぐに、手にタコ焼きのパックを持って戻ってくる。

「すこしつぶれちゃったけど、食うか？　おふくろからの差し入れ」

「えー、まさか今日のこと、おかあさん公認なの？」

　武流は困ったような顔をした。

「いや、そういうわけじゃないけど……うーん、おふくろ妙に物わかりがよかったし、なんか知らんけど、あけみのこと妙に気にいってるしな」

「そんな……わたし、今度あったら、どんな顔すればいいの」

　恥ずかしさで、うつむいてしまう。

　武流は、あけみの顎の先を人差し指で持ちあげ、そっとキスをして笑顔を見せた。

「普通にしてなよ。それより腹へらない？」

「うん……じゃあ、レンジでチンしてくる。待ってて」

今度は、なにか手料理をつくってあげよう。煮物やパスタには、すこし自信がある。

あけみは立ちあがり、ローブを羽織って台所へ向かった。ついでにCDのスイッチもオンにした。入れっぱなしになっていた青盤が回転し、飛行機の着陸音から始まる「バック・イン・ザ・USSR」が流れる。

ふたりで肩を寄せあい、ビートルズを聴きながら、タコ焼きをぱくつく。

ソ連《USSR》はもう崩壊していた。武流との間にあった障壁も崩れさった。

こうしていることが、すごく自然だ。一度もこんなこと経験したはずはないのに、なつかしいにおいがする。体温がひとつになり、皮膚の感覚が混じりあった。

武流は遠い目をした。

「おれ、おやじに会ったことないんだ。私生児だからさ。おふくろは何度か会わせようとしたんだけど、おれそのたびにフケちまった。今じゃもう、あきらめられてる」

こんなに怖い目をした武流は、見たことがなかった。

「どうして、会わなかったの？」

「許せなかったんだと思う。おふくろを放っておいて、ほかの女と適当なことをしている男が」

そこで、ため息をつく。

「今でもおふくろ、ときどきおやじに会ってるみたいだ。めかしこんで『デートだ』って言うんだぜ。はしゃいでるその姿を見てると、おれなにも言えなくなる。うちのおふくろ、ちょっと飛んでるからさ、世間なみの結婚《しあわせ》じゃ満足できなかったのかもな。ホントに、やりたいことやってるって感じだもの」

あけみは、武流の母親に対する自分の親密感がどこからきたのか、理解できた。あらゆることに縛りつけられている自分にとって、翼を持ったように自由にふるまう彼女は、あこがれの対象以外のなにものでもない。

しかし武流は、身体を震わせ始めた。

「でも本当はおれ、怖かったんだ。おやじのなかに、自分自身を見るのを」

「タケルくん」

あけみは、全身ですがりついた。彼の不安のすべてを鎮めたかった。

「浅倉やよいのことで、きみを巻きこんでしまった。おれ河野さんに、こんなことしてもらう資格なんかない」

武流は泣きそうな表情で、顔をそらす。

「いいの。いいのよタケルくん。自分を責めないで。だってわたし、タケルくんに抱いてもらいたくて、ここに呼んだのよ」

離さない。いや、離してはいけない。彼の魂が泣いている。自分は彼の恋人である前に友達なのだ。彼をこのまま、深い水底にやってはいけない。あんな思いを味わうのは、自分ひとりでたくさんだ。

あけみは、今まで心の奥底に溜めてきた思いを吐き出した。

「わたし、好きな人がいるの。ずっとずっと好きだった。抱いてもらいたくて、自分から迫ったわ。でも拒絶された。ばかよね、そうなるのわかってたのに。担任の先生なんだから。でもさみしかったの。だれかに抱いてもらわないと、凍ってしまいそうだった。タケルくんなら、そうしてくれると思った。わたし、タケルくんの気持ちを利用したの」

武流の目が戻ってきた。なにかの色を湛えていたが、それが怒りなのか悲しみなのかわからなかった。しかし彼の手は、あけみの頬をやさしくつつんだ。

「きみは震えてるよ、今でも」

すべてをゆるす瞳が、あけみを見ていた。胸がいっぱいになった。

「理由はなんだって、かまわない。おれ、ずっとずっと河野さんのこと抱きたかった。だって好きだし、河野さんの自由を奪いたくなかった。だからどんな理由だって、きみが自分から進んでぼくに抱かれたいと思ってくれたら、ぼくはそれでいいんだ。おいで、暖めてあげる」

優しい歌を思わせる声だった。拒絶できない、惹かれていく感覚。隣にいるのは、女をとろけさせてしまうセリフを、自然に吐ける生きものなのだ。

「だめよ」

そう言ってあけみは武流の胸にキスし、耳をよせた。力強く脈打つ心臓の音を聞きながら、武流のなかに受け継がれて流れている女ったらし《プレイボーイ》の血を感じとる。

そんなことなど自覚していない武流は、すこし困惑した表情。加虐意識と母性本能を同時にくすぐる罪な顔。ため息をひとつつくと、あけみはいとしい武流の耳にささやいた。

「さっきみたいに、あけみって呼んでくれなきゃ」

そしてもう一度抱かれた。波のように、風のように。

すべてが済んだあとでも、武流はあけみの髪をなでていてくれた。

「おれさ、二番目でもいいんだ。だって、あけみのことを世界で一番好きなのは、おれだもの。あけみが好きなそのだれかさんじゃない。あけみのことを一番知ってるのは、おれだもの。それには自信ある」

その横顔を見ながら、あけみはできるなら今日から彼に恋をしようと思った。すごくいとおしく思えた。そしてその姿は、ある人物のことを思いださせた。

「そうか……タケルくん、おかあさんとそっくりなんだ」

「え、おれが?」

狐につままれたような顔。かわいい。

「そう。今タケルくんが言った気持ちって、タケルくんのおかあさんが、タケルくんのおとうさんに抱いている気持ちと、同じなんじゃないかしら。だからこそあの人、いつもあんなに自信に満ちているんだと思う」

「おれが、おふくろと同じ?」
二、三度まばたきする。
「実はおとうさんも、性格は似てたりして」

そこまで突っこむと、彼はしばらく考えこんだ。しかしついには観念したように、頭をかきながら言った。

「今度……会ってみることにするよ。でもおふくろ、びっくりするだろうな。おれが急にそんなこと、言い出したら」

いつもの爽やかな笑顔だった。

それから朝まで、もっとたくさんのことを話した。吉備津のこと。晴奈のこと。そして自分に起こった、不思議な体験について。

武流も、いろんなことを話してくれたと思う。長く曲がりくねった道を歩いて、いつもあけみのドアを叩き続けてくれたのは、武流だった。

あけみは初めて本当の友達として、武流と心を割ってつきあうことができた。

4

「おはようタケル、思ったより早かったね」

一睡もせずに登校すると、下足箱の前で、稲垣が手ぐすね引いて待ちかまえていた。

「物理室へ行こう。人前でする話じゃない」

武流は、不意に出てきた大あくびを噛み殺しながら答えた。

三階へあがると、グラウンドで朝練に励む運動部員の姿が見えた。物理部にはそんな洒落たことをする物好きはいないので、部屋は無人だ。顧問もきっと職員室だろう。

武流は、部長用の合い鍵でドアを開ける。稲垣は入るなり、カバンのなかから四冊のハードカバーを取り出した。

「あとでこれ読んでみて」

図書館のタグがつき、表紙にはどれもビリー・ミリガンと書かれている、ページのところどころから青い付箋がのぞいていた。

「河野さんは多重人格だと思う。これは、それに関する本さ」

「そうか……いやじつは、今日そのことで、専門家に話を聞きに行ってくるんだ」

それから、あけみから聞いたことを、差し障りのない範囲で話した。

じっさい合理的に解釈するなら、稲垣の言うように、多重人格と考えるしかないだろう。　それがどういったものなのか、知識が深くない武流にはよくわからないが、〝ゲーム〟を契機として、あけみのなかの何かが弾けたように思える。

「タケルにしちゃ、ヤケに対応が早いな」

稲垣が、疑わしげな視線をよこす。

「バカやろう、おれだって本気をだせばだなぁ……」

稲垣は聞いていなかった。

「あとは、浅倉やよいと《黒騎士《ブラックライダー》》の件だけだ」

《黒騎士》と聞いて、尻のあたりに薄ら寒さを感じた。まったく非現実的な存在だ。

武流は、ため息をつく。

「やよいに関しては、おれがなんとかカタをつける。おれがやるしかないだろ」

「じゃ、残る《黒騎士》はボクが……って、対処できるわけないだろ！」

稲垣は、お手上げのポーズをした。

「うん……だけど、あけみはある意味、あいつを片づけちゃったんだよな」

「正確にいえば《甲冑の乙女《メイルドメイデン》》かもしれないけど……なんにしても、予習しといたほうがいい」

稲垣は、武流に隣に座るよう指示すると、付箋にしたがってページをめくり、説明を始めた。

「理由はよくわからないけど、多重人格者は常人より優れた能力を発揮するらしい。たとえばこの本のビリー・ミリガンは、全部で二十四の人格を持っている。それぞれの人格は指揮官、荒事師、交渉役、技師、盗賊など、その道のエキスパートなんだ。たとえば盗賊は、ただ本で読んだだけで、手錠を外したり拘束服を脱いだりするワザを身につけている」

眼鏡の奥の目が、血走っていた。昨日別れたあとでこれらの本を読んだのだとすれば、稲垣もそうとう睡眠時間を削ったと考えるべきであろう。

武流は、思わず感想をもらした。

「と、すると《甲冑の乙女《メイルドメイデン》》が格闘をしたり、バイクに乗ったりするのも……」

「なんら問題はない」

稲垣は、ずり落ちてきた眼鏡のブリッジを押さえながら、先を続けた。

「人間の頭脳には、それこそ生まれてからこれまでのすべての記憶が詰まっている。本人の表層意識は忘れたと思っていても、催眠なんかで探ってみると、案外おぼえてるものらしい。たとえば雑誌の記事でちょっと読んだとか、テレビのプロレス中継を見たとかでも、充分なデータになりうる。バイクだったら、たとえば相乗《タンデム》りしたことがあるだけでも、なんとかなるんじゃなかろうか？」

「タンデムねえ……」

《黒騎士》のハーレーのうしろに乗ったあけみを想像し、気分が悪くなる。

「タケルは、どう思う？　〝ゲーム〟への高すぎる適応性に、疑問を抱かなかったかい？　初心者《ビギナー》はたいがい、なにをしていいかわからずに右往左往《ウロウロ》するか、観客に終始する。なのに河野さんは違った」

問いつめるような稲垣から視線をそらし、武流は自分に言い聞かせるようにつぶやいた。

「予想してたよ。だからこそ〝ゲーム〟に呼んだんだ。話してればわかると思うけど、あいつ頭の回転けっこう速いし、映画見たあとなんかよく役者のマネしてた。それが自然だったんだ。だから、優秀なプレイヤーになると思ってた」

武流自身、稲垣と一緒に作っている〝ゲーム〟に、あけみの力が欲しいと思っていたのだ。彼女は余人にはマネできない感受性をそなえているし、武流はそのことで尊敬すらしていた。正直言って、もはや〝ゲーム〟のレベルは、自分たちの能力でできる限界に達しつつあった。ブレークスルーが欲しかった。それを武流は、あけみに期待したのだ。

「それだよ！」

稲垣が、机を叩いて立ちあがる。

「高い知能指数と暗示性。だれもが多重人格になれるわけじゃない。資質が必要なんだ。才能と言い換えてもいい。彼女は最高だ！」

眼鏡を外し、両手を拡げて立ちあがった。すっかり舞いあがっている。睡眠不足で、キレてるんだろうか？

「稲垣、自分がなにを言ってるか、わかってるのか？」

武流は、つとめて静かに言った。

「ああ、あと女性だということと、家庭環境に問題があることも、条件に符合するし」

「いいかげんにしろ！」

考えるよりも早く、手が出た。本気で稲垣を張り倒していた。

自分の手が、自分のものではないようだった。どこか遠くから、自分自身を見ているような気がする。しかし拳に残った衝撃は本物で、暴力という手段をとるにいたった自分の怒りに、自分でも当惑する。

稲垣が、下から睨みつけてきた。唇のはしを片手で拭う。血がついていた。

はっとして駆け寄る。

「あ、いやすまん……やりすぎた」

次の瞬間、視界が真っ黒になった。続いて衝撃が頭の中心を駆け抜け……気がつくと天井のタイルの升目が見えた。強烈な頭突きを、喰らったらしい。

視界に、眼鏡をかけた稲垣の顔が入りこんできた。鼻腔がふくらみ、息が乱れている。これ以上はないという不機嫌な顔。

「もとはと言えばタケルのせいだろ」

起きあがろうとすると、額のあたりに痛みが湧きあがった。

稲垣は続けた。

「話も聞かず殴り倒すようなヤツのことなんか、もう知らん！　勝手にしろ。ボクにだって、ボクなりの考えがあるんだからな」

それから背を丸め、両手をスラックスのポケットに突っこみながら、物理室を出ていった。あとには四冊の本だけが残された。

ようやく武流は座りこんで、つぶやいた。

「あけみは苦しんでるんだぞ。それをお前は、さもおもしろそうに言いやがって……」

とはいえ、こんなことをする必要はなかった。ちゃんと話し合いができたはずだ。ただ『あけみの家庭環境に問題がある』と言われて、反射的に腹が立ったのだ。

稲垣の発言には、確かに妙なところがあったが、自分はそのわけを訊かなかった。もう訊けないかもしれない。

睡眠が必要なのは、武流のほうだった。

しかし今の自分の動きは、いったい何だろう？

〝魔が差した〟としか思えない。

『家庭環境に問題がある』という言葉は、武流の心の奥底をえぐっていた。

ふいに、小学校のころの記憶が蘇ってくる。

片親だといって、いじめられた。いつも泣いて帰った。母親が呼び出されたとき、教師が「そういう家庭の事情じゃあねえ」とため息をついた。

そんな言いぐさに、母は腹を立てたようだが、表面上はわからないようにしていた。帰り道、母は武流の手を引きながら「強くなりなさい。だれにも負けないぐらい、強く」と言った。こんなにつらそうな、母の顔を見たことはなかった。

次の日……武流は上級生を殴り倒していた。

殴られて、一発殴り返すと、二発殴り返される。無限にエスカレートする報復が怖くて、普段だったら、ほとんど抵抗できなかった。

でもこの日は、武流の脳裏から、母親の悲しそうな顔が離れなかった。

殴ったとか殴られたとか、どうでもよくなっていた。そのうち痛みを感じなくなる。腫れあがった目で、周囲が見づらいのが難点だったが、組み敷いてしまえば見えなくても拳は当たった。

やがてクラスメイトかだれかが、武流の腕をつかんで止めた。そこで、我に返った。

上級生の顔は血だらけで膨れており、ほとんど気を失っていた。

またもや母親が呼び出された。教師の辛辣な非難にもかかわらず、帰り道の母の顔は、晴れ晴れしていた。それでも「立派だったわね。でも、やりすぎは禁物よ」と、武流に釘を刺すのだけは、忘れなかった。

ゆっくりと冷静さが戻ってきた。

親の悪口や家庭不和の話に対して、武流は自分でも驚くぐらい敏感で、狂暴になった。稲垣のたった一言を、あけみと自分の両方の家庭を侮辱されたのだと判断したのは、武流の脳のなかにある、小学校時代の記憶だった。深層意識に埋めこまれたそれは、武流自身の表層意識を介在させることなく、瞬間的に反撃に出たのだ。

もしそうだとすれば、自分自身のなかにも悪魔が眠っているのではないか？

始業チャイムが鳴った。妙に間延びして聞こえる。

武流は頭を振りながら、立ちあがる。

身震いするような洞察には、すでに霞がかかりはじめた。たったいま考えついたことなのに、目を覚ましたあとの夢のように、記憶が混乱していく。

それでも、あけみを救うために何かしなければならないことだけは、確かだった。

5

夕刻、電話が鳴った。あけみは、だるい身体を持ちあげ、受話器を取ろうとする。全身が筋肉痛で悲鳴をあげた。下腹部は疼痛で麻痺しかけ、腿やふくらはぎまで固まっている感じがする。微熱も出ているようだ。

「あけみぃ、だいじょーぶ？」

晴奈の元気な声だった。

「今日〝きびだんご〟はケガして学校出てくるし、あけみは休んじゃったしで、噂になってるよ。ふたりのあいだになんかあったんじゃないかって。久美子とかがうるさいのよ」

心のなかに後悔の念が渦巻いた。武流にすすめられるまま休み、あとは全部彼にまかせてしまったが、それで吉備津に迷惑がかかるとは、考えもしなかった。迂闊《うかつ》だった。

吉備津とあけみが寝たんだったら、逆に話は早い。結婚してしまえばいいのだ。

結婚する気もなく、教師が生徒に手を出したということが学校で問題になると、最悪の場合、懲戒免職という可能性もある。

そこまで考え、自分は吉備津と恋人になりたいと思ってはいたが、結婚したいと思ってはいなかったことに気づき、愕然とした。はなから自分は、吉備津にとって迷惑な存在だったのだ。

「どうしたの、だまりこんじゃって？」

自分を心配してくれる晴奈に、どこまで話したものかと考え躊躇する。どだい、晴奈といつ別れたかという記憶も定かではなかった。バイクに乗るまではなんとか憶えているのだが、そのあとはすっかり《甲冑の乙女《メイルドメイデン》》に乗っ取られたらしい。例によって、気がつくと家というパターンだった。

晴奈には真実は知られたくないが、かといって嘘もつきたくない。結局、魔女に関することを除いて、できるだけのことは話すことにした。

「先生には、ふられたの」

「そう……ま、元気だしなって」

「でも、経験しちゃった……」

「え、え？　だれとよ？」

あけみは、武流のことをいろいろと話した。いや正確には、のろけたことになるのだろう。でも晴奈が聞きたがったのも事実なのだ。

「いま一応ナプキン《おざぶ》はしてるんだけど……晴奈に聞いたほどは、痛くなかったよ」

「えー。それ、相手の男がうまかったんだよ」

「そうだね。わたしも、そう思う」

思い出すだけで、顔に血が集まってくる。

「ちゃんと、避妊したの？」

「タケルくんが、もってたから……」

「あけみも、今後はちゃんと用意しとかなきゃダメだよ。自分の身は自分で守んなきゃ……とか言って、昨日はすっかりあけみに守ってもらったの、あたしのほうだね」

あけみはツバを呑んだ。話が核心に迫ってきた。ひとつ芝居を打つことにする。

「ハルナ……あたし、気が動転しちゃってさ、バイクに乗ったあとのこと、よく憶えてないんだけど」

「そーなの？　近くの駅でバイク乗り捨てて、すぐに電車のったじゃん。『お巡りに見つからなくて、よかった』とか言って」

そうだったのか。

「ハルナ……昨日の暴走族の件、だれかに言った？」

「言えないよ。言っても信じてもらえない。でもあけみ、あんなのにからまれないように気をつけないと」

「そうね……でも、今度もしあんなことがあったら、必ず逃げてね。あたしひとりなら、なんとかなるから」

「あは、それは確かにそうかもね」

自分の処女が守れたのは、晴奈のおかげなのだ。この子はやっぱり巻きこめない。

「それからハルナ、やっぱりわたしに関わらないほうが……」

「ヤだ」

晴奈は、食い気味に言った。

「友情って、そんなもんじゃないもん。あたし、あけみがイヤがっても、友達やめないからね。そのかわり、あんなことがあったら守ってよ。あけみだったら、だれにだって負けない。ジャンヌ・ダルクみたいだったよ」

晴奈は、明らかにあけみの弱みを握っていた。

あけみの魂は、晴奈といつまでも一緒にいたいと言っているのだから。

「ハルナ……ありがとう」

「なに、言ってんのよ」

彼女の笑顔が目に浮かぶようだった。

あけみは、さっきから胸のなかにあった考えを、とうとう口にする決心をした。

「お願いがひとつあるの……わたしが吉備津先生にふられた腹いせに、ほかの男と寝たって……」

「言わないよだれにも」

その語気の強さが、心地よかった。彼女は信頼できる。

「違うの、その噂を広めてほしいのよ」

「え?」

「ハルナ、吉備津先生まだ好きでしょ。お願い、先生を守って」

6

放課後の《サティ》。Cafe & Pub の文字があるから、夜はアルコールを出すのだろう。

武流は頼んだコーヒーを飲み干し、二杯目の水に手をつけているところだった。そのあいだ『ビリー・ミリガン』の、付箋のついているところを拾い読みする。

しかし文字づらを追うだけで、内容が頭のなかに入らない。稲垣のことが思いだされる。自分の短気さが、あいつを傷つけてしまった。どうしたら、許してもらえるだろうか。

いらつく自分に、さらに腹が立つ。

昨夜あけみに、あそこまでタンカをきったのに、自分は吉備津とかいう人間と会うのを恐れているのだ。あけみを振りやがってという思いと、そのおかげで自分に降りかかってきた幸運を考えると、矛盾した気持ちで頭が割れそうになる。

ムソルグスキーの組曲『展覧会の絵』が勇壮なる「キエフの大門」で終わり、店の名の由来であろう作曲家の「三つのジムノペディ」が始まった。憂鬱な雰囲気を助長するにはもってこいだ。

今日の授業は、きつかった。特に体育は最悪だ。無理矢理サッカーをやらされたのだが、もともと球技と名のつくものは大の苦手で、野球をやっても球がとれない。それにサッカーは野球と違って、ケームのあいだじゅう走り続けなければならない。器械体操のような個人競技なら、なんとかなるのだが……ともかくへばった。おかげで午後の授業は、熟睡できた。

とりとめのないことを、いろいろと思ううちに、扉についたカウベルがぶつかりあって不協和音を奏でた。

見るとそこには、目も醒めるように白い肌をした長身の青年がいた。頬骨は高く、顎は細い。黒のトレンチ・コートを着流し、白いキッドの手袋をはめ、大きめの黒のサングラスをしている。

学校の先生？　冗談じゃない！

ファッション雑誌から抜け出て来たようなナリをしていてキザだったが、そのキザがよく似あっていた。タフで繊細な男を、地でいっている。

重大な事実が発覚した。あけみは面食いだったのだ！　とすると、自分もすこしは自信を持っていいいか。いやまてよ、今の今まで待たされたってことは、自分の顔では、まだ難アリということなのか？

そんなバカなことを考えているうちに、男は手早くコートを脱ぎ、カウンターに注文をして、武流の真向かいの椅子まで来た。

「あなたが河野さんの代理ですね。はじめまして、吉備津優一郎といいます、彼女の担任です」

そこには緊張も気取りもなかった。手慣れた自然さがあった。

「あ……佐藤武流です。どうも」

気おくれする。と同時に、同性としての反感と嫉妬の情も、無視できないレベルになってきた。

「あの……《甲冑の乙女》《メイルドメイデン》のことで相談に乗ってくれる人がいるって聞いたんですが」

まるで、自分の言葉のようではなかった。日本語にすら聞こえなかった。

吉備津はサングラスを取った。

右目の下には、青黒いあざがあった。

左目には、白目がなかった。まぶたのあいだの赤い海に、褐色の瞳の島が浮かんでいる。白目全体に拡がった充血が、そんなふうに見せていたのだ。

「その目……あけみに？」

吉備津はうなずく。

「左目はそうです。医者の話では、点眼を続けていれば大丈夫だということ。河野さんに伝えておいてください。右目は不良連中にやられました。それより、彼女のほうはどうですか？」

昨日、ナイフで刺されそうになった男のセリフには思えなかった。

武流はうつむいて、つぶやくように言う。

「たぶん今頃、死んだように眠ってると思う。だいぶ疲れてて……いろんなことがあって、休息が必要だったんだ」

「われわれも、お互い休息が必要な顔をしていますよ」

吉備津は白い歯を見せて笑った。

どうやら関係者のなかで、昨夜満足に眠った者は、だれひとりいないようだった。

降参したくなった。この世には、なんでこんな男が存在するんだ？　できるなら、一生でくわしたくないタイプである。

バーテンがコーヒーを持ってきて、すぐ立ち去った。ここでの話の内容には、じつに無頓着といったようすで。

武流は観念して、自分たちのあいだに起きたさまざまな出来事を話した。やよいや《黒騎士》や〝ゲーム〟など、昨夜あけみと寝たことを除いて、ほとんどすべてのことを。

しかし無駄かもしれない。目の前の人物には、そこまで見透かされている気がする。

吉備津は武流の話を聞いても、たいして驚いたようには見えなかった。ただ「なるほど」と、うなずいただけだ。カップに口をつけ、すこしだけ考えてこちらの目を見てくる。

「河野あけみさんは今、非常に危険な状態にありますね。手助けが要ります。あなたのように、心から信頼できる存在が必要です」

吉備津はどこまで本気で言っているのか。彼には自分が、どんな姿で映っているのだろう？

武流は、反応を見ようと話題をそらした。

「そういう顔で授業してて、なにか言われません？」

吉備津は、再び黒眼鏡をかけ直した。

「そうですね。河野さんとぼくがつきあってるっていう噂が流れてすぐ、ぼくはこうなって、彼女は学校を休んだわけです。ゴシップ好きの人間には、かっこうの材料を与えてしまったことになります」

「学校関係者なんかにヘンに知られちゃうと、クビじゃあ……」

「最悪のケースでは、そうなります。しかし、なんとかなるでしょう。頭の固い連中しか、いないわけでもない。あなたという存在もはっきりしたことですし。河野さんがまた学校へ出てきて、事実無根であることがわかれば、噂も立ち消えになります」

吉備津はさらりと言ってのけた。だが、まだ納得できない武流は、責めるように言い放つ。

「なんでそこまで、あけみに入れこむんだ。担任だからっていう答は、全然説得力ないぜ」

その問いは、吉備津の心の奥に届いたらしい。答が出るまで、たっぷりコーヒー一口分の間隔があった。

「彼女は、ぼくに心を投げてよこしました。ぼくは、それを受け取りませんでした。だから今度は、ぼくが彼女に心を投げる番です。罪滅ぼしだと思ってください」

そう言って、吉備津は時計を見た。六時近い。伝票をつかんでコートを手にする。

「行きましょう」

「え、どこへ？」

「専門家のところです。あなたが会いたがっていた」

子供のような笑みがこぼれた。こんなことまでできるなんて……反則だ。

武流には、あけみとの夜が、まさしく奇跡のように思えてきた。

7

晴奈と他愛ない話をしていると、キャッチホンが入った。明日学校に行くことを約束して、電話を切る。

割りこんできた相手は稲垣だった。

「タケルから《甲冑の乙女》《メイルドメイデン》のことを聞いたんだけど、重要な話があるんだ。できれば直接会って話がしたい。時間はそんなにはとらせない。多くても三十分あれば大丈夫だと思う」

本当は外へ出るべきなのだろうが、身体が休めと言っている。いろいろ考えたあげく、稲垣なら変なことにはなるまいと判断して、家へ来てもらうことにした。

しばらくすると、稲垣は青いスポーツバッグを肩にさげ、たくさんの本をかかえてやってきた。なぜか格闘技やプロレス関係の書籍である。「週刊プロレス」という名の雑誌もあった。

そういえば、武流もプロレスには詳しかった。ときどき、あけみにはよくわからないワザの話をしていたっけ。

あけみは、パジャマに半纏というかっこうで出迎えた。稲垣をダイニングに通し、冷蔵庫から炭酸飲料を出す。

「突然でごめん。具合悪そうだね」

稲垣は恐縮していたが、眼光だけは鋭かった。

「ううん。稲垣くんには、ずいぶんお世話になったもの」

その言葉で、稲垣の緊張感がすこしほぐれたようだ。

「用件は早く済まそう。《甲冑の乙女》が使った武器というのを見せてほしいんだ」

今度は、あけみのほうが身を堅くする番だった。

「どうして……見たいの？」

稲垣は眼鏡を押しあげ、すこしうつむきながら言った。どこか、そわそわしている。

「《甲冑の乙女》の目の届かないところに隠しておかないと、いつかとんでもないことになる。そしてその罪をかぶらされるのは、あけみさんだ」

確かにその通りだった。しかし、あけみ自身あのナイフに触れたくなくて、放置しっぱなしだった。武流に頼んでおけばよかった。

「わかったわ。ちょっと待ってて」

自分で取ってくるには勇気が必要だったが、さすがに稲垣を〝親の部屋〟へ招き入れる気はしなかった。

ベッドの下で鈍く輝く鋼。心臓の高鳴りが耳まで響く。そうっとかがみ、指の先で触れた。冷たくて凶暴。

なんとか気を失わずにダイニングまで持ってくると、稲垣が叫んだ。

「うわー、本当に人が殺せるよコレ」

あけみはソファにへたりこむ。

稲垣がナイフを手に取りながら言った。

「鞘はあるのかな？」

「ええっと、たぶんカバンのなかかしら」

昨日の記憶を頼りに、通学カバンのポケットの内側を探した。確かに、黒いレザーの鞘があった。《甲冑の乙女》は、あけみも知らないうちに、こんなものを入れていたのだ。おかげで命拾いしたわけだが、それで気分がよくなるはずもなかった。

稲垣は、そのハンティング・ナイフをしばらく検分すると、しっかりと鞘にしまって、スポーツバッグに入れた。

「おじゃましました。どうしてもコレが必要なときは連絡して。それから、身体には充分気をつけて。じゃ」

本当にそれだけで、稲垣は帰ってしまった。ふたりの人間に重傷を負わせ、あけみの大事な人を不具にしようとした凶器を納めた、スポーツバッグをかかえて。

彼の帰る姿に、なにか違和感を憶えたが、熱のせいか、あけみにはなんだかよくわからなかった。

ベッドのなかで、突然思い当たった。稲垣はダイニングに、本を忘れていったのだった。

8

武流は、てっきりなんやら神経科とか、うんやらクリニックとかに連れて行かれるのだと思っていた。しかし吉備津は、ホテルのラウンジ・バーへ向かった。

入口がよく見えるテーブル席につくと、白と黒のペンギンみたいな服を着たウェイターが、注文を取りに来る。

吉備津はメニューも見ずに、慣れたかんじで言った。

「ぼくはサイドカー。こちらには、そうだな……佐藤くんは、なんでもいいですか？」

その問いに、武流は首をタテに振るしかなかった。メニューのカクテルの文字の下にある膨大な種類のドリンクに圧倒され、なにを選んでいいのかわからなかったからだ。

「じゃあフロリダを。あとビーフ・ジャーキーも、お願いします」

ウェイターは、きっちり四十五度に腰を折り曲げてから、厨房へ向かった。

まだ時間が早いせいか、あまり混んではいない。感じのいい店ではあった。

「いいんですか、先生なのに？」

武流が言うと、吉備津はすまし顔のまま。

「佐藤くんのはノンアルコール・カクテルですよ。職務を忘れたわけではありません」

吉備津に欠点があるとすれば、この実直さだろう。それとも、まさかイジメか？

武流は、すぐに出てきたフルーツ・ジュースのような味のドリンクをなめながら、足りない三年分の経験を耐えしのぶことにした。

正しい琥珀色のカクテルを、ひとりで実にうまそうに飲んでいた吉備津の視線が、不意にすうと流れた。彼はそちらのほうに、グラスを持ちあげた。

視線の先に、ペパーミント・グリーンのスーツに身をつつんだ女性がいた。髪は肩にかかるぐらいで、ゆるやかにウェーブしている。おしゃべり好きそうな大きな唇が、かろやかに開いた。

「ユウ」

そうこちらに呼びかけながら、その女性は近づいてきた。大きめで縁厚の丸いファッション・グラスが、いかにも柔和なかんじの目を強調している。

眼鏡を乗せているのはだんごっ鼻だが、それによってかえって気さくさが増し、親しみやすい空気をあたりに振りまいている。

吉備津は彼女を席に招待した。

「河野あけみさんの友人代表、佐藤武流くんです。こちらは……」

「大伴《おおとも》恵《けい》子《こ》です。タケルくん、よろしく」

笑顔があふれ出す。二十代後半か三十代前半だろうと思われるのに、実に少女的なえくぼが気持ちいい。

恵子は七センチくらいの象牙色のヒールで歩いてくると、吉備津の近くに陣取り、ギネスを頼んだ。吉備津はすでに一杯目を飲み干し、ギムレットとかいうものを頼んだ。武流はウーロン茶を追加する。フロリダでは、ジャーキーは食えない。

吉備津たちは、武流がその場にいないかのように、互いに近況報告をしていたが、黒ビールが来たとたん、恵子がグミのように自在に変形する目で、武流を見つめた。

「じゃあ、新しい出逢いにカンパーイ!」

転がるような笑い声。気持ちが暖かくなる。こんなタイプのいい女がいるとは、武流にとって新発見だった。

「で、今日の話っていうのは、飲んで歌って騒いで……じゃ、ないんでしょ」

恵子が口をきゅっとしめ、真面目な感じを装った。それでも、まだ目が笑っていた。

吉備津が、ひととおりのことを説明した。一応あけみから聞かされていたことだが、視点が違うので細部が微妙に異なっていた。一番の相違点は、《甲冑《メイルド》の乙女《メイデン》》が登場するとき、あけみには外見や衣装まで変わってしまうように感じられるのに、実際にはそうではないことだ。

吉備津の恵子に対する話しかたは、いくぶんブロークンなかんじになっていた。それでも、武流たちが普段している会話に比べれば、まだまだまどろっこしい。

「人相や性格はガラリと変わってしまう。なんというか、じつに残虐な表情で。運動能力の向上も、格段という言葉では言い表せないぐらいなんだ。ともかく、相対しているこっちがまったく反応できないうちに、一連のアクションが襲いかかってくる。普段は行動自体がスローモーで、体育の授業も満足にこなせない子なのに」

恵子は、うなずきながら答える。

「本当に解離性同一障害《かいりせいどういつしょうがい》……いわゆる多重人格なのだとしたら、それはそんなに不思議なことではないわ。統合された人格の場合……つまり普通の人はってことだけど、すべての矛盾した感情や記憶を併せ持っているので、それらが互いに足を引っ張りあって、カタログデータどおりの性能が出ないのよ。でもいったん別人格が主人格から解離してしまえば、主人格の過去のしがらみから解放されるわ」

「じゃ、あけみはやっぱり」

恵子は武流に、明るく輝く瞳を向けてくる。

「どうかしらね。最終的には本人と話してみないと、正確なコトは言えないわ。ただここでは一応、そういうことで話を進めましょう。ユウはともかく、武流くんは信頼できそうだから」

遅ればせながら、あの吉備津が、恵子にユウという愛称で呼ばれていることに、気づいた。ひじょうに気になる、ふたりではある。

「解離した人格というのは、正確には主人格の断片なの。なにかの感情や機能だけが突出していて能力は高いけど、深みがない」

彼女はそこで一息入れ、ゆったりとギネスを流しこんだ。あたかも自分のした話が、男どもに浸透するのを待っているかのような風情だ。

「ね、タケルくん」

恵子が武流のほうに身を乗り出してきた。

「は、はい?」

柑橘系の香り。不覚にも胸が高鳴ってきた。

「その人格……メイルドメイデンだけど、それを《甲冑《かっちゅう》の乙女《おとめ》》と解釈したのはだれかしら?」

まったく、予想だにしていない質問だった。武流は、女の色香に惑わされている場合ではないことに気づき、必死に記憶をまさぐった。

「ああ、ええっと……あけみがメイルドメイデンだと名乗って、おれがそれにデータをつけたから……確か、おれだと思います」

言いながら愕然とした。自分が記憶喪失にかかっていて、そのあいだに重罪をおかしたと悟ってしまったような、あと味の悪さがあった。

彼女は満足げにうなずき、なにかメモした。

「じゃ、本人がそう解釈しているわけではないのね」

吉備津はさっきから黙りこみ、完全な傍観者のていで、透明なライム・グリーンの液体をすすっている。視線はサングラスのせいで、どこを向いているかわからない。

恵子は、ハンドバッグから携帯用の革背の英和辞典を出して、武流に見せた。

「いい、タケルくん。名前というのは別人格にとって、とても重要なの。たとえば前半のメイルドだけど〝鎧を着た〟のほかに〝郵送された〟という意味があるわね。これはこの人格が、どこからか送りこまれてきたことを暗示するのかもしれないわ。また本来は名詞の〝男《メイル》〟を、動詞と考えて過去分詞にすると、メイルドは〝男性化された〟と解釈できる。これをメイデンとつなげてごらんなさい」

「男性化された……乙女？」

言ってみて、鳥肌が立った。

「そう。彼女のなかの男性自我《アニムス》……つまり破壊的自我が、ああいうかたちを、とったのかもしれないわ」

アニマ／アニムスに関しては、武流にも一応の知識があった。すべての人間の心のなかにある、異性的な部分のことだ。

武流は、自分の膝が震えているのがわかった。理解してしまった知識が、心を鷲づかみにしていた。

「ということは……あの姿は、まさしくあけみ自身なんですか？」

恵子は、諭すように言った。

「ショックなのはわかるわ。でも、もしきみがあけみさんのことを本当に愛しているなら、メイルドメイデンも愛せないといけないわね。メイルドメイデンは決して、彼女の敵ではないの」

母親のような口調。

「でも、現にそこにいる吉備津先生の耳を、削ぎ落とそうとしたんですよ」

吉備津の動きが一瞬止まり、恵子のほうを向く。彼は舌を湿らせてから言った。

「ふったんだ、ぼくは河野さんを」

恵子は、意味深な流し目をする。

「それで彼女は、このトーヘンボクを傷つけたくなったのね。いささか過激な方法で」

武流のなかの不安が高まっていく。

「でも、あけみとメイルドメイデンは、考えていることが違うはずですよ」

「それは表層意識でだけなのよ。じつは潜在意識では、互いに情報交換をおこなっているの」

「そんなこと……」

世界が色槌せ、まわりが暗くなる。自分はなにも、あけみのことを理解していなかったのだ。

恵子に、辞書で後頭部を軽くたたかれた。

「なーに、落ちこんでんの。だれにだって破壊衝動はあるじゃない。それが彼女の場合、たまたま極端に出ちゃっただけ。元気出しなさい。大丈夫、なんとかなるわよ」

「そんなこと言われたって……」

次に彼女は、武流の目をまっすぐ見てきた。澄んだ黒い瞳。見ていると、ぺらぺらとなんでも自白してしまいそうな気になる。

「発症が最近であればあるほど、治すのはたやすいわ。解離性同一性障害の場合、ものごころつく前……二歳とか四歳とかで発病しているケースが多くて、たいへんなのよ。ともかく本人に話をして、一度うちのクリニックに連れてきて」

「発症って……やっぱり病気なんですか？」

「ええ、神経症の一種よ。ストレスに耐えられなくなったときに、逃避行動の一種として無意識に別人格をつくってしまうの」

あけみが神経性の病気……恵子はそんな残酷な現実を、さらりと言ってのける。それがプロというものなのだろうか。

「憑依されてるってことは、本当にありえないんですか？」

否定されるのはわかっていたが、訊いてみずにはいられなかった、
恵子は、その質問を予想していたようで、きわめて平静に答えた。

「本州の最北端にある恐山《おそれざん》に、イタコと呼ばれる死者を降ろす巫女《シャーマン》がいるのは、知ってるわね。ある日ある人が、マリリン・モンローを呼んでもらったら、モンローは津軽弁でしゃべったそうよ」

そして微笑んだ。

「すべての霊現象が、通常の心理学で解決できるかどうかは、わからないわ。私にもお手上げという場合はあると思う。でもかなりの例は、科学的手法で無理なく説明がつくの。超常現象説は、解離性同一性障害という仮説で説明ができない事態になってから持ち出しても、遅くはないんじゃない?」

そう言われてしまうと、武流としても引きさがるしかなかった。それでも心のなかの不安は消えない。稲垣から借りた本を斜め読みして以来、自分のなかに巣喰っている考えを、ぶつけてみることにする。

「治療するっていうのは、そのう……やっぱり、統合するんですか、その別の人格を」

吉備津がこちらに目を向ける。

恵子も、不思議そうに小首をかしげる。

「最終的にはそうね。でもとりあえずは、人格同士が、お互いに同一の人間の一部であることを認めあえば一段落。それまでが、大変なのよ。さっきも言ったように、これは逃避行動の一種で、現実を見つめさせることが、最大のポイントになるわ」

武流が気にしているのは、もっと切実なことだった。やよいや《黒騎士》のことだ。

「統合されてしまったら、メイルドメイデンの能力は、なくなるわけですよね。そうしたら彼女は、自分の身をどうやって守ればいいんですか?」

恵子は狼狽したように、吉備津のほうを見た。吉備津はうなずく。

「ぼくも、一番心配してるのは外的要因なんだ。法をうまく適用できればいいが……知りあいの弁護士とか刑事とかには相談してみるけれど」

恵子は、ため息をつく。

「別人格が他者に対して無害なら、統合しないという方法もとれるけど、メイルドメイデンの場合、あきらかな暴力行動が認められるわけでしょ。まかり間違って人を殺してしまったら、あけみさん……」

「精神障害があったら、法的責任は問われないんじゃないですか?」

「いい、タケルくん。解離性同一性障害は、精神病ではなく神経症なの。ふつう、法的な責任能力はあるとみなされるわ。それに仮になんとか無罪にできるとしても、彼女が他のだれかを傷つけるのを、あなた黙って放っておく気?」

獲物を見据えた狩人のような目。逃げ場はない。

《黒騎士》など、いなくなってしまえばいいと、思っていた。それが逃避なのだと今、気づかされた。現実はRPGではないのだ。邪魔だからといって、簡単に排除はできない。

9

「だいじょうぶだよ。心配ない。おれがついてるし」

武流があけみの肩を抱いてくれる。どうやら自分は震えているようだ。

待合室の壁は、パステルカラーの花や動物のイラストで埋まり、全体としてはグリーンの色調が強かった。病院らしくはなく、予想したのとイメージが違っていたので、落ち着かない。

自分たちのほかには、老婆と若い男性がいたが、一見したところ普通そうだった。彼らはいったい、どんな悩みを抱えているのだろう?

やがて彼らは呼ばれ、それから出ていった。待合室は、あけみと武流のふたりだけになった。

「かわのあけみさん。カウンセリング・ルームへどうぞ」

自分は、この声を待っていたのだろうか。それとも恐れていたのだろうか。

武流が先に立ち、にっこり笑った。

「だいじょうぶ。さ、行こう」

導かれるように、なかに入る。

モスグリーンの服に身をつつんだ女性が、カルテに向かっていた。太っているのではないが、全体的にふっくらした印象で、目は真面目そうだった。

彼女はボールペンでカルテをトントンと叩くと、椅子を回して微笑んだ。

「はじめまして、河野あけみさん。大伴恵子です。よろしく」

どことなく子供のような愛嬌がある顔。それでいて、したたかな大人の表情を身につけている。

「じゃあ、相談したいことをどうぞ」

なにを言えばいいのだろう。

「あの、わたし……病気なんでしょうか?」

彼女は小首をかしげた。

「どうかしら? たとえば私は冷え性で低血圧だし、花粉症も持ってるわ。生理痛は一週間ずっと続くし、視力も〇・二。さて私は病人でしょうか、それとも健康体でしょうか?」

武流が、隣で目を白黒させていた。

恵子は一拍おいて、先を続ける。

「この刹那的な現代では、だれもが健康ではいられないわ。かといって、病気とも言いきれない。人間の精神にだって、同じ現象が起こっているの。精神病までいかなくても、神経症で悩んでいる人はたくさんいるわ。みんな、生きることに疲れているのよ」

目がうるんできた。さまざまな感情が、湧きあがってきた。言葉が勝手に出てくる。

「そう、疲れたんです……いい子でいるのに」

あけみは言葉にしてみるまで、自分がそんなことを考えていたとは、思いもよらなかった。口は勝手にしゃべり続ける。

「ずっと独りっきりだった。パパは、わたしがなにをしても喜んでくれなかったし、ママは……ママはわたしのこと、生まなきゃよかったって……」

涙があふれて、言葉にならなかった。

真っ暗な光景が、迫ってきた。

「あけみ!」

だれかが自分の名を呼んで、肩に触れた。全身に痛みが走った。

だれかがサイレンのような叫び声をあげていた。なにも見えなくなった。恐怖だけが、大きな口を開けて、あけみを呑みこもうとしていた。

10

武流には手がつけられなかった。あけみは全身をこわばらせ、頭をかかえこんで胎児の体勢をとろうとしている。触れようとするだけで、叫びだす始末だ。

恵子は冷静にそれを見て、言った。

「タケルくん、すこしさがってて。あけみさんに触れないで。今の彼女にとって、触れられるだけでも痛みになってしまうの」

言うとおりにするしかなかった。

恵子は辛抱強く、ゆっくり、やさしく、あけみに話しかけた。

しかし、あけみはほとんど返答できなかった。

たまに目をあげても、おどおどし、武流を見ると、怖がって頭をかかえた。

言われるまでもなく、武流がしなければならないことは、わかっていた。恵子の指示に従って待合室に出た。ひどく傷ついていた。あけみに拒絶されたことが。自分は本当に、なんなのだろうか。

診察室のなかから聞こえていた泣き声は、やがてやみ、ぼそぼそと話すような声になた。内容までは聞こえなかった。どだい、なかの話が待合室まで聞こえたら問題だろう。

落ち着かない気持ちで、武流はカバンのなかから『ソロモン王の小鍵』を取り出した。その第一章「ゲーティア」を、ぱらぱらとめくる。

ゲーティアとは、紀元前にユダヤの伝説的な王ソロモンが使役し、銅の壺に封じこめたという七十二柱《はしら》の悪霊《デーモン》のことである。中東起源の豊饒神バール、女神アスタルテ、イランの疫神アスモデウス、エジプトの大気の神アモン、不死鳥フェニックスなど有名なものもあるが、それ以外のほとんどは、最近のコンピュータRPGで名が知られるようになった程度である。

この本を武流が持っているのは、稲垣のせいであった。『ビリー・ミリガン』の付箋には、たくさんの稲垣の書きこみがあった。随所で「ゲーティア」との比較がなされ、ビリー・ミリガンの各人格が、どの悪霊《デーモン》に当たるのか検討されていたのだ。

『注意　アレイスター・クロウリーの発言』

ふと、その書き文字が目に止まった。クロウリーとは二十世紀最大の黒魔術師（と呼ばれている人物）で、大英博物館に収められていたこの魔術書を、彼特有の皮肉つきの解説とともに、世間に問うた怪人である。

稲垣の付箋どおり「ゲーティア」のページをめくる。

『魔術とはすなわち、精神の変容である。このゲーティアと呼ばれる悪霊たちは、すべて頭脳のなかに住み着いている。そういう表現が気にくわないならば、ユング的に普遍的無意識から抽出されると言ってもよい。本質的な違いはない。ようは、あなたが納得すればよい。重要なのは、実際にその悪魔どもを喚起した際に、なにが起きるかである。それについては、各精霊の解説を見よ。ともかく魔術師は、それらを喚起し、従属させ、用が済んだらさっさと追儺《ついな》の法を用いて、もとの場所へ返さねばならない。普遍的無意識の海でも地獄の第七圏でもどこでも……』

おおむね、そんなことが書かれてあった。つまりクロウリーは「悪魔は異次元的存在というよりむしろ、人間の精神のなかに存在する」と言っているのだ。それは魔術師などという怪しげな肩書きの人物から出てくる言葉には思えなかった。きわめて現代的かつ理性的な解釈に思えた。

武流の中で、恵子の言葉がオーバーラップした。

「解離した人格というのは、正確には主人格の断片なの。なにかの感情や機能だけが突出していて能力は高いけど、深みがない」

武流は悪霊たちのページをめくった。

『第四十六番目の精霊はビフロンスと呼ばれている。彼は伯爵で、まず怪物の姿で現れるが、祓魔師《エクソシスト》に命じられれば男の姿をとる。その役目は、相手に天文学と幾何学を学ばせるところにあり、その他の芸術や科学にも通じ、すべての薬草、貴石、木材の価値を教授する……』

機能が突出していて……深みがない。

武流に、悟りの訪れる感覚があった。

魔術師とは、意識的に多重人格を起こす存在なのではないか。意のままに目的の人格を呼び起こし、支配し、用が済んだら退去してもらう。

自分は、ただのゲーム資料のつもりでこの本を読んでいた。だから今まで、このことに気がつかなかった。しかし稲垣は、最初から魔術は本当にあると思っていた。そしてそれを、コンピュータ上で表現できないかと言っていた。

「精神病質者《サイコパス》の連続殺人犯だって、むかしは狼男《ワーウルフ》とか切り裂き《リパー》ジャックとか呼ばれてたんだ。魔術だって、現代的アプローチで解明できるさ」

むかしあいつがそう言っていたのを思い出した。

喚起し、従属し、退去させる。もしあけみのなかのメイルドメイデンに、これが適用できれば……そもそもあけみは、たくさんあるキャラクターの種類《アーキタイプ》のなかから、どうしてよりにもよって召喚師《エクソシスト》を選んだのか……無意識に自分の適性に合ったものを選んでいたのでは？

そこまで考えて、稲垣がなにを興奮していたのかわかった。そして落ちこんだ。

あけみの意志が不在だ。

もしそれができるとしても、あけみに相談し、本人にどうするか考えさせるべきだ。

それに、自分の考えを恵子に納得させられる自信がなかった。専門家ほど、自分の方法に確信を持っているものだ。自分みたいな若造が、しかも妖しげな魔術の本を持って主張しても、説得力のかけらもない。だが必要とあらば、やらなければ。

武流はあけみを待つあいだ、具体的な従属／退去法を求めて「ゲーティア」を読み直した。さまざまな魔法の術式が錯綜し、生贄《いけにえ》や記号《シジル》、法衣や装身具などが書かれている。ユングやクロウリーの解釈では、これらは文字通りのものではなく、なにかの象徴なのだ。たとえば生贄とは、実際に人間の命を捧げるのではなく、精神的な死を通過するほどの体験を意味している……

未熟な自分には、まだ意味がよくわからない。しかし読みこむたびに、とても大事なことが書かれている実感は増してきた。

いつか必ず読み解いてみせる。

武流は、今できる最高の真剣さで、自分自身に誓いを立てた。


あけみが、ぼうっとした表情で出てくるまで、二時間近くかかった、

「あけみさん、そこで会計が出るまで待っててね」

診察室から恵子が顔をのぞかせ、武流を手招きした。

「すこしだけ、私のほうからあなたに知らせておきたくて。メイルドメイデンは、とうとう出てこなかったから、解離性同一性障害かどうかはわからないけど、彼女子供のころ、ひどい折檻《せっかん》をうけてたようね」

「だれからです？」

「両親ともよ。それで根本に、人間に対する極度の不信と憎悪と恐怖があるの。さっきみたいなことは、今後ちょくちょくあると思うけど、それはあなたが嫌いになったということではないの。彼女のなかにあるコンプレックスが自動反応しているだけ」

真剣そのものだった。恵子は武流の手を両手で握った。

「だから、彼女からいくらむごいことを言われたりされたりしても、愛し続けてあげて。この手の病には、無償の愛しか治療法はないのよ。あなたなら、がんはれるわ。いえ、あなたにしかできないことなの。タケルくん」

マリアは大天使ガブリエルから受胎告知をされたとき、こんな気持ちがしたのではないだろうか。

11

あけみは疲れきった身体をベッドに投げ出した。

武流はあけみのことを心配していたようだが、少なく

とも今日は、もう一緒にいたくなかった。自分でも不義理だし非情だとも思ったが、ひとりで帰ってくるしかなかった。そうしないと、心の平衡が保てない。なにもかもが怖かったのだ。

全身がだるく、汗をかいているくせに寒気がする。熱があるようだ。知恵熱というやつかもしれない。肩から首にかけて筋肉がひどく凝り、ズキズキする。

頭蓋骨のなかで、生々しく蘇ったイメージが荒れ狂っていた。封印を解かれた記憶たちが、一致団結してあけみを倒そうと武装蜂起している。

思い出したくなかった。カウンセリングなんて、行かなければよかった。

湿った薄暗い部屋。空気がよどんでいる。沈む寸前の夕日が射しこんでいて、室内はセピア色だ。

三歳ぐらいの女の子が、自分の身長ほどもある象牙色のクマのヌイグルミをかかえて、片隅にうずくまっていた。

閉めきった扉の向こうからは、どなりあう声が聞こえる。いや、そんなに生易しいものではない。世界全体が罵声《ばせい》でつつまれ、少女はその中に浸っているのだ。

なにかが壊れる音、裂ける音、ぶつかる音。音、音、音。それらは、いつ終わるともしれず続き、少女の身体を震わせる。

すすり泣きと怒号の合間に「殺す」とか「死ぬ」とかいう単語が飛び交う。女の子は、もはや涙も流しつくして、ほうけたような表情。

そのとき声もなく語りかけてくる存在があった。

『あっちゃん、だいじょうぶですよ。ホアがついてます』

それは、彼女の抱いているヌイグルミだった。毛足が長く、ホワホワしていることに由来する名だった。

少女は、ヌイグルミからの言葉を不思議とも思わず、話しかけた。

「こわい」

『なにかあっても、ホアが守ってあげます』

「ほんと?」

『約束しましょう。げんまんです』

この少女はまさしく、三歳のころのあけみだった。

両親のケンカは、数日おきに起きていた。それは徐々にエスカレートし、つかみ合いや殴り合いにまで発展していった。「別れる」のどうのという言葉のあとに、「あけみはどうするんだ」という叫びが続き、さらに身が引き裂かれるような応酬になった。

　あけみは、恐ろしい音が聞こえるたびに隣の部屋に引っこみ、隅に身を硬くしてしゃがみこんで、ホアに話しかけた。彼と話していると、両親の争いから外れた別空間にいられる気がした。

　しかしあるとき、部屋のドアを突き破って両親が転りこんできた。

　一瞬なにが起こったかわからなかった。

『あっちゃん、ごめんね』

　ホアの声が聞こえた。ホアの背中から、包丁が生えていた。

　包丁は、母親の手につながっていた。

　母親も父親も、その包丁を見ていた。

『ばいばい。もう、あっちゃんを守れなくなっちゃった』

　父親が母親を殴り、包丁を部屋の隅に弾き飛ばした。

　振動と衝撃。母親の口から血が飛び散り、ホアの背中から臓物のようにワタが舞った。

　あけみはその白い布片を、舞い散る雪でも見るように眺めた。悲しみよりは、その美しさに心をとらわれ、すべてが床に落ちると、どんな感情もなくなり、凍りついた。


　玄関のドアが荒々しく開けられ、父親は出ていった。

　母親は泣き崩れ、なにか繰り言を言っていた。恨みか、懺悔《ざんげ》か、詫びか、あるいはそのすべてなのかもしれないが、あけみの心の底にはとどかなかった。

　あけみは言った。

「ばいばい、ホアくん」

　そのときホアとともに、あけみの心の一部も死んだのだ。


　あけみは、まわりに適応できなかった。人が怖かった。生きて反応するものが怖かった。

　幼稚園は三日でやめた。

　小学校へ行っても、休みがちだった。ときどきひきつけを起こし、医者に運ばれたが、原因不明だと言われた。先生にもクラスメイトにもズル休みだと思われた。

　家にいたくなかったが、友達もいなかった。結局、帰ってくるしかなかった。しかし父も母も、自分のことで手いっぱいだった。親としての責任を果たすことが彼らの頭痛のタネで、それでいてどうやったらそれができるのか、ふたりとも見当がつかないようだった。自分のことがもとでケンカされると、本気で死にたくなった。それも、感情を麻痺させることで乗り越えた。

生理が始まると、行動できる日がさらに減った。母親には、面倒がられこそすれ、喜ばれはしなかった。

中学に入ると、父親が家に帰ってこなくなった。やがて母もそうなった。たまにふたりとも帰ってきて鉢合わせすると、家は戦場になった。

お金は、あけみの口座に毎月父が入れてくれたので、そういう面では不自由しなかった。しかし、本当に欲しいものはどこにもなかった。

中学二年ですでに、自立しなければならなかった。それでも自分のなかに、いつも三歳の子供がいた。そのときの気持ちは、ただ心のなかに眠っていただけで、今でも消えていなかったのだ。

電話が鳴った。

気がつくとベッドの上に転がり、胎児の姿勢になっていた。身体を伸ばそうとすると、関節という関節がガチガチにこわばっている。

電話は鳴り続け、四コールめで留守録用のメッセージになった。ピーという発信音のあとに、ひそやかな男の声が流れた。

「もしもし、吉備津です。二日休んでいるので、心配になって電話をかけました」

担任の、きわめて、平静な声だった。なぜか、あけみのなかに安心感がなだれこんできた。

「この前のことで、ぼくの目やそのほかのことを気にかけているなら、もう大丈夫です。医者にも回復が早いと、あきれられました。ぼくはどうも、そういう体質に生まれてきてしまったようです」

彼の言葉に、耳をすませた。聞いていると、自分の心の変化のわけが、わかってきた。

吉備津は、あまりにも人間ばなれしているのだ。命すら危なかったはずなのに、この冷静さはどうだろう。彼は、ほとんど人間らしい動揺を見せず、常に理性で行動しているように思える。その絶対的に安定した精神に影響されて、あけみの心の揺らぎも自然と矯正されていくのだ。

「昨日今日の進度ですが、教科書の27から33ページまでです。理解できなくてもいいから、一応読んできてもらえると助かります」

まったくこの人は、なにを言ってるのだ。あけみは思わず受話器をとった。

「なにが『助かります』なの。先生なんだからどうして、ビシッと『やってきなさい』って、言えないの？」

吉備津の声が、笑った。

「やっぱり、家にいましたね」

あけみは絶句した。いかにも計画的な笑い。ということは……

「……だ、だまされたあ！」

「思ったより、元気そうですね」

「誘導訊問だあ。人権侵害だあ。この〝きびだんご〟めぇ」

すると、彼はさらりと言った。

「誘導訊問は、わりと得意なんです。ところで調子はどうですか？」

開いた口が塞がらないとは、このことだ。もっとカッカしそうになって、あけみは気がついた。さっきまでの滅入った気持ちが消えている。これは、あけみの性格を読んだうえでの、吉備津の気遣いなのだ。

「……降伏する。なんか張りあっても、勝ち目ないもんね」

「なんだ、やっぱり。元気ないんですね」

「あのねえ……」

あけみは吉備津に問われるまま、クリニックでの一部始終と、蘇った記憶にともなう苦痛についての話をした。恵子には言い出せなかったホアくんのことも、つい話してしまった。

「正直言って、もうあそこには行きたくない。わたし……わたし先生に助けてほしかったのに」

「彼女を紹介したのが、ぼくの助けかたです」

吉備津は間髪を入れなかった。喫茶店での対応と同じだった。

「そんなの……」

「負けん気が強い、河野さんらしくもないですね。もう降参ですか」

「ええ？」

「河野さん自身、治療に苦しみがつきものであることぐらい、わかってるはずです。あなた、そんなに頭は悪くない。自分の過去に直面するのが怖いんですね」

意地で否定しそうになった。しかし、さっき全面降伏すると決めたばかりだ。

「そう、怖いわ。とても」

自分が震えているのがわかった。

吉備津の声に、力がこもった。

「ぼくがあなたの恐怖を半分肩代わりしましょう」

「そんなこと」

「ぼくが信じられませんか？」

「そんなことないけど、でも……」

「もし《大伴《おおとも》クリニック》へきちんと通うなら、そのあいだ毎日三十分は、ぼくからあなたに電話をしましょう。電話の内容は河野さんしだいです。グチでも、人生相談でも、個人授業でもなんでも。なんなら普段は極秘になっている、ぼくのスリーサイズも教えましょうか？」

自分自身の淡い恋心を割り引いたとしても、吉備津と会話するのは確かに楽しかった。洗練されているし、話題は豊富で、合間合間に軽いジョークが入る。これが粋な大人の話しかたなのだろう。

「先生の裸ならもう見たわよ。しょうがない。先生の恋人になるのはあきらめるから、一日一時間で手を打ちましょう」

吉備津がすこしだけ言いよどんだ。内心、やったと思った。

「手切れ金の交渉というのは聞いたことがありますが……電話の時間で、それをやられるとは思わなかった」

「ちゃんと据膳を用意したのに、食べなかったバツよ」

「わかりました。がんばりましょう」

ふいに涙がこみあげてくる。自分は、なんて泣き虫なんだ。

「先生……ごめんなさい」

電話の向こうには沈黙があった。しかし、吉備津が聞いているという感触もあった。あけみは同じことを、もっと違う言葉で言い直した。

「ありがとう」

「どういたしまして。ところでホアくんは、今も河野さんのすぐ近くにいますね」

「え？」

もうすこしで、聞き逃すところだった。

「じゃ、今日はこのへんで。おやすみなさい、また明日」

「ちょ、ちょっとぉ」

電話は切れてしまった。この切りかた、明らかに作為的だ。

冗談か、気休めだろうか？　いや、どちらにしても悪質すぎる。吉備津の性格には、そぐわない。だとすれば、本当のことを言っていたのだろうか？

彼は、もう十年以上も前に死んだはずなのに……

どっと疲れが押し寄せてきた。気がつくと十時をまわっていた。とてつもない眠気が、あけみをベッドに引きずりこむ。

奇妙な夢を見た。《甲冑の乙女》が、ホアくんといっしょにジルバを踊っていたのだ。一種の悪夢といえよう。しかしなんだか暖かくて、笑いだしそうになった。

12

次の日の学校。武流には、思い悩むことがたくさんあった。

あけみは自分を求めつつも、避けている。拒絶しながら、愛してくれる。恵子に前もって言われていたとはいえ、心が痛むことに変わりはない。もっともっと大人にならなければ。これは、そのための試練なのだと思うことにした。

稲垣は、ずっと自分を避けている。ここしばらく部活動も休んでいる。もともとクラスも違うことだし、偶然廊下でもすれ違わない限り、会う機会はない。

武流のほうも稲垣を避けていた。武流が吉備津たちと会っていたとき、稲垣はあけみになにをしに行ったのだろう。ナイフを回収するためだと言っていたが、メイルドメイデンは勝手にあけみのお金を使って買い物ができるのだ。気休めにしかならない。

とすれば本当の目的は、格闘技関係の本を〝忘れていく〟ことにあったはずだ。稲垣は、あけみイコール召喚魔術師説に傾倒するあまり、メイルドメイデンを育てようと決心したのかもしれない。そう考えると、顔を見た瞬間また殴ってしまいそうで、自分が怖かった。


昼休み、武流はやよいを風当たりの良い校庭の丘の上に呼び出した。

「あなたのほうから、わたしに会いたいだなんて、どういう風の吹き回しかしら？　プレイボーイになる決心でもしたの？」

「よせよ」

彼女は、あいかわらずマイペースだ。

「あーら、だってタケル、あけみさんと寝ちゃったんでしょ」

あいかわらず耳が早い。あけみの学校にもスパイがいるというのは、本当らしい。

ともかく彼女の話につきあっていたら、目的は達成できない。

「どうやったら、あけみから手を引いてくれる？」

「あいかわらずストレートな人ね。変化球を憶える気はないの？」

おまえこそ直球を投げたことがあるのか、と思ったが言うのは耐えた。

「わたしの答は知ってるでしょ。あなたがあけみさんと手を切ればいいのよ」

「それはできない」

「じゃ、ふたまた、かけるの？」

「はぐらかすのは、やめてくれ」

「《黒騎士》は、あなたかあけみさんを犯すまで、あきらめないと思うわ」

やよいは、平然と笑っている。

武流は、すでに心を決めていた。拳を握りしめながら、吐き出す。

「それで……いいんだな」

やよいの表情が、いつにも増して能面になった、しばらく、こちらの顔色をのぞきこむ。それから深くため息をつき、しゃがみこんでしまった。

「やめてよ……タケルらしくないわ。なんだか、バカらしくなっちゃった。どうしてそんな純愛なんかできるの？」

純愛、そうなんだろうか？　武流は、自分があけみを、ケダモノのように貪《むさぼ》ったことを思い出した。あれが純愛？

「欲望より強いものを持ってるなんて、許せない。殺してさしあげたいわ、この手で」

やよいは近づき、そのしっとりとした手で、やさしく武流の首を絞めた。すうと気分がよくなり、このまま気絶してしまいたくなる。

武流は目をつぶり、つぶやいた。

「暴力じゃ、ものごとは解決しないんじゃなかったのか」

歓喜の波とともに、やよいの手も離れた。見ると、髪をかきあげ、不機嫌になった女優がそこにいた。

「ふん。あげ足を取るのね」

「自分にできることなら、なんだってやってやる」

「あなたを手に入れるには、別な方法を考えなければならないようね」

懲りているようすはなかった。

「わかったわ。やってみる。でも《黒騎士》は本当にもう、わたしの手を離れているのよ。彼が手を引くかどうか、確実な保証はできないわ」

「ありがたい！」

武流は思わず、やよいの手を握っていた。やよいの影が薄くなる。彼女は武流の胸に耳をつけた。

「純愛なんて……」

彼女のつぶやきが聞こえた。上を向いたやよいの目に、かすかな光があった。

武流は、思わず抱きしめたくなる気持ちを、必死で堪えなければならなかった。

ゆっくり彼女の身体を離す。やよいは武流に、白い厚手の二重封筒を押しつけた。

「なんだこれ？」

「『夏の夜の夢』のペア・チケット。ふたりで、いらして。本当のわたしを見せたいの」

それから振り向き、風に長い髪をなびかせながら丘をおりた。その姿は、あくまで優雅さを失わなかった。

見とれているうちに彼女は麓までおり、振り向いてこう言った。

「浮気したくなったら、いつでも来てね。わたしだって、さみしいのよ」

残念ながら世のなかは、すべてが自分の思うようには、いかないのだ。だれにとっても。

13

それから一週間、あけみにとって平穏な日々が過ぎた。《甲冑の乙女《メイルドメイデン》》も、あれ以来なぜか、なりを潜めていた。

やよいは『夏の夜の夢』の公演が近づき、いよいよ忙しくなったらしく、こちらにかまっている暇はないという様子。《黒騎士》の姿も見ない。あのケガでは、無理もないだろう。

次の日から学校にも出た。〝あけみ淫乱説〟のせいで居心地は最悪だった。康子がぶしつけに「吉備津の目は、あけみがやったのか？」と訊いてきたので、そうだと言ってやったら、ビビって話しかけてこなくなり、過ごしやすくなった。どだい学校に来ているのは勉強のためだし、吉備津や晴奈に会えることはうれしかった。

なにか問題があるとすれば、疲れやすくなったことだ。夜十時を過ぎると、もう眠くて起きていられない。行き返りを一緒にしてくれる武流には、九時には帰ってもらう。それから一時間は、吉備津との電話のために空けておきたい。

晴奈に聞いたら、初体験して一週間ぐらいは、微熱を出し続ける子もいるそうだから、この疲労感をあまり気にしてもしょうがないだろう。

　放課後になると、二日に一度は恵子のクリニックに行っていた。三回目の診療で、思いきってホアくんの話もした。

　恵子からの答は、あけみの予想とはまったく逆だった、子供のころ、目に見えない友達がいるのは、別に異常ではないというのだ。

「日本ではまだ統計がとれてないけど、アメリカでは精神的にまったく正常な子供の過半数に、架空の友達がいたの。人形の場合もあるし、冷蔵庫やタンスが話しかけてきたっていう例もあるわ。もちろん、まったく実体のない精霊みたいなケースもあるの。これは育ってきた脳が、人間相手の会話を実践する前に、意思伝達《コミュニケーション》の練習《シミュレーション》をしているのよ。成長するにつれて、自然になくなるものだけれど」

　あけみの場合、問題はこの年齢になってもそれが治っていないことにあるのだろう。

　あいかわらず《甲冑の乙女》は、セラピーの際には出てこない。恵子は、おそらく催眠療法を使えば呼び出すことはできると思うが、無理にはしたくないと言っていた。

「あなたにどれだけの負担がかかるか、わからないし。待っていれば、そのうちしびれを切らして向こうから出てくるでしょ？　それに佐藤武流くんと話してる心理劇《サイコドラマ》療法を使えば、うまくいくかもしれないわ。催眠は、あまりにも簡単に深いところまで行けてしまうから、最終手段にしたいの」

　そういえば武流も、恵子と何度か打ちあわせを重ねている。〝ゲーム〟をしていて憑依されたのだから、〝ゲーム〟を使ってなんとか解決するとか言っていたが、そのことだろうか。医者にしては、恵子はずいぶんと柔軟な頭の持ち主のようだ。

　吉備津の電話のおかげで、あけみは確かにずいぶんと助けられた。夕方の診療結果を夜もう一度復習することによって、恐怖が明らかに何段階か減殺されるのだ。

　さすがのあけみにも、恵子と吉備津がスクラムを組んで自分を助けようとしていることが、だんだんとわかってきた。そのチームワークに、正直ヤける部分がないではなかったが、自分に嫉妬する資格はない。実際、治療自体はとてもつらいのだけれど、恵子という人間には、会えば会うほどまた会いたくなる。プロの手腕と言ってしまえばそれまでだが、それ以上に惹かれていく自分に気がつく。あけみは彼女に対して、吉備津に対する気持ちに近いものを感じていた。

そしてあけみは、クリニックからの帰宅途中、アーケードのなかで音なき声を聞いた。ありえるはずのない声を。

『あっちゃん、ホアですよ。きゅっきゅっ』

振り向くと、ショーウィンドゥにクリーム色のテディベアがいた。それはあけみの記憶のなかにあるものと、造作も表情もそっくりだった。ただ汚れていないことと、すこし小さく感じることが、違いといえば違いである。プラスチック製のふたつの黒いお目々が、輝きながらあけみを見つめている。

「ホアくん……」

『時間が経ったのでこんなに小さくなってしまいました。あれえ？』

ホアが笑ったように見えた。

『あっちゃんが、大きくなったんですね』

矢も盾もたまらず、あけみはその人形を買っていた。調べてみると製作年月日に今年の口付があり、壊れてしまったものと同じはずもなかったが、あいかわらずクマは話し続けている。

『生まれ変わったんですよ』

とりあえず、彼の言うことを信じることにした。信じたくてたまらなかった。

こんなことが自分の身に起こるのは、退行現象なのだろうか？　自分のなかにまだ〝三歳のあっちゃん〟がいるせいかもしれない。もしいなくなってしまったら、このヌイグルミは、しゃべるのをやめてしまうのではないか……

あけみはだれにも打ち明けない決心をした。武流にも、恵子にも、吉備津にも。

『ホアが、あっちゃんを守ってあげます』

あけみは、力一杯そのヌイグルミを抱きしめた。

あけみの友達。あけみの守り神。もう離さない。

〝ゲーム〟療法の当日も、デイパックのなかに彼を隠して連れていった。ホアくんは、喜んで『きゅっきゅっ』と笑った。ずいぶんと心が軽くなった。

インターミッション

「アイーダ」

その言葉は、あけみに向けられているようだった。あけみに、あるいはあけみのなかのだれかに、呼びかけているようだった。

「アイーダ……」

あけみのなかで、なにかが振動した。そして、心を射る菫《すみれ》色の瞳が湧きあがった。

「アイーダー!!」

その存在は、今や実体化した。法衣に身をつつんだ少女。目に憂いを宿しながらも、しっかりと前を見続ける召喚師《エクソシスト》。あけみのキャラクターであった。

彼女は久しぶりの仕事に向かうように、大きく伸びをして立ちあがった。

今度の冒険はなんだろう。どんな敵が現れるのだろう。そして、どんな仲間が一緒なのだろう?

暗闇のなかで、アイーダ・グラディアスはスポットライトを待つ役者のように、わくわくしながら待機していた。

第五部　還《かん》滅《めつ》　*Banish*

故ドクター・ディヴィッド・コールは、多重人格の治療には、完全な統合よりも安定のほうが大事だと考え、あるとき、ビリーの治療にあたって彼の目標をこう説明した。

「彼が社会の中で生き、生活していけるならば、単独経営だろうと、共同経営だろうと、会社組織だろうと問題ではない」

——ダニエル・キイス『24人のビリー・ミリガン』

1

その女は夢織り人《ドリームウィーヴァー》と呼ばれていた。ひょうひょうとしていて、笑みを絶やさない。

夢がどんな色なのかは知らないが、ともかく彼女のターバンは虹の七色だった。同色のふっくらしたパンツの上に、アラビア風のゆったりした服をまとっている。そのくすんだ白が、洗いざらしの生地特有の清々しさで、上下の虹色をつつんでいた。

顔は少女のように見えたかと思うと、次の瞬間には老婆に変幻している。夢と同じように、彼女の存在も不確定なのかもしれない。

これが、大伴恵子のゲーム・キャラクターであった。

日曜の午前十時。武流の部屋に、あけみと恵子がいた。お客があるときには給仕をしてくれる母親は、あいにく今日は仕事で出ていたので、武流はスナックや飲み物のほとんどを用意した。

今日のセッションは、いささか実験的だった。通常の〝ゲーム〟の要素に、心理劇《サイコドラマ》の手法を加えるのである。

ふつう〝ゲーム〟中のすべての要素（プレイヤー・キャラクターを除く）は、ゲームマスターが用意する。冒険の舞台、情報をくれる人物、敵となるモンスター、罠《わな》、手に入る財宝、背景情報など、そのいっさいをだ。

しかし今回は、必要最低限の誘導だけして、展開はプレイヤー、すなわちあけみに任せる方式をとる。ほぼ完全にアドリブの劇だと考えてもいい。

それを手伝ってくれるのが恵子である。彼女にはプレイヤーというより、副《サブ》マスター的役割を受け持ってもらう。キャラクターとして夢織り人をあてがったのは、そのまま自然に、あけみの夢の世界を旅できるとふんだからだ。

前日の打ちあわせで、恵子は言っていた。

「彼女のキャラクター、なんという名だったかしら？」

「アイーダ。アイーダ・グラディアスです」

「アイーダ……アラビア起源の色んな意味がある名前だけど、それってスペリング決まってたりするのかしら？」

「ええと、確かあけみはＩｄａって書いてました。三文字だったのでよく覚えてます」

恵子は深くうなずいた。

「なかなか興味深いわね。オペラの『アイーダ』なら四文字のＡｉｄａになる。三文字のＩｄａなら、存在証明《アイデンティティ》の略語ＩＤに、女性の名をあらわす接尾辞ａをつけたカタチになってるじゃない」

指で虚空に文字を書きながら説明する。

「じゃあアイーダは、あけみの女性自我なんですか？」

「そう考えてもいいかもね。だから、分離した女性自我《アイーダ》と男性自我《メイルドメイデン》を引き合わせたら、なにか新しい事実がわかると思うの」

すなわち今回の目的は、ふたつの自我の邂逅《かいこう》にある。このことは、あけみには知らせていない。〝ゲーム〟を通じて、治療をするということしか伝えていない。

恵子によれば、ふたつの人格は「無意識的に」遭遇しないと、意味がないのだという。本人に知らせてしまうと、意識してしまって単なる劇になり、治療にならない恐れがあるというのだ。


武流はまず、恵子からあけみに話をふらせた。「アイーダ、私は夢織り人《ドリームウィーヴァー》。あなたに頼みがあって来たの」

あけみは不安げな顔をこちらに向ける。武流は微笑んで「大丈夫」を繰り返した。

「なんですか？」

あけみは、ぶっきらぼうに言った。まだ役に入りこんでいない。しかし前回も初めはこんなものだったので、気にせず先へ進める。

恵子は静かな語り口だ。

「じつは私の知りあいで、魔女に呪われ、百年の眠りについてしまった女の子がいるの。彼女の心には悪魔が住みついていて、その悪魔を追い払わない限り、助けられないのよ。お願い、力を貸して」

あけみは二、三度まばたきし、ゆっくりとうなずいた。得心できたという顔をしている。

「わかりました」

「じゃ、一緒に行きましょう」

恵子のあとをついで、武流が説明する。夢織り人が担当しないこと、たとえば背景描写や時間経過などは、すべて武流が管理する。

「ふたりは、夢織り人の用意した馬車に乗って、目的の館に向かいます。途中、天気はどうですか、アイーダ？」

この問いかけが、通常の〝ゲーム〟と違うところだった。キーワードを与え、そこから感じることを自由に連想させる。

あけみは最初「え？」といった顔をしていたが、恵子の笑顔を見ると、なにをすればいいのか察したようだ。

やはり頭の回転が速い。

あけみは目を細め、ほとんど閉じながら、脳裏に見える風景を描写した。

「今にも泣きだしそうな空。でも、まだ雨は降ってはいません」

あけみの発言は、前もって彼女の了解を得て、すべて録画している。この記録を材料に、恵子がのちほど詳しく心理分析をするわけだ。恵子はさらに、録画だけではフォローしきれない微妙な変化などについて、リアルタイムでノートをとっていく。

武流は先を進めた。

「そんな空の下を進むと、道の左右に木立が見えてきます。どうやら森に入りかけているようですが、どんな森ですか?」

「鬱蒼としていて、なんだか怖い。動物の鳴き声もしません。木々は黒々としているのに、なにか死臭が漂っている気がします」

恵子は、あけみの手をとった。

「だいじょうぶ。わたしがついているわ。この森は、私の庭みたいなものなの」

森は、これから入っていくあけみの頭脳のなかを象徴している。以後見えてくるものは、すべて彼女の心象風景である。

「では、いよいよ森のなかに入っていきました。鬱蒼としているので、太陽光はすこししか届かず、あたりは夕暮れどきのような昏さです」

佐藤武流《ゲームマスター》は、あけみの発言から当然導かれる描写はするが、それ以上は言わない。彼女の意識にいらない知識を植えつけると、正常な心理分析ができないからだ。

途中、川を渡ったり、動物が出たりしながらも、なんとか目的地まで導いていく。

「やがて木立がまばらになり、木のない空き地に出ました。その空き地に、家が立っています。どんな家ですか?」

あけみは、脳裏に展開する光景に息を呑むように一瞬ためらい、それからつばで舌を湿らせて、一気に話しだした。

「白くて小さい。天から光が射しこんでいて、家もまわりの草も輝いている。屋根はウェハースみたいで、扉は上のほうが丸くなってる」

あけみは、だいぶ入りこんできたようである。

彼女の心の流れを阻害しないように、スムーズに誘導していかなければならない。

「ドアを開けてなかに入ります。すると、ひとりの少女が横たわっています。どんな感じですか？」

「浮いてます。空中に浮いていて……目をつむっています」

「どんな姿かたちですか？」

「白い衣装。アクセサリィはつけていません。顔は……四、五歳のようですが、なんだか二十歳《はたち》ぐらいにも見えます。表情がありません」

恵子が引き継いで、誘導を始める。

「この子が、目的の子よ。準備がよければ、あなたを彼女の夢のなかへ送りこむわ」

とっさに、あけみが恵子にしがみついた。

「あなたは、来ないんですか？」

「この少女の身体を見張ってなきゃ。私自身は入らないけど、私あなたのことはずっと見ていられるし、あなたも私からの声は聞こえるわ。不安になったら、そう言って。あなたに危険が迫ったら、すぐに夢の世界から出してあげるから」

恵子は、なだめるように言葉をかけながら、あけみを安心させていった。

「だいじょうぶよ。じゃあ私が三つ数えたら、あなたはこの子の夢の世界へ入ります。いい？」

あけみは眉間にしわをよせていた。それが徐々にやわらぎ、それから口もとがきゅっと結ばれた。そして確かにうなずいた。これから待ち受ける運命を甘受するように。

2

「ひとーつ……」

アイーダの目の前から、雑音とともに風景が渦をなして消えていった。

「ふたーつ……」

あたりが無限の色に分割され、そのすべてが自己主張しているため、見える限りすべてが灰色になった。

「みーっつ」

色彩は沈みこみ、光は失われて、あたりは暗転した。耳障りなノイズが去ると、周囲は静寂につつまれる。

「なにが見える？」

夢織り人の声。

なにも見えはしない。しかし、どこからか物音がやってくる。なにか規則的なかんじだが、ときどき乱れた。それが不安をかきたてる。アイーダは答えた。

「暗闇……なにかが動いてる」

「だいじょうぶ。それがなにか教えてくれる?」

「見えない。暗くて。怖い」

身体が震えてくる。歯の根が合わない。

「わかったわ、そこへ光を送りこんで、怖い闇を晴らすから」

夢織り人が叫んだ。

アイーダは自分で自分の身体を抱きながらつぶやいた。

「そんなことができるの?」

夢織り人から、暖かい波動が伝わってきた。

「私の仕事、なんだと思っているの? いい、送るわよ!」

その言葉とともに、一瞬にして夜が明けたようだった。テレビの明度つまみを調整したかのように、映像が浮かび上がってくる。

「黒い馬。それに黒い男が乗ってる」

アイーダは叫んでいた。とたんに《黒騎士《ブラックライダー》》という単語が、頭のなかで炸裂した。

《黒騎士》は全身を黒光りする板金鎧《プレートメイル》につつみ、闇のようなマントをたなびかせている。腰には剣、右手には騎槍《ランス》、左手には凧形盾《カイトシールド》を持ち、やはり黒い馬鎧《バーディング》で身をかためた毛足の長い巨大な黒馬にまたがっていた。

「彼は、なにをしていますか?」

夢織り人の声が届くと、《黒騎士》のまわりの風景が確定した。彼は丘の上におり、眼下の集落を見おろしていた。

そこでアイーダは、夢の世界の妙な理屈に気がついた。現実世界では、たとえ視界の隅にあってぼやけた印象しか残らなかったとしても、すべてが確固として存在している。

しかし夢の世界では、興味のない部分は存在しない。関心が向けられて初めて、そこになにかが生じるのである。

今や《黒騎士》は、どこからか現れた部下たちを引き連れて、いっさんに丘をくだっていった。やはり夢ではありがちな視点の転移が起こって、アイーダはいつのまにか《黒騎士》の目で風景を見ていた。転がり落ちるように村が近づいてきた。煙突からの煙。振り向いて、それから驚愕の表情になる村人。そのひとりがアップになり、血しぶきが飛び散った。

そこでまた視点の転移が起き、《黒騎士》が馬で駆け抜けざまに村の青年を斬り倒したのが見えた。映画のカット割りによく似ていた。

恐怖はこれらのシーンのあとから、ついてきた。《黒騎士》の部下たちは村に火矢を放ち、暴力の限りを尽くした。

アイーダは傍観者のように話した。自分の身体が、どこにあるのかよくわからなかった。

「村……村を襲ってる。手下の騎馬隊を引き連れて、焼き討ちしてるわ。刃向かう者は、みな斬られて。それから……」

言いながら、震えが背中を駆けおりた。

夢織り人の声が、ゆっくり諭すように響いてきた。

「だいじょうぶ、それは本当に起きた出来事じゃないのよ。夢のなかの光景なの。いい？」

アイーダは気を落ち着けて、呪文のように繰り返した。

これは本当じゃない。これは本当じゃな
「じゃあ、アイーダ。あなたはどうしたい？」

わからない。そう思ったとき、視界の端に印象的な女の子が現れた。すっきりとした顔立ちで、目が輝きに満ちている。腰砕けになって地に伏しながらも、その黒い瞳は《黒騎士》の部下のひとりを睨みつけていた。

「女の子がいる。彼女の手を引いて、ここから逃げたい」

アイーダのその声に、夢織り人が素早く反応した。

「わかったわ。じゃあ私が霧を起こして、あなたがたを黒い騎士の目から見えないようにしてあげる。いい？」

言うあいだにも、剣を振りあげた騎馬は迫ってくる。

アイーダは、突然実体化したようにその女の子のわきにいる自分に気づく。彼女もアイーダに気がついた。

「霧を送ったわ」

とたんに、あたりが白い闇になった。アイーダは女の子の手を取って走りだした。

霧のなかでは、すぐに剣戟の音も遠ざかってしまった。追いつかれる心配どころか、暴漢がさっきまですぐそこにいた気配すら、消え去ってしまう。夢の世界では、見えないものは存在しないらしい。安心の波が、あけみのなかを駆けぬけていった。

「ところで、その少女はだれ？」

アイーダは立ち止まった。振り向くと親しげな笑顔の少女。彼女は、ハルナと名乗ったような気がする。というよりも、アイーダの頭のなかに、どこからか知識がやってくる感触があった。同時に、クラウチング・スタイルで身がまえるイメージも浮かんできた。

「ハルナ。いつも走ってる元気な子」

「じゃあアイーダ、ハルナちゃんと話して、これからどうするか決めて」

そう聞いたとたん、やはりテレパシーのようにイメージがなだれこんできた。アイーダは、ほとんどハルナの言いたいことを代弁するかたちになった。

「ハルナは《銀の騎士》にあこがれてるの。一度、馬のうしろに乗せてもらったことがあると、言ってるわ」

一瞬その騎士が、甲冑から顔の下半分だけをのぞかせて、酷薄に笑うのが見えた気がした。アイーダはその騎士を、知っていると思った。

3

武流は、ごくりとつばを呑んだ。

《銀の騎士》。確かメイルドメイデンは、全身に白銀の鎧を着こんではいなかったか。

とうとう、ひっかかったぞ。そう思って恵子に目配せすると、彼女もうなずいた。

「じゃあ、ハルナちゃんと一緒に《銀の騎士》に会いに行きましょう」

恵子の声に、あけみがうなずく。

「お城へ向かうの。乙女の城。女しかいない砦。《銀の騎士》はそこにいるの」

武流は、すこしあと押しをすることにした。

「じゃあ、門が見えるところまで来たよ」

恵子はこちらを睨んだが、流れのほうが大事なので、すぐにそのあとを続けた。

「門はどうなってる？」

「開いてて、そこから堀の上まで跳ね橋がおりている。まるで、招いてるみたい」

「どうするの？」

「歩いて近づいて行きます」

あけみは、はっきりと宣言した。しかし突然、身を引くようにする。

恵子が訊ねた。

「どうしたの、アイーダ？」

「門から《銀の騎士》が出てきて……橋の真んなかで立ちふさがって……ハルナだけ置いて、出て行けって」

とうとう、追いつめた。さて、どうしたものか。恵子も目を丸くしている。

「《銀の騎士》は、どんな姿かたち？」

「全身銀の鎧。頭には鳥のような兜。笑った口もとしか見えないけど……女だわ」

間違いない。メイルドメイデンだ。

「さあ、アイーダ。じつはその《銀の騎士》が、少女のなかに取り憑いている悪魔なの。《銀の騎士》を、なんとかしなくては」

あけみは首を振った。

「怖い……とても強いわ。かなうわけがない」

やばい。武流は助け船を出した。

「大丈夫だアイーダ。その《銀の騎士》の名はメイルドメイデン。きみは以前、彼女を封印したことがある。憶えているね」

あけみは叫んだ。

「彼女、もうあの呪文は効かないと言ってるわ。それに前のことで、わたしを恨んでる」

武流は唇を噛んだ。

恵子が素早くフォローに入った。

「アイーダ、大丈夫よ。彼女は〝乙女の城〟の騎士なんでしょ。だったら女性の守護者じゃない。わかる？　アイーダ、あなたは女性だから、ひどいことはされないわ」

あけみはすこし驚いていた。しかしそれも束の間、あけみの表情がやわらいでいく。

「ええ。そう言ってやったら、たじろいでるわ。確かに、女性を相手にするのは苦手なようね」

武流は額の汗を拭いた。恵子がいなかったら、どうなっていたことか。さすが心理学のプロは違う。

恵子はこちらにウインクしながら、ペットボトルから紙コップにアイスティを注いだ。

「一服しましょうか。夢の世界にも、飲み物を送るわ」

そして、あけみと武流にもアイスティをくれた。

すこしホッとした。第一段階は完了だ。十分ほど休憩したら、次の段階へ行こう。

「けど、アイーダっていう名のとおりで、本当に助かったわ」

恵子が思わせぶりなことを言う。解せない武流の顔色を読み取ったのか、彼女は破顔して先を続けた。

「帰還もしくは助力者……そこから傑出、才能、贈り物、幸福っていう意味にもなるらしいの」

それはかなり意味深だ。そんなことを思っていると、いきなりあけみが目をカッと見開いた。そのとき武流は、彼女の瞳が紫色に光るのを見た。

あけみが叫ぶ。

「《黒騎士》よ！」

彼女は紙コップを握りしめた。なかの紅茶が、服にかかった。

気がつくと家の外から、記憶にある重低音が聴こえてきた。ハーレーの排気音だった。

身がまえる暇もなく、窓ガラスがはじけ飛んだ。割れた窓の縁に、黒い革のライダーズグラブの指がかかり、続いてのっそりと、黒いヘルメットが現れた。

「ひさしぶりだ。オールキャストそろいぶみで、ありがたいね。実にありがたい。いないのは、キビツとかいう先生だけか」

見るまでもない。十日ほど前に公園で逢った、二メートルの大男であった。その非現実感に、だれもが言葉を失っていた。

《黒騎士》はひらりと部屋に降り立つと、腰からL字警棒《トンファー》らしきものを取り出し、両手に一本ずつ持った。ひと振りで近くにあった電話を叩き壊し、もうひと振りで武流の頭を狙った。

飛び退いて、なんとか打点はずらしたが、肩のつけ根に当たった。鈍い音がして、右腕がしびれた。武流はそのまま床に転がり、デザイン机の脚に、背中をしたたか打ちつけた。

痛みをこらえようとするが、動けなかった。それでも武流は、絶望と恐怖のなかで、あけみたちを救う方法を、ひたすら考えていた。

恵子が、必死にあけみをかばった。

《黒騎士》はトンファーを振って、さっきまでみなが向かい合っていたガラステーブルを、粉々に砕いた。破片がみぞれのように、武流の全身に降りかかってきた。

のどが勝手に叫ぼうとするが、肩からしびれがまわってきて、声にならない。

《黒騎士》は、くぐもった声でいやらしく笑った。

「あのときは、こっちには自前《じまえ》の拳しかなかったからな。今日はしっかり用意させてもらった」

《黒騎士》が、ふたりの女性めがけて、左からトンファーで薙《な》いだ。恵子は、その腕にしがみつこうとする。

武流は一瞬、目をつぶりそうになった。しかし、なにもできないとしても、目をそらすのは逃避である気がした。しっかり目を開けて、すべてを捕らえた。

なんの偶然か、恵子は《黒騎士》にぶつかる寸前に転んで、ベッドに倒れた。

あけみは体を落《ダッキング》とした。黒い警棒が、彼女の髪を何本か引きちぎった。

あけみの目と口が、薄笑いを浮かべていた。それはそれは残酷な笑みを。瞳が、今度は白っぽい膜がかかったようになり、くすんでいた。眦《まなじり》が、墨を割《さ》いたように鋭角的に黒ずんだ気がした。

戦傑が走った。武流は悟った。自分がいま見ているのは、あけみではなくメイルドメイデンであることを。〝ゲーム〟のなかでしか見たことのない存在が、今まさしく目の前で実体化したのだということを。

4

あけみは夢を見ているように、すべてを眺めていた。

アイーダとハルナ、そして今は《銀の騎士》として認識されている《甲冑の乙女《メイルドメイデン》》は、舞台で劇を演じていた。

舞台袖からは夢織り人《ドリームウィーヴァー》が、演出家のように声をかけていた。

どこか暗がりからは、ときどき武流の声がし、そのたびに舞台の背景が変化した。まるで、スクリーンに映写したスライドのようだった。

今の場面は乙女の城の前で、あげ橋を境に、アイーダと《甲冑の乙女》が口論をしている。

あけみにできることは、この劇中劇を見続けるか、背を向けて暗闇に戻ることだけである。

『あっちゃん、もうすこし見てますか？』

ホアくんが言った。いつのまにか、彼はあけみの隣にいた。

あけみはホアの腰のあたりに手をまわす。ホワホワで気持ちがよかった。彼が隣にいるなら、もうすこしぐらいがんばってもいい。ディパックに隠して連れてきて本当によかった。

そう思うと、クリーム色のクマさんが隣で小躍りする感触があった。

『きゅっきゅきゅ』

アイーダが夢織り人の助言にしたがって《甲冑の乙女》をやりこめたところで、劇は小休止に入った。膠着状態と言ってもいい。

ほっとするのもつかのま、ふいにあたりが暗転した。

ホアが身を硬くする。

『あっちゃん、来ました。気をつけて』

暗黒の稲妻が、視界のいたるところを切り刻んだ。

しかし、だれも動かなかった。だれもそれに気がつかなかった。座りこんで、なにかを飲んだりしている。

稲妻は、次々と空間に爪痕を残していった。その裂け目から、粘液状の暗黒が染み出してくる。

怖気《おぞけ》がふるった。バイクに乗せられたときの感触が、戦標とともに戻ってきた。

「《黒騎士》よ！」

あけみは心の限り叫んだ。

アイーダも《甲冑の乙女》も、あけみのほうを振り向いた。

とたん、背景にあったスクリーンが、ガラスの割れるような音とともに、粉々になった。

舞台の背後から、すべてを圧倒しそうな巨大な影が、ぬうと姿を現した。

「ひさしぶりだ。オールキャストそろいぶみで、ありがたいね。実にありがたい。いないのはキビツとかいう先生だけか」

《黒騎士》は視界いっぱいに拡がると、漆黒の輝きに満ちた腕を振った。するとワイパーで一拭きされたように舞台そのものが破壊され、アイーダたちは跳んで逃げた。

次の瞬間、あけみの目に映ったのは、武流の部屋だった。窓ガラスが割れ、電話が粉砕され、肩を押さえた武流がうずくまっていた。

《黒騎士》は大股で近寄ってきて、あけみたちが座っているガラステーブルに、再び腕を叩きつけた。無数の破片が氷のようにきらめいて、あたりに飛び散った。

「あのときは、こっちには自前の拳しかなかったからな。今日はしっかり用意させてもらった」

そう言う《黒騎士》は、うごめく、霧のようなオーラにつつまれていた。闇の霧は呼吸をしているように脈動し、そのたびにあたりに障気が吐き出されている気がした。その場にいるだけで息苦しくなる。恐怖の顎《あぎと》が、目の前で大きく口を開けて待っている。

そのときあけみは、奇妙な感触を得た。《黒騎士》のまわりで、今まで見たことのない現象が起こっている。原形質流動する闇のまわりに、薄いリング状のものがあったのだ。《黒騎士》もふくめて、そのことに気づいている者は、あけみ以外いないようだった。

目を凝らすと、リングはなつかしい紫色をしていた。あけみは口のなかで、吉備津の名を唱えた。リングはそれに呼応して、輝きを増した。

そのリングの端からは糸を束ねた網のようなものが出ており、《黒騎士》が破った窓から空に向かって、徐々に広がっていた。

あけみには、その紫のオーラがなんなのかわからなかったが、吉備津に由来するのは確かなように思えた。

《黒騎士》はさらに進み、暗黒の右手で恵子を横殴りにしようとした。恵子は果敢にも、その腕に飛びかかっていった。

危ない！

そう思った瞬間、紫のオーラが光速で凝縮した。それは《黒騎士》と恵子のあいだで、盾のように展開する。暗黒の腕は、その紫の空間を突き通るあいだ、わずかだが速度が鈍った。タイミングを逸した恵子は、《黒騎士》の腕には飛びつけず、そのままベッドに転がった。

紫の壁は、輝きを増した。そして、今度ははっきりとした姿を見せ始める。大きく翼を広げた、鳥のようだった。

《黒騎士》のオーラが、恐れを抱いたように萎縮した。そして次の瞬間《黒騎士》そのものから離脱し、あけみに飛びかかろうとした。

紫の鳥は、一瞬早くその前に移動した。

黒い泥のような影は、手のひらのかたちに拡がり、その鳥を呑みこもうとした。

その瞬間を待っていたかのように、猛禽は翼の先から無数の光の羽根を飛ばした。羽根は粘泥の指状に伸びた部分に突き刺さり、本体とその触手とを分断した。

飛沫となった闇の砕片は、それだけでは存在を続けることができず、泡沫《うたかた》のように宙に消えた。暗黒のオーラは、ひとまわり小さくなり、たじろいでいるように見えた。

オーラを失った男は、存在そのものが淡くなったようだった。実はオーラそのものが《黒騎士》の正体なのだとすれば、それを失った巨人は、すでにただの人間に戻ってしまったのかもしれない。

瀕死の怪物は、不定形にうごめきながら呻いた。

『きさま、なにものだ……』

紫の鳥は、空中に静止したまま答えた。

『名乗る順序が違うようだな』

軟泥は、ブクブクと泡をたてた。

『われは《黒騎士《ブラックライダー》》。真の名など、とうの昔に忘れたわ』

『ならば、こちらも名乗るまい。ただ《菫禽《すみれどり》》と呼ぶがよい』

『きさま、もしや湯羅《うら》を滅した……』

湯羅？　湯羅とは、なんだろう？

考えている暇はなかった。

《黒騎士《ブラックライダー》》と名乗った闇は、《菫禽》の攻撃を避けるためか、再び巨漢の体内に戻った。男の瞳に、見慣れた破壊衝動と、見知らぬ恐怖の色が宿る。融合した悪は、怨嗟《えんさ》とともに襲いかかってきた。

腕が間近に迫った。あけみは動けなかった。

刹那、あけみの視界に白銀の魔女が飛びこんできた。

「おどき！　ったく、グズなんだから」

メイルドメイデンは悪態をつくと、大男の攻撃をかいくぐり、反撃に転じようと身をかがめた。

5

武流は息を呑んで、人外魔境の攻防を見つめていた。

《黒騎士》は頭を振りながら、天に向かって炮吼した。なにかを振りきるような仕草だった。

メイルドメイデンは視線をそらさぬまま、あけみのワインレッドのデイパックに手を伸ばし、素早く開けた。がくりと、彼女の顎が落ちた気がした。おそらくナイフが入っていることを期待したのだろう。しかしファスナーの向こうから顔をのぞかせたのは、ほぼカバンいっぱいに詰まったテディベアだった。

《黒騎士》は回転しながら、裏拳の要領でサイドからトンファーを叩きつけようとした。

メイルドメイデンはデイパックを恵子のほうに投げ、今度は手近にあったテーブルの脚で、敵の攻撃を受け止めた。ものすごい金属音が響いた。

《黒騎士》はめげずに、左の足を蹴りあげた。

しかし、それはメイルドメイデンの思うつぼだった。白銀の乙女は、胴を蹴られるのを覚悟で、全身でその脚に飛びつく。そしてそのまま身体をひねらせた。ドラゴンスクリューというプロレス・ワザだ。

《黒騎士》は、もんどり打って倒れた。その頭がオーディオ・セットにめりこむ。プラスチックが砕け、金属がきしむ極めてイヤな音を響かせた。メイルドメイデンは、すぐさま体勢を入れ替え、男の片足をとった。《黒騎士》

も、彼女の足をとろうとしたが、わずかに遅かった。メイルドメイデンは、身をひねって踵がための体勢に入る。といっても、踵だけではなく膝まで破壊してしまう禁止技である。むろんメイルドメイデンは、躊躇しなかった。骨と腱がきしむ。バキバキという生暖かい音がした。

《黒騎士》は、悶絶して痙攣している。武流は必死で這い寄った。肩から背面にかけての痛みは、すこし引いていた。一秒が、何時間にも思えた。あけみが……メイルドメイデンが《黒騎士》を殺してしまう前に、自分がなんとかしなければならない。

倒れた大男の頭のあたりに、やっとたどり着いた。付近にデッキから飛び出したらしいディスクが落ちていて、虹色に光る面に痛ましい傷跡をさらしている。『グラン・ブルー』のサントラだった。

ハードディスクにコピーした音声データから再生すれば済む話だが、武流はあけみがゲームをしに訪れたあの日、わざわざデッキにCDを入れ、それが今までそのままになっていた。それは武流にとって、心を落ち着けるための一種の儀式だったのだ。

怒りと悲しみが、武流の背骨を突き抜ける。

そのときメイルドメイデンが、ニヤリと笑いかけてきた。その顔は『やれ』と言っていた。《黒騎士》は、足が固定されていて動けない。

武流は《黒騎士》の背にまわり、棒のようになった右腕を相手の首の前にまわし、左腕で引いて裸締め《スリーパー》をかけた。

《黒騎士》の全身が跳ね、びくびくいった。めちゃめちゃに振られたトンファーが、一度武流の右のこめかみに当たった。武流は、薄れゆく意識と格闘しながら、自分の足を男の胴体にからめ、死んでも手を離すまいと歯を食いしばった。そのまま、時間の感覚がなくなりそうになり……

《黒騎士》は、すうと倒れこむ。巨体から力が抜けた。とうとうオチたのだ。

「体格をカサに着て、技を練習していないバツだよ」

メイルドメイデンが、そう言って笑った。

武流は、あけみがメイルドメイデンであったとしても、自分は気にいっただろうと思えた。それから今度は安心して、自分も気絶した。

6

男の意識がとんだ瞬間、黒い毒霧が慌てたように、宙に逃げ場を求めた。

そのとき後光をまとった鳥は、光芒の矢と化して、闇の精めがけて急降下した。

輝くくちばしが触れた瞬間、闇の泥は沸騰した。白熱光が四方八方に漏れ、黒塊は球状に膨らんで、風船のように破裂した。断末魔の叫びが、あけみの脳裏にこだました。

あけみは、さきほどのセリフを考えていた。湯羅《うら》とは、なにものなのか？

『遠い昔にいた鬼だ』

《菫禽《すみれどり》》は答えた。

呆然としていると、パトカーと救急車のサイレンが近づいてきた。だれも電話したはずはないのに、どういうことだろう？

紫色の鳥が笑ったような気がした。

心臓を圧迫するサイレンが、急速に大きくなりながら真下まで来て、それから不意にやんだ。恵子が立ち上がり、ドアを開けて階下へおりていく。

ほぼ同時に、玄関の開く音がして、だれかが駆けあがってきた。

「ユウ！」

恵子の声がした。だれのことだろう？　妙に胸騒ぎがした。

すぐにわかった。恵子に引き連れられるかたちで、オレンジに近い褐色のダンガリー・シャツを着た吉備津が、この部屋に入ってきたのだ。そしてもうひとり、目立たないグレーのスーツを着た私服刑事らしき男もいた。

ふと《菫禽》が、大きく羽ばたいて遊弋《ゆうよく》した。そして吉備津のもとへと飛んだ。そのとき一瞬だけ、吉備津から黄金の後光が発せられ、炎のようにきらめいた。紫の鳥は形状をなくし、吉備津のオーラとなって、完全に同化した。

憂いを宿した目が、やさしく微笑んだ。

「河野さんも、無事でよかった」

悲しくなるほど澄んだ瞳。この瞳の奥に、彼はなにを秘めているのだろう？

恵子が今度は、倒れている武流に駆けより、彼の頭を膝に乗せた。武流は呻き、頭に手をやりながら意識を回復した。

それからすぐに、白衣の救急隊員が飛びこんできた。

こうしたさまざまな出来事が進行するあいだ、あけみはなにもできなかった。彼女はまだ、自分の身体の支配権を取り戻していなかったからだ。

7

武流が目覚めると、警察や救急車や、もうしわけなさそうな目をした吉備津が、なぜかそこにいた。

「張りこんでた甲斐があったな」

山崎と呼ばれた私服刑事らしき人物が、サメのような笑みを浮かべながら、吉備津に言っていた。吉備津は、あいかわらず陰気な顔をしている。

救急車は《黒騎士》を運んでいき、残ったみんなは手当てを受けた。

それから刑事は、簡単な事情聴取を終えて帰っていった。動揺している人間（もしかして自分か？）もいるので、詳しい話はまた後日ということで解放されたのだ。

気が動転していて、そのあいだのことはよく憶えていない。

騒ぎが済んだあとで、結局今日の〝ゲーム〟のメンツと吉備津が、武流の部屋に残った。

あけみの表情を見るかぎり、メイルドメイデンはまだ去っていなかった。

武流は彼女に向かって、つぶやくように言った。

「関節技なんて、よく知ってたな」

メイルドメイデンは、あいさつをするように片手を振った。

「この世界じゃ、面倒な法律があるとかって、ヒューが言ってた」

「ヒュー？」

「ああ。近頃じゃ毎日、あいつと練習してたのさ。殺さないで済むワザを。あけみが早寝なもんだからね」

そう言って、気味の悪い笑い声をあげた。

恵子がこっちに向かって、目配せをした。

なんだ？　彼女は心理学の専門家だ。さっきからこっちが予測のつかない解決法を編み出している。またなにか考えついたのだろう。

恵子は大声で、しっかりと叫んだ。

「アイーダ、今よ。《銀の騎士》の兜を剥ぎ取りなさい！」

メイルドメイデンは、ぎょろりと目を剝き、『裏切り者』という顔で恵子の首を絞めようとした。

しかし指は、途中までしか伸びなかった。なにものかにうしろ髪をつかまれたかのようにのけぞり、首のあたりをかきむしる。

アイーダが、やっているのか⁉

吉備津が素早く動いて、メイルドメイデンを羽交い締めにし、こちらを見た。

恵子が、もう一度こちらに目配せをした。

〝ゲーム〟の続きを、やれと言うのか？

笑いたくなった。だが確かに、今しかない。

武流は覚悟を決め、ゲームマスターとしての言葉をつむぎだした。

「兜は、半分までとれた。さあ、彼女の目もとが見えてくる。メイルドメイデンは抵抗しているが、聖騎士《パラディン》がうしろから羽交い締めにしているから大丈夫だ。兜がとれた。彼女の髪も見える。彼女はいったい、だれだ？」

吉備津の腕のなかで、メイルドメイデンはゆっくり力を失っていった。瞳から白い膜が消えていき、頬に赤みが挿した。

おそらくはもうアイーダのものになったであろう朱色の唇は、つぶやいた。

「あの……あの少女です。館で浮いて眠っていた。でも、すこし違う気もする。男の顔のようにも見えます」

恵子がなだめるように言った。

「アイーダ、あなたの顔にも似ていない？」

アイーダは一瞬、しかめ面をした。そして不承不承うなずいた。

「そうね」

「橋を渡って。さあ《銀の騎士》とあなたは、手に手を取って、城主に会いに行くの。いい？」

恵子の問いかけに、彼女はうなずいた。その表情は、残酷な仮面と戸惑いの色とのあいだで、めまぐるしく動きまわった。

吉備津は、もうよしと見たのか、そこで手を離した。そして全員分の飲み物を作り始めた。こんなときに……マメで冷静なヤツめ。

恵子が、小首をかしげてこちらを見た。引き継ぐのは、武流の役目だった。

「豪華な宮殿。光に満ちあふれている。床には赤い絨《じゅう》毯《たん》が敷いてあって、あなたがたはその上を歩いていく。踵まで埋まりそうな、ふかふかしたカーペットだ。さあ、そのカーペットの向こうに、ひときわ高い玉座に座る存在がいる。あなたがたも、よく知っている人間だ。さあ、ご尊顔を拝謁して！」

彼女は、うつむいている顔をゆっくりとあげた。その表情に、驚きと喜びが混じっていく。さあっ、と涙がこぼれる。しかし悲しそうではなかった。

恵子が、やさしく言った。

「女王は、どなた？」

彼女は答えた。

「あけみ……河野あけみ」

武流の視界がぼやけた。どうやら自分も、泣いていたようだ。

8

武流は『送って行こうか』と言ってくれた。しかしあけみは、それをことわった。ことわるしかなかった。自分は恩知らずなのだろうか？

武流と吉備津がいっしょにいた。ふたりのあいだには、すこしの距離と緊張感がある。そんなふたりを前にして、自分はいったいどうしたらいいのだろう？

浮気の現場を押さえられたような、あと味の悪さが残った。ふたりのどちらに対しても、顔向けができない気がした。まともに視線を合わせることもできず、ぎこちない受け答えになった。

帰り道、恵子がいっしょにバスに乗った。男たちは、それを見送っていた。武流は無言で、吉備津は「じゃ、また」などと、すました顔で。

ふいに既視感《デジャヴュ》が襲ってきた。すべてが始まったあの日の映像が蘇り、現実とオーバーラップした。

隣を見る。やはり笑顔の女性。背筋が凍りついた。

恵子は二、三度目をしばたたき、小首をかしげた。

「なにか、顔についてる？」

その言葉であけみは、ハッと目が覚めた。

「い、いえ。そうじゃなくて……」

言いながら、視線を前に戻す。

やよいがキツネだとすれば、恵子はタヌキ的な愛嬌のある顔だ。どこもかしこも丸いかんじで、鋭角的なところがない。柔らかい印象……でもそれを、信じてもいいのだろうか？

バスは思い出を置き去りにして、静かに走り始めた。

恵子はなにも言わず、ひそやかで自然な笑みを浮かべたまま、考えごとをしているようだった。目と首が、ときどき想像上のなにかを見るように、かすかに揺れる。

知らず、そんな恵子を見てしまう。

彼女がこちらを向いた。視線が合う。

「ん？」

恵子がうなった。鈴を転がすような声色で。

「あ、あの……」

あけみは、自分の胸のなかにわだかまっている想いに気づいた。

「どうしたの？」

恵子は、右にキュ、左にキュ、右にキュ、というかんじで首を三度かしげた。

笑ってしまいそうになった。とても三十路には見えなかった。

「訊きたいことが、あるみたいね？　顔に吉備津先生のことだと書いてあるぞ」

彼女の問いに、あけみは慌てて言葉をにごす。

「そ、そんな……」

「違うなら、それでもいいんだけど」

恵子は目で笑った。それから、つけ加えた。


「どっちにしても、悔いが残らないようにしないとね。心や頭のなかを整理して、悩みを解放してやらないと。自分の心を壊しているのは、結局は自分なんだから」

「自分が……自分を壊してる？」

さらりと言われて、足もとをすくわれた。

恵子は、独りごとのように続けた。

「そう。ユウ……ああ、吉備津先生のことだけど、彼も、取り憑かれてるようなもんだからね」

「なにになですか？」

思わず、身を乗り出すようにして訊いていた。

「過去に。自分の過去によ」

恵子はそこで息を整えるように、いったん言葉を切った。

「ユウがかなり面倒な状況に放りこまれているのは確かよ。でも一番不幸なのは、自分のことを不幸だと思いこんでいること。結局、自分を救えるのは自分しかいない」

恵子の透き通った瞳が、遠くで焦点を結んだ。

吉備津の過去に、なにがあったのだろう。プライベートな、あまりにもプライベートな領域へと、話は向かっているような気がした。あけみはその瞬間の緊張に堪えきれず、話題をそらした。

「吉備津先生とは、長いんですか？」

彼方から恵子の関心が戻ってきて、あけみの上にとまった。

「そうね。大学で知りあってからだから……もう十年近くなるわ」

「それで、その……」

あけみの気持ちが、虚空へと泳いだ。恵子はそれを拾った。

「恋人だったことはないの。サークルでいっしょだったんだけど、ユウは数学で、私は心理学専攻でしょ。畑違いなのが、かえってうまく作用してるのかな。飲んだり電話したりすると、話してるうちに互いの疑問が氷解したりして……ウマがあう、そんなかんじね」

なぜふたりは、恋人にならないのだろう？　性格はまったく違うのに、フィーリングがどこか似ていた。

はっとして、あけみは目を凝らす。そしてオーラを確かめた。

恵子の全身は、淡い藤色につつまれていた。吉備津のように燃えあがる炎ではなく、同心円状に拡がる後光《ごこう》のようであった。慈愛の表情に、観音菩薩がダブって見える。

恵子はひとつため息をつき、諦観の相で静かに口を開いた。

「ユウは私と違って、説明しにくい複雑な家柄に生まれて……今のところ彼が唯一の跡継ぎなの。ユウはそれを嫌って、飛び降り自殺をしようとしたことがあった。大学三年のときだったわ。でも死んだのは彼ではなく、彼をかばった人だったの。自分の下でつぶれた人から、血や息吹とともに命の火が流れ去るのを見ながら、彼のなかのなにかも流れてしまったのね」

彼女の鳶《とび》色に光る目は、その苦しみを一緒に負ってきた翳を宿していた。

「私はユウの近くにいることはできたけど、癒すことはできなかった。彼の意志は強靱で、しかも治る気がないのだから。自分自身を地獄に堕とすことで、十年も前のつぐないをしていると思っているのよ」

「自分自身で……」

あけみの脳裏に、翼の折れたサタンの像が浮かんだ。みずからの意志で地に墜ちたとされる大天使。その身は炎で焼かれているとも、氷に閉ざされているともいわれている。天使でもあり悪魔でもある存在。

さまざまな絵画や音楽や文学で描かれ尽くした題材で

あるにもかかわらず、自分はその意味を、今はじめて理解できたような気がした。

9

武流はオーディオを調整しながら、ため息をついた。アンプはフレームがいかれ、回線がところどころ内部で断線していた。インディケーターのパネルはひび割れ、スピーカーは右側の重低音用が真っぷたつに裂けていた。最新式のブルーレイ・デッキは、大丈夫なんだろうか？脇に積んでおいたディスクも、三枚は割れ、三枚はひどく傷ついていた。そのほか被害が比較的軽いディスクには、除塵スプレーを吹きつけ、よく拭いてからかけてみた。

画像飛び、砂嵐、再生不能、メニュー内セレクト不能……

「くそう」

目頭が痛くなり、涙がこぼれそうになった。そのとき……

「アーユーターー！」

音楽は男性ヴォーカルの歓喜の叫びで始まり、続いてトランペットが合奏《ユニゾン》で主旋律を唱いあげた。再生されたのは、ブルーレイでもＤＶＤでもなく、ちょっと時代錯誤なＣＤだった。

『グラン・ブルー』の二枚組サウンドトラック。ディスク１は完全に破壊されていたが、もう一枚は奇跡的に無事だったのだ。

ピアノとエレキギターがアップテンポのビートを刻む。元気がわいてきた。

寄せては返す波のようなサウンドに身を任せながら、武流はいろいろなことを思い出していた。恵子が言っていた。

「これで、すべてが解決したわけじゃないのよ。むしろ、これからが始まりなの」

もちろん、あけみのことである。

「今日は、それぞれの人格に共意識を持たせただけ。互いに自己紹介を済ませた程度ね。彼女らが仲良くなってくれるかどうか、今はまだわからない。よくはなると思うけど、安心はできないわ」

一朝一夕で解決するとは思っていなかったが、さきほどのシーンがあまりにも鮮やかに心に残っているので、武流にも〝もうあけみは治ったのかもしれない〟という気持ちがあったのは、確かだった。その甘い期待を、恵子はみごとに打ち砕いてくれた。治療は、まだ続けなければならない。

「それから、ひとりで今日みたいなことをやっちゃ、ダメよ」

それが彼女の最後の言葉だった。

それでも、あきらめる気はなかった。武流は、自分ひとりでもサイコドラマ法が実践できるようになるまで、もっと心理学を勉強しようと決心していた。

吉備津とは、とうとう話らしい話ができなかった。意識してしまって、聞きたいことが訊けなかったのだ。

「明日は学校を休んで、きちんと検査を受けてください。それで問題がなければ、警察署で調書にサインをお願いします」

吉備津はそう言って、黄昏の街に溶けこむように去った。

武流は、釈迦の掌中で踊っている猿みたいな気がして、歯がゆかった。思えば自分は、がむしゃらに走り抜けてきたようなものだ。考えて動いたわけではなく、ただ気持ちに従っていたにすぎない。脳みそはなんのためにあるんだ。

武流は、左手で自分の頭をこづいた。

「ずいぶん派手に壊れたわね……」

武流は、その声で現実に引き戻された。見ると、いつのまにか母親が帰ってきていて、ほうきで床のガラスを掃いていた。

「うん」

そう言いながら、立ちあがる。外はすでに真っ暗で、壊れた窓から風が吹きこんでいた。すこし寒くなってきた。

母親が『困ったわね』という表情で小首をかしげた。

「いっそのこと、模様替えしちゃいましょ」

「え?」

実際、部屋はメチャメチャだった。コンピュータのハードディスクのデータが無事だったのが、不幸中の幸いだ。

「そろそろ、このデザインにも飽きてきたトコだったのよ。今度は、夏の高原をモチーフにしようかしら」

母は、あいかわらずな口調だった。

「そうだ。せっかくだから、もうケータイに乗り換えちゃうのも、いいんじゃない?」

単に脳天気なわけではない。これが手なのだ。いっさい責めずに、相手が自責の念にかられて自白するのを待つ……

考えれば、人とつきあうのに何の策もなく対応しているのは、自分だけのような気がする。

武流はボヤくように言った。

「お金は、どうすんだよ?」

「またおとうさんから、ガッポリふんだくるから」

見るものが見れば、寂しさが秘められていることがわかる笑み。武流は、たまらなくなった。

窓の穴をふさぎ、ゴミを片づけ、一息つくまで二時間近くかかった。ようやく一階の居間に落ち着いたのだが、それより前に武流は母の笑みに耐えられなくなり、部屋がこんなになった理由を話していた。

母はマリンブルーのエプロンを外し、テーブルにつきながら答えた。

「あんた、なにやってもいいけど、あんま危ないマネはしないでね。おかあさん、あんたしか子供いないいんだから」

眉根を寄せた真剣な表情。それから寄り目になって、滝れたての紅茶をふうと吹く。

武流も、敬虔な気分になって尋ねてみた。

「ねえ、かあさん。もし……もしもだよ、もしおれが死んだら、かあさん、どうする?」

母の口が吹いたかたちのままで一瞬止まり、ふたつの黒い瞳が、真っ正面から武流を見返した。

武流は思わず目を伏せる。

「そうね……きっと、一週間ぐらい泣いて泣いて泣きまくって、それから新しい子供でもつくるわね」

「かあさん……」

思わず顔をあげると、母は笑っていた。そして言った。

「あんた、いろいろと考えすぎなの。ヘンに頭がよすぎるんだから」

「そうかな。おれ……」

「そうなの。人生経験豊富なかあさんが言うんだから、間違いない。そうに決まった」

かなわない。もちろん半分冗談で言っているのだが、残りの半分はマジも大マジなのだ。

「人生、一寸先は闇なんだから、あんたがいつ死んだって驚かないように、したいと思ってる。親子っていったって、しょせんは他人なんだし、あたしがなにを言ったって、あんたが生きたいように生きるしかないじゃない?

だけど、それを承知でこれだけは言わせて。生き急いだり、死に急いだりするのだけは、やめて」

　胸が苦しくなった。言葉が出なかった。

　すると母は『柄にもないことを言った』というふうに、キョロキョロと左右を見まわした。それから何気なく話題をそらした。

「あけみさん、どう？」

「どうって？」

　武流はオウム返しに答える。それからヘンなことに気がまわって、頬からこめかみにかけてが熱くなった。

　母は片目をしかめた。

「バカね。そんなこと訊いてるんじゃないの。心配して言ってるの」

「心配？」

「そう」

「ああ、うん……いろいろと悩んでたけど、今日のことで、すこしは解決したんじゃないかな」

「そう、よかった」

　ニコニコしながら、ズズーッと紅茶をすする。武流は思わず苦笑していた。

「なんで、そんなこと訊くの？」

　武流の問いに、母は『なにを今さら』といった顔で答えた。

「あの娘《こ》、いい娘じゃない。純粋で。かあさん、ああいうタイプの娘は好きなのよ」

「へえ……」

　としか、言いようがなかった。そんなふうに見られているとは、思ってもいなかった。

「あんたがた、見るからに相性バッチリだし」

　天真爛漫な笑顔。

　武流は、かえって落ち着かなくなった。

「おれ、正直言って不安でたまらない。あけみのことは好きだけど、これからどうつきあっていけばいいのか……」

　気がつくと、普段だったらとても言うはずのないことまで吐露していた。

　母は、紅茶のカップを置いて目を細めた。

「もともと、できることしか、できないんだから。考えすぎ。考えすぎよ。頭を空っぽにしなさい。そしたら、本当の気持ちが見えてくるわ」

　考えすぎ……そうなんだろうか？

「そう言えば稲垣にも、同じようなことを言われた気がする」

「ほれ、見なさい。人間、自然体がいちばんなのよ」

　そして母は、お盆に乗せてあった海老満月をつまんだ。白くて手頃な大きさのせんべいを、おいしそうに頬ばった。

10

　あけみは、へとへとになって家に帰りついた。武流と求めあった日々が、すでにどこか遠くの出来事のように思えた。

　なにもかも夢のような半月だった。それでいて、今まで夢だと思っていたことが、現実を侵略していた。

　分離していたものが統合されたことによって、自分の存在意義《アイアンディティ》が混乱していた。自分はあけみであり、メイルドメイデンであり、アイーダであり、さらに同時にその三つを総合したものなのだ。

　あけみは〝親の部屋〟を引き払って、ひさしぶりに自室に踏みこんだ。

　掃除をサボっていたせいで、すでに捨てるしかないものもたくさんあったが、ともかく片づけなくてはならない。

　ゴミをまとめて部屋を出ようとすると、戸口の鏡がこちらを見た。あいもかわらず『ＹＯＵ　ＤＩＥ！』の文字がこちらを睨んでいる。

　気分が奇妙だった。自分の顔に乗ったその死文字を見ても、マイナスの感情が湧きあがってこないのだ。ＤＩＥはもはや、死を意味しなかった。

　ダイとはサイコロ《ダイス》の単数形でもある。あの文字は、本当は「おまえも一個のサイコロだ」と言っていたのではないだろうか？　死の意味だったら「ＫＩＬＬ　ＹＯＵ」のほうが自然である。

　頭のなかに、なつかしいメイルドメイデンの声が聞こえてきた。

「だいたい、あんたのほうが〝ゲーム〟のコマじゃないって、どうして言えるんだい？」

　そのとおりだ。自分は今まで、なにもかも人のせいにしていた。自分が不幸なのも、壊れてしまったのも、だれかのせいにしていた。ということは、だれかの思うがままに生きてきたということだ。

　これまでの自分には、自我と呼べるものが希薄だった。

やよいの思うツボになってしまっても当たり前だ。

メイルドメイデンはまさしく、自分のなかで圧殺され続けた自我だった。彼女のやっていたようなことを、本当はあけみ自身もしたかったのだ。

しかしそれに目をつぶり、心のなかの壺に封じて蓋をしてしまったために、憎しみだけが純粋培養されてしまったのだ。たくさんの毒虫を閉じこめてつくった蟲毒《こどく》のように。飢えた犬どうしを共喰いさせ、最後に残った一匹の首をはねて生じさせた犬神のように。

恵子が言っていた。すべては本人の責任だと。とすればメイルドメイデンは……

あけみは彼女のために涙を流した。不欄《ふびん》という言葉が、浮かびあがってきた。メイルドメイデンは、愛情を与えられずに育ったあけみ自身の子供も同じだった。

「そんなに泣くなよ。あたしは死んだわけでも消えたわけでもない。いつだって、あんたから分離して、戦いに行けるさ。ただその必要がないときは、ソロモン王の壺にでも入って眠ってるよ……」

彼女の声がこだました。

「すこし……眠くなってきた。じゃ、またな《オールヴォア》」

それきり、彼女の存在する感覚は消えてしまった。どこにも知覚できなかった。

涙は止まらず、漠然とした不安が身体を震わせた。寒気で、歯の根があわない。

すると今度は、暖かい存在が近くにやってきた。

「あけみ。メイルドメイデンは、わたしがしっかり封じておくわ」

菫色の瞳の少女アイーダ・グラディアスだった。

「あなたに悪魔が襲いかかったり、あなた自身が悪魔を必要としたときに、わたしを呼んで。わたしは専門家だから、役に立てると思う」

そして、あけみを暖かさでつつんだ。

「あけみ、今度はあなたが舞台にあがる番よ。失敗したって、みっともなくたって、だれも笑わない。だってあなたの人生に、あなた以外の主役はいないんだもの」

アイーダはその体温だけを残して、あけみのなかに溶けこんだ。

胸に虚脱感がわだかまっていた。ぽっかり空いたその穴を埋めるために、あけみは音楽をかけた。アルバム・タイトルは『病める者は幸いなるかな《ブレスト・アー・ザ・スィック》』。初めて今、まともに聴くことになる。

疫天使《モービッド・エンジェル》の遺伝子が、ゆがんだ鉛色のビートに乗って、あけみの体内に染みこんでいく。

あけみの目は涙を流し、あけみの唇は地獄からのメロディーを口ずさんだ。まるで聴きなれた曲をなつかしむように、ごく自然に。

『あっちゃん、おめでとう』

ふいに、ホアの声がした。彼はベッドの上から、こちらを見ていた。

『あっちゃん、やっと自分の身体を治める女王さまになったんですね。アイーダさんが魔術師、メイルドメイデンさんが騎士として仕えるんだから、ホアは宮廷道化師になりますよ。きゅっきゅ』

あけみは駆け寄り、彼を思いきり抱きしめた。

「ホアくんは、消えないよね。消えないよね」

あけみの腕のなかで、ヌイグルミのクマが身じろぎした。

『だいじょうぶですよ。ホアはあっちゃんが必要としてくれる限り、そばにいます。それがホアのつとめです』

あけみは、その言葉を信じた。すると耳の奥で、吉備津の声が蘇った。

「ところでホアくんは、今も河野さんのすぐ近くにいますね」

少なくともホアがいる限り、あけみはまだ生きていられる気がした。

エピローグ

劇場は八分の入りだった。初日にしては上出来だろう。

あけみは晴奈を伴って『夏の夜の夢』を見に来ていた。武流は結局、来ようとはしなかった。

今のあけみには、そのわけが理解できるような気がしていた。

「すごかったね、あのティターニア役の人。ほんと妖精の女王みたい。あけみの知りあいなの？」

晴奈がはしゃいだ。

「そう。すごく親しい」

あけみはそう言いきった。その手にはグラジオラスの花束があった。薄紫の花弁はブーケのなかほどで両手を合わせて拡げたように大きく咲き、上にいくにしたがって、すこしずつすぼまって、先端では泪滴型のつぼみになっていた。六月の誕生花。やよいの花。

その名は、古代ローマの重装歩兵《ファランクス》が使っていた刀剣グラディウスからとられたという。葉がちょうど、鋭く長い剣のようなかたちをしている。

心を決めて楽屋へ向かうと、同じように花束を持った人たちが並んでいた。係員がわきを過ぎていく。あけみは迷わず、ツナギ姿の青年に声をかけた。

「浅倉やよいさんに、知らせてほしいの。河野あけみが会いに来ましたって」

人の良さそうな係員は、ぺこりと礼をして控え室へ消えた。そしてすぐに戻ってくると、あけみたちを優先してなかに入れてくれた。

控え室の前の狭い廊下で、やよいはレモンイエローの衣装のまま、独り待ちかまえていた。あけみを？　それとも復讐の機会を？　彼女は不敵な笑いを浮かべる。

「ありがとう、あけみさん。わざわざ来てもらえるなんて」

あけみにも笑える余裕があった。そして薄紫の花束を渡した。

やよいは受け取り、目を細めながら言った。

「グラジオラスは剣葉草。花言葉は〝戦いの準備はできた〟だったわね」

予想された反応。この瞬間だけは、やよいはあけみのシナリオに沿って動いている。彼女は幾度、この言葉を繰り返したのだろう。幾度、無益な闘いを続けてきたのだろう。しかし今からはそれも、変わるかもしれない。

あけみは、やよいの瞳を見返して静かに言った。

「〝忍び逢い〟という意味も、あるのよ」

やよいは目を丸くした。探るように、こちらを見つめる。だれがだれと〝忍び逢う〟のか、考えているようだ。そして最後には、ヤレヤレというように肩をすくめた。

「まいったわね」

そう言って、そのスレンダーな身体を寄せてきた。彼女の誘惑的な香りが、あけみの鼻腔をくすぐった。思わず身がまえる。

しかしそれはニアミスだった。やよいは衣装をあけみのスカートにかすらせながら、隣の晴奈の肩を抱いて、やさしく口づけた。それからやよいの腕は、晴奈の背にしっかり回され、深い抱擁と熱烈なベーゼへ移った。晴奈は突然のことに両手をつっぱらかせ、目を白黒させながら、うんうん唸《うな》っている。

ようやく解放された晴奈は、慌ててわけのわからないことを口走った。

「えっ、あ、あの……光栄です」

晴奈は振り向いて、爽やかに口の端を持ちあげた。

「今日は最初から、あなたの連れにこうしようと思っていたのよ」

左目の下の泣きぼくろが震えた。

「配役《キャスティング》が代わっても、わたしの演技に迷いはないわ」

表情には、なにかふっきれた色があった。

そのとき楽屋の奥から、やよいを呼ぶ声がした。

やよいは、自分でスカートの両裾を持ちあげ、一礼をしてくるりと振り向いた。そしてグラジオラスの花を鼻に近づけながら、楽屋へ消える。

「嵐のにおいがするわ」

人気《ひとけ》のなくなった通路に、やよいの捨てぜりふだけがこだました。笑いだけを残して消え去る、チェシャ猫のようだった。

＊　＊　＊

待ちあわせの駅前広場。武流は四冊の本を、稲垣に手渡しながら言った。

「ありがとう。ずいぶん、役に立ったよ」

稲垣は仏頂面をしていた。武流はめげずに続ける。

「おまえがいなかったら、おれもあけみも、どうなっていたことか」

稲垣はずり落ちてもいない眼鏡のブリッジを、無理矢理押しあげて言った。

「じゃ河野さんは、なんとか無事に切り抜けたんだね」

「そうそう。稲垣大明神《いながきだいみょうじん》さまのおかげ。おれ、拝んじゃう」

すると稲垣は、一歩近づいてきた。

「肩をもめ」

また一歩。

「われを崇《あが》めよ」

そして、さらに一歩。

「おごれ。ただし、うまいもんに限る」

目の前五センチ。武流が十センチほどうしろにのけぞっての話である。

「オッケイ、オッケイ。な、な、おれが悪かったからさ……」
二、三歩あとじさりしてから、稲垣を誘導する。どこでメシを食うかは、すでに考えてあった。
武流は今では、自分が稲垣を殴ってしまった原因を知っていた。だからもう、前と同じことがあっても、抑えられると思う。

考えてみれば、自分の制御を外れて腕が暴走してしまうのは、とても多重人格的である。一瞬のことだけれど、自我とは別個の存在として、勝手に行動してしまう。

それにお酒を飲むと、記憶をなくして、そのときやったことを覚えていないという人はけっこうおり、日本では社会的にも受け入れられている（武流の母親も、たまにそうなることがあった）。

そんなふうに考えると、多重人格とは格別変わったことではなく、だれにでも起こりうる現象ではなかろうか？　むろん程度の差はあって、だれもがあけみのように見事に変わることはできない。

そういう意味では、稲垣がいう〝才能〟という主張は、わからないでもない。たとえそれが、神ではなく魔王《サタン》から贈られたもの《ギフト》であったにしても。そして、その〝才能〟ゆえに苦しむ人もいるということだけは、彼にもわかってほしいのだ。

五分後、武流と稲垣は《かつ吉《きち》》に入っていた。武流がヒレカツ、稲垣がエビフライ定食である。

武流は、カツのたれに入れるゴマをすりながら言った。

「しかし魔術と多重人格の話、よく思いついたな」

稲垣は大きな二匹のシャチホコのようなエビフライに、タルタル・ソースを乗せている。無表情だが、感激しているのは明らかだった。

「人間の脳は、コンピュータと同じなんだ。ボクはハードディスクを、四つの領域に分けて使ってる。そのそれぞれに、違ったOS《システム》を積んでね。そのOSを悪魔《デーモン》にたとえるとしたら？　そうさ。ボクのDOS／Vは、四重人格ということになる。ボクは四重人格のコンピュータを使っても、いっこうに不自由じゃない。だって、五番目の真の人格であるボクが、その四つの悪魔のことをよく知ってるし、使いこなしてるから」

「だから、あけみの人格をひとつに統合するのに反対だったんだな」

武流はそう言って、店自慢の濃厚な豚汁を口に運んだ。

稲垣が、さもバカにしたように言った。

「そんなの初期化《フォーマット》するのと同じだ。せっかく苦労して分割したのが、水の泡だ」

「言えてる」

そして稲垣は、眼鏡を外した。

「そういえばタケル、きみは河野さんをフォーマットしたらしいな」

武流は豚汁を、稲垣の顔めがけて吹き出した。

＊＊＊

吉備津はあの日、自分の意志で降下したのだ。きらびやかな天界に絶望して、地に身を投げる決意をしたのだ。だれが、それを止めてくれと頼んだろう。

だが隣人は、いっしょに降下して身体を失い、精霊となった。そして自分は生き延び、敗残の身をこの世にさらし続ける。

この不浄なる肉体に宿っている魂は、本当に吉備津のものなのだろうか。本当は吉備津は死んでしまって、自分のことを吉備津だと錯覚している悪魔が、棲みついているのではなかろうか？　自分は、なにものなのだろう。

『生ける屍さ』

十年来、ずっと吉備津に取り憑いている《菫禽《すみれどり》》が言った。

『おまえは一度死んだのだから、もう死なない。死んだのだから、おまえには生きる喜びもいらない』

《菫禽《すみれどり》》は、生前の名を既に忘れてしまった。吉備津も、よくは憶えていない。あのときのことを考えると、頭が割れそうに痛んだ。

肉体を脱ぐということは、頭脳をも捨てるということだ。肉体のない精霊は、複雑なことを考えられない。だから人に取り憑く。

《菫禽》も、ものを考えるときは吉備津の頭脳を使っていた。《菫禽》の意見は、直接吉備津の頭のなかに響いてくる。もはや自分が考えているのか、精霊が考えているのかすら、はっきりしない。

《黒騎士》だった青年は、あのあとまさしく憑きものが落ちたようになり、すべてに怯えるようになった。そしてここ二、三年の記憶を、すべてなくしていた。完全に頭脳を、《黒騎士》に奪われていたことになる。事件後に計測された身長は、一八〇センチに満たなかった。

今回の傷害の件で裁判にかけられても、精神障害のせいで責任能力がないと判断されて無罪放免となるか、身に憶えのない罪で裁かれることになるか。どちらにしても長い長い治療を受けることになるだろう。もし今回のトラウマから立ち直れないとしたら、彼は人生の残りを、死を見つめて過ごすことになる。

吉備津はずっと、自分は死を待ちこがれているのだと思ってきた。

しかし恵子によれば、人はしたいことしかしないという。本当に死にたいのだったら、人間はどんなことをしても死ぬ。病院のベッドに寝たまま、首にからませたシーツをベッドの支柱に通し、自分でそのシーツを引っ張って、首を吊った者もいる。そうすれば頸骨《けいこつ》は完全に折れ、助かる見こみはない。

恵子は、吉備津は実際にはまだ死んではいないのだから、生きたいはずだと言うのだ。

もしそれが本当なら、自分は自分を苦しめたいだけなのだろう。それともほかに、なにかしたいことがあるのだろうか?

吉備津はふと、あけみのことを思い出した。このところずっと、死のきわにあった教え子。

自分はあけみに、生を与えられたのだろうか?

だとしたら皮肉なことに、自分という死から、生が生《しょう》じたことになる。

『罪滅ぼしのつもりか?』

脳裏にある矛盾のせいで、自分はすっかり皮肉屋になってしまった。そして死を内に秘めた人々を、知らず知らず惹きつける誘蛾灯のような存在になってしまった。

だが自分の力で、彼らのなかから死を追い出せたなら。

『そんなことをしたって、おまえの罪はあがなえない』

それは、わかっている。だが、もしそれが可能なら……

吉備津は、自分をあざわらった。

いいや、そんな崇高な話ではない。自分もまた、あけみに惹かれただけなのだ。彼女と関わっているあいだ、吉備津はしばらく味わっていなかった、生のうずきのようなものを憶えた。だからこそ、積極的に彼女に干渉したのではないか。

『あの子を、どうする気だ? 彼女は我々の戦いを見てしまった』

だが、それを文字通り信じるとは限らない。

本当のところ、あけみはこれからどういう道を歩んでいくのだろう。すべてを自分の頭のなかに封じこめ、常識の枠内を歩いていくのだろうか。それとも吉備津のように、もはや戻れない領域へと、足を踏み出してしまうのだろうか。

常人には見えない精霊界。オーラはその世界と現世とをつなぐ、エネルギーの奔流である。人間の魂に由来する死者や生霊《いきりょう》は昏い闇にひそみ、善とも悪とも言えない自然精霊たちは、月と太陽の光に照らされながら草原や森、水辺や海でダンスを踊る。由来もわからぬほど歳をとり、あまたの精霊を喰いものにして、同化して成長する危険な悪霊《デーモン》もいる。

覚醒するというのは、これらの存在と同じ世界に住むということだ。人間界の物質は、精霊界では必ずしも存在するとはかぎらず、彼らは自在に壁を抜けて訪ねてくる。吉備津と《菫禽》が協力して張った結界がなければ、この部屋は、救いを求めたり恨み言を吐き出したりする精霊で、いっぱいになっていたところだ。

ときおり強力なデーモンが、結界を破ったり、すり抜けたり、はたまた吉備津を悪しき磁場の領域へと招いたりする。そのたびに、したくもない説得や戦闘に、時間と労力と魂の一部を費やさなければならない。そしてこの戦いには、終わりがない……

もしあけみが、これ以上精霊の世界に近づくなら、もっと確実な防御手段を身につけなければならない。彼女は純粋すぎる。あのまま力を解放してしまったら、あたりじゅうの悪霊が、いい宿主を見つけたと思って寄生しに来るだろう。

深入りしないなら、今いる守護神でなんとかなるはずだ。

古備津は心の奥底で、期待してはいけないことを期待していた。彼女を自分の世界に引きずりこみたいと思っていた。

ああ呪わしい。悪に満ちたこの身が呪わしい。

＊　＊　＊

悦惚《こうこつ》としている晴奈の手を取って、あけみも踵を返した。楽屋前で、花やプレゼントを持ってたむろしている夢多き人たちを尻目に、劇場の外へと歩きだす。

「ごめんね、ハルナ。イヤな思いさせちゃって」

晴奈は真っ赤になって、うつむいた。片手を額に当てている。

「そうじゃなくて。あー、あたしどうしよ。ちょっと、反応しちゃった。あたし、レズなんかじゃないはずなのに……」

あけみのなかで、ため息と笑いがケンカをしていた。最終的には苦笑となって、止揚されたようだ。

「彼女、うまいらしいわよ」

「え、あけみ。だれから聞いたの？」

それを言うには、胸の痛みを覚悟しなければならなかった。

「タケルくん」

「ええっ！　それって、このあいだ話してた初体験の相手じゃ……」

「そう」

あけみがうなずくと、晴奈はぽつりとこぼした。

「……シュール」

感心を通り越して、あきれている。

外はピーカンの青空。梅雨入り宣言も過ぎた今、貴重な晴れの一日である。

暖かい太陽の光を一身に浴びていると、イヤなことがこの肉体から蒸発していくように思えた。

あけみのなかで、思索が翼を拡げた。

吉備津と自分が危険な恋愛をしている風景は、思い浮かぶ。武流がいいパパになっているのも、だいたい想像がつく。しかし逆は見当もつかない。

あけみは、吉備津が不穏で学校に似つかわしくない存在だからこそ、惚れたのだ。しかしそれは、火遊び《アヴァンチュール》以外のなにものでもなかった。どだい、自分に安らぎを与えてくれる存在ではなかったのだ。それに彼のことは、あけみよりも心配してくれる人がいる。

武流ならどうだろう？　これから五年後十年後に、ふたりがまだつきあっていて、気持ちも心構えも今より成長していて、どちらも新しい恋人がいなかったら、どちらともなく『結婚しよう』ということになるような気もする。しかしその確率は、あまりにも低くはないだろうか。自分は武流を幸福にできない。武流向きの人間ではない。ちょうど吉備津が、あけみ向きの人間ではないように。

まずは、自分自身を幸せにしなくては。

「ねぇねぇ、あけみ。かーわいーよ」

ふいに、あけみの思索を破る晴奈の声。

「ミィーオ！」

路端の電信柱のすぐわきに、段ボール箱に入った小さな生きものがいた。白黒ぶちの雑種の仔猫。耳が寝ていて、尻尾もへにょり。右目が目やにで、塞がっている。

あけみは、その猫に話しかけた。

「ニャーオ！」

仔猫は目を閉じて、クンクンと鼻を動かした。

その子を晴奈が抱きかかえ、あけみに見せた。

晴奈の手のひらから、イエローとピンクのオーラが萌えあがった。それは、仔猫の表面を這っていたダークブルーの影をつつみこみ、次々と活性化していく。すぐにふたつのオーラは同化して、仔猫は手足をぎゅっと伸ばし、歩きだそうとする。

あけみは急いでポケット・ティッシュを取り出し、その仔の目やにを優しくていねいに拭った。

エメラルドより輝く緑の瞳が現れた。

晴奈は感激のあまり、わなないた。

「わー、ホント、かわいい。こんな仔を捨てちゃう人の気がしれない。でも、うちペット厳禁だからなあ」

そして地団駄を踏んだ。

仔猫は晴奈の動きにあわせて上下し「キュゥ」と小さく泣いた。オレンジの熱のない炎が、小さな太陽のように輝いた。

あけみは、手を差し出しながら言っていた。

「うち来て、おねえちゃんと一緒に住む？」

仔猫はうれしそうに、一生懸命あけみの手をなめた。心地好い、くすぐったさ。オレンジ色の生命力が、手の先からあけみの身体に流れこんできた。

「あけみが連れてけるなら、それが一番いいよー」

晴奈は、かかえている猫と同じように、目を線にして笑った。

そうだ。猫を飼うのだ。そしていっしょに暮らすのだ。

あけみは、いつか吉備津とした会話を、遠い鐘の音を聴くように思い出していた。

あとがき

世界には、さまざまなものを隔てる境界があります。ある日それが崩壊し、向こうの世界とこちらの世界が融合してしまったら……これが、主人公あけみの体験することです。

近年、子供と大人との境目が拡大し、我々の多くが永遠の思春期に封じこめられているように思えます（おなじように三千年前、イスラエルの偉大なる王ソロモンが、七十二柱の魔神を壺に封印しました）。この、明日が見えないようなグレーゾーンで、日々生きることに悩み、疲れ、苦しんでいるたくさんの心がいます。このような魂にとって、障壁の崩壊や突破は望んでやまないはずですが、実際には自分そのものを壁に叩きつけるという孤独で痛々しい過程によって、いちじるしく生命力を消耗します。こうなると脱出方法を提示されても、無数の挫折によって衰弱した心は、それが成功するとは思えず、みずからの意思にかかわらず、猜疑心に駆られて凶暴にすらなってしまう。そんな姿に自己嫌悪し、決して救われないのだという絶望に、涙もなく泣いている。どうやら私は、そんなすべての魂に、痛みをやわらげる小さな光を贈りたくて、この物語に着手したように思います。

仕上がった現在、登場人物たちは、私の頭脳を経由して、そこらに遊びに出てしまいました。たくさんの友達に出逢えるといいなと、祈っています。

作中のTRPGは、今はなきアメリカSPI社の「DragonQuest」第2・5版が元になっています（後のエニックスの『ドラゴンクエスト』とは全く別の作品）。オルセアの加速呪文によってヒューが放った「1手番で6発ダーツを投げつつ、3体同時に斬り伏せる」ことも、ルール的に可能です。

多彩な魔術結社が設定され、そのうちアイーダが所属するのは大召喚術の結社です。魔神、淫魔、異世界の勇者を召喚／呪縛／使役などできるのですが、それは実際、大学生だったぼくが駆使するキャラクター（名前はアイラ）の日常でした。もちろんオルセアやヒューも、一緒に冒険したパーティ・メンバーがモデルです。

温羅、吉備津、大伴、あるいはヒュー・ウィリアムズという名のほうは伝承が元になっているので、気になるかたはネットを検索してみてください。

最近再発見された『ユダの福音書』でも「七十二の光輝く者」として登場する魔神の数には多様な隠喩があります。五角形の外角および中心角の度数であり、必然的に五芒星を象徴しています。五芒星は五行相克の概念でもあり、陰陽師・安倍晴明の紋章です。また一年の季節の移り変わりの細分として、七十二候があります。これを受けて『水滸伝』では、より地上的な英雄「地煞《ちさつ》」を七十二名とし、星界的な英雄「天罡《てんこう》」三十六名と合わせて、煩悩の数一〇八に一致させていました。三十六は、五芒星の各頂点部分の内角の度数です。既に一世紀の偽典「ソロモンの遺訓」には、黄道の各デカン（10°）を司る三十六柱の魔神についての言及があります。さらに一〇八は、五角形の内角の度数でもあります。総じて宇宙や円環に通じ、魔神がかつて輝く星であり、堕天して流星となり、地上に降り立ったことを想起させます。

ＴＲＰＧ支援システムについては、執筆当時のぼくの理想であり、今ではほぼ実現されています（ネットを介して遠距離どうしでプレイ可能なツールも絶賛稼働中ですね）。電子キャラクター・シートは、インテリジェント・ペーパー（紙ほどの薄さの表示装置）を想定していたのですが、技術的に難しいのかまだ普及していないので、本稿ではパッド端末としておきました。
登場人物は、武流たちティーンエイジャーと、吉備津ら大人の二層に分かれており、それぞれ事情をかかえています。深掘りすれば何れも主人公となりうるのですが、いま明確なビジョンが浮かんでいるのは稲垣です。ゲーセン無双から、ファム・ファタールに陥落、そして本気で命を狙われる……という感じで、いつかお目にかけたく思います。ちなみに稲垣は、ぼくがシナリオを担当したレジスタ社の『I／O』という電子ゲームにも、主人公の親友として登場しますが、設定の都合で関西弁キャラになっております。
クライマックスに顔を出す山崎刑事は、ぼくが監督を務めたTRPG『トーキョーN◎VA』において、汚職警官レンズとして登場しています。

こうして仕上がった作品を俯瞰してみると、ティーンエイジャーが先生たち大人を巻きこんで現実と超常現象のはざまで苦闘する……というあたり、子供時分に好きだったNHK少年ドラマシリーズの『謎の転校生』やドラマ愛の詩の『六番目の小夜子』などの影響が感じとれ、自分のルーツが知れた気もするのです。

なお、本文中の引用作品の出典は、次の通りです（『レメゲトン』第1章「ゲーティア」の邦訳は、原文から直接筆者が起こしました）。

『ファウスト』　ちくま文庫　森鷗外訳
『Lemegeton;Clavicula Salomonis: or the Complete Lesser Key Of Solomon The King』Nelson & Anne White
『舊新約聖書』　米國聖書協會
『オカルトの心理学』　サイマル出版会　島津彬郎・松田誠思編訳
『24人のビリー・ミリガン』下　早川書房　堀内静子訳
『原典 ユダの福音書』　日経ナショナルグラフィック社

※出版記録

一九九六年：初稿『サタンの贈り物』脱稿（一時期ウェブ上で無料公開）

二〇〇一年一一月：改稿のうえ、エニックス出版より『甲冑の乙女』として出版

二〇一一年一月：改稿のうえ、アクセルマークより『サタンの贈り物』として電子出版

二〇二三年六月：改稿およびアンコールを書き下ろしのうえ、アトリエサードより『メイルドメイデン』として出版

アンコール 再《さい》臨《りん》 *Parousia*

「あらゆる人間の世代の魂は死ぬ。しかし、これらの人々は、地上の時を終え、霊がその人たちから去る時、肉体が死ぬのであって、その魂は死なず、天へと引き上げられる」

——ユダの福音書

1

「ご、ごっめーん、晴奈ぁ〜」

月曜の朝。学校の廊下の曲がり角での出会いがしら、河野あけみは両手を合わせ、上体を前方に90°倒した。ギンガムチェックのジャンパースカートが、ふわっと広がって揺れた。

「ほっほう、なにやら殊勝な心掛けではあるねえ」

山内晴奈が、やや芝居がかった態度で小首を傾げた。あけみは頭を少し上げ、恐る恐る晴奈の表情を覗きこみながら早口で続ける。

「ほんと、ごめん。すっかり待ち合わせ場所、間違えちゃって。てっきり一番大きな改札だと思ってて、でもどれだけ待っても晴奈の姿はないし、違うのかなってあちこち歩いて、それで……」

上野駅で一時間は迷っていただろう。ついに諦めて自宅に戻った頃には、待ち合わせから三時間も過ぎていた。

案の定、留守電には数分置きに着信があり、全部で十一件録音されていたが、最後のは一時間ほど前で「んもう、とりあえず帰るね」だった。

慌てて晴奈の携帯電話に折り返したものの「さすがに今日はもう無理。すぐに閉館時間だし」と、不愛想に切られてしまった。

自己嫌悪に苛まれたあけみは、そのままベッドに倒れこみ「バカバカバカ、自分のバカ」とか言いながら、足をバタバタさせた。

「みゅう？」

見かねたのか、飼い猫がぽんと背中に乗って来た。

「ああん、ミウ子。可哀そうなわたしを慰めてね……って、あ、いた、イタいってば、痛い」

なぜかミウ子は、両手の爪を代わる代わる出して、あけみの背に突き立てたのである。もう不貞寝するしかないと体を丸めると、ミウ子は背中から降りてすり寄ってきて、ゴロゴロと喉を鳴らす。何がしたいんだろう？猫って本当に不思議な生き物だ……

などという昨日のことはさておき、晴奈はふうとひとつ溜め息をつくと、あけみの顔に自分の顔をぐっと近づけてきた。

「ちゃんと公園口だって言ったよね。中央口なんて反対側だし、だいたい階も違うし」

あけみは思わず上体を少し後ろに逸らした。頬の筋肉がひきつっている。

「そ、そうなんだ……とにかくごめん！　ほんと、このとおりだから、許して晴奈」

再び、合掌。

「どうしよっかなぁ……」

仏頂面の晴奈。

「え、そ、そんなぁ」

そのまま無限のような時間が流れる。この沈黙に耐えられない。額から汗がつうと伝い落ちる。

「ね、ねぇ、晴奈ぁ」

キンコーンカンと、予鈴が鳴った。とたん、晴奈も耐えられなくなったのか、いきなり噴き出した。

「あ、あはははは」腹を抱えて笑っている。「んもう、許すに決まってるじゃん。ほんとは、そんな怒ってないよ」

「あ、そうなの？　よかった。晴奈に嫌われたりなんかしたら、私、私……」

緊張が一気に解け、しゃがみこみそうになる。目が熱く視界がぼやける。

「んもう、泣かないの。嫌うわけないいよ、あたしら親友でしょ。でも、あけみってば連絡のつけようがないから、むしろ事故にでもあったんじゃないかって、待ってたり探してるあいだ、ずっと心配だったんだよ」

「ううっ、ごめんよ晴奈、わたし、わたし……」

「いいのいいの、よしよし」

そうやってふたりで抱き合っていると、背後から咳払いが聞こえた。

振り向くと、今朝はライトブラウンのスーツを着こんだ吉備津雄一郎であった。

「せ、せんせい……？」

目をひん剥いて、晴奈が反射的に尋ねた。

吉備津は微笑み、壁を背に軽く腕組みをしながら答えた。

「授業が始まりますよ。まあぼくとしては、もう少しこのままここで、おふたりの漫才を見ていたい気持ちもあったのですが」

「どこから見てたんですか？」

「……そうですね。あけみさんが最初の土下座をするところからでしたかね」

い、いや、土下座なんてしてないし。っていうか、ほとんど最初からじゃない？

2

「ねえ、浅倉さん」

チャコールの開襟シャツと薄紺ジーンズの稲垣功亮は、音響や照明の制御機材のある楽屋で、パソコンをいじりながら言った。

「やよいでいいわ」

稲垣にしなだれかかるように、浅倉やよいも腰を下ろしていた。ノースリーブのワンピースはアイヴォリーだが、わずかに黒揚羽の紋様が舞っている。

「じゃあ、やよいさん。あなたはいったいここで、何をどうしているのかな？」

やよいは、なにやら興味深げに、作業中の稲垣を眺めていた。

「決まってるじゃない。私の魅力に虜の誰かさんの陥落を、確信していたところ」

「いや、そんなことは断じてない！」

自分でも食い気味に返していた。やよいにある種の魅力があるのは認めるが、それは危険と隣り合わせの罠だ。きれいな薔薇にはトゲがある。いや自分にとっては食虫植物に等しい。

「つれないわね。少しくらい話を合わせてくれてもいいのに。まあ正直、新たに雇った優秀なエンジニアの腕前に惚れ惚れしてるところよ」

稲垣の返事を予想していたのか、やよいは涼しい顔で、むしろ余裕の微笑みを浮かべた。

「え、えっと……」

稲垣は、心にもないお世辞を言われることに慣れてはいなかった。

なんにせよ、これは元々やよいからの誘いだ。一週間ほど前に「ねえ、あなたがたの電子ツールを、外でも試してみないこと？」と水を向けられた。

武流とふたりで組みあげてきたツールは、確かにゲーム用ではあった。しかしTRPGというゲームの主軸は、キャラクターとその相関関係によって紡ぎ出されるストーリーである。そういう意味では演劇的な要素も多分にあった。TRPG支援ツールを、実際の演劇の音響や照明を含む効果の制御に応用できないだろうか……

「うまくいったら、周りから認められるわよ」

認められるに越したことはないが、それよりも自分たちのシステムがこういう場面でも通用するのか、ぜひとも試してみたいという気持ちのほうが大きかった。それに逆にここでの経験をフィードバックして、自分たちのゲーム・ツールをさらに進化させられるかもしれない。

そういう内的欲望(スケベ心)に付けこまれたのである。

「でも今まで、照明、音響、特殊効果と何人もが別個に人員が必要だったものを、ひとりとパソコンひとつで制御できるのは正直ありがたいの」

気のせいか、やよいの目が優しくなった。なるほど、あっちにはあっちの事情があるらしい。

半ば無意識にメガネのブリッジを押し上げながら、稲垣は返した。

「基本的にはそうなるけど、電子的じゃなく何か物理的あるいは機械的なトラブルがあったら、そこには直接足を運んで直さなくちゃならない。そういう意味ではアシスタントがひとりほしいな」

やよいは身を乗り出し、稲垣の肩に掌を当てながら言った。

「あら、それならタケルくんが適任じゃない?」

「いや、来ないだろ。今日だって来なかったんだから」

キーボードとマウスから手を放さずに見返す稲垣に対し、やよいはふと目線を外して立ち上がる。

「わかってる。言ってみただけ。うん、その辺は劇団員から手配しておくわね」

寂しげではあるが、誇り高く咲く孤高の花。

佐藤武流が来れないのには、また別のわけもあるのだが、ここで話すとややこしいことになるので、稲垣は黙っていることにした。

まあいいさ、自分はこの現場で、与えられた台本や演出にしたがって最高のパフォーマンスを出すだけだ。

ラフに組み上げたルーチンを走らせてみる。ストーリーの進行に応じて劇伴が盛りあがり、照明も連動し、スポットライトが首を振って無人の舞台を照らし出す。

「やっぱり、よくできてるわね」

「実際に役者が芝居をすると、想定の位置からはズレるはずだから、その辺は手動で微調整することになるよ」

稲垣の手元には、メインのパソコン以外に、舞台に見立てた四角いパッド端末がある。タッチペンでいま照明が当たっているのに対応する部分に触れ、動かすと、ピンスポットがその方向に動く。

「さすがは、稲垣大明神! その調子で頼むわね。後で演出家や舞台監督との打合せあるから、よろしくね♪」

やよいはウインクし、残る左目で稲垣を見つめながら、目尻に当てた二本指を宙に飛ばした。

「はいはい……ったく」

稲垣は、しゃなりしゃなりと去っていくやよいの後姿を見ながら、大きくため息を吐き出した。

3

「ふぅ……」

あけみは受話器を左耳に当て、とある登録者への短縮ダイヤル・ボタンに、右の人差し指を伸ばした。けれどその指先は細かく震え、溜め息とともにその指を引っこめてしまう。

「はぁ……」

それを何度も何度も繰り返す。

「どうしてこんなことになっちゃったんだろう……」

それは昼休み、一緒にお弁当を食べているとき、晴奈がこう言ったのに端を発する。

「結局あけみがケータイ持ってたら、昨日の大惨事は防げたわけじゃない？」

会いそびれて行けなかった展示会のことである。その意見に適当な反論を思いつけなかったあけみは、押し切られるように、晴奈と一緒に放課後、ケータイ・ショップにいたという次第。

「電話の回線会社は、あたしとおんなじのでいいよね？」

「あ、うん……」

そういえば電話の会社って結構あったっけ。稲垣君が使ってるアイフォンはちょっと近未来的なデザインで、他の機種とはだいぶ違う。確か、固定電話の会社が元になってるＮＴＴがメインだったはずだけど、あとはツーカーとかａｕとかボーダフォンとかソフトバンクとか……あれ？　どことどこが合併したとか言ってなかったっけ？

自分から携帯電話を持とうと思ったことがないあけみである。そのへんのことは、よくわかっていなかった。

「ねえねえ、こっちのほうが可愛いんじゃない？　いや、こっちも捨てがたいな。だけど機能でいったらこっちだよね……」

目をキラキラ輝かせながら、携帯電話の機体を次から次へと紹介してくる晴奈。白、黒、紺、赤、緑に銀。

あけみが心の赴くまま、パカッと二つ折りになるやつに手を伸ばすと……

「あ〜、ダメダメ」

いきなり取りあげられて、元の場所に戻された。

「え？」

晴奈は、立てた人差し指を左右に振り、それに合わせて首も振った。

「確かにちょっとカッコいいかもだけど、折り曲げ部分が破損しやすくて長もちしないよ。それにデコるの骨だし剥がれるし」

「デコる？」

何もかもが未知の領域で、見知らぬ世界に迷いこんだようであった。

「じゃーん！」

晴奈が左手で誇示してきたのは、オーシャンブルーの携帯電話の背で、下側に逆巻く波が描かれている。その波間でサーフィンをする漫画チックなペンギン？　クリームイエローのサーフボードと、白青ツートンの直立する鳥の部分は、立体的に盛り上がっている。飛び出した眉のように黄色い羽根があるので、イワトビペンギンだろうか？　しかし店のどこを見ても、これほど派手な機種は見当たらない。ストラップには、ヒトデなのか星なのか、五芒星形の飾りが数個ぶらさがっている。


「うっわぁ、すごいねぇ」

もちろん、晴奈が携帯電話を使っているところは見てはいたが、通話中にジロジロ見るのはなんだか悪い気がして、細かいところまで目がいっていなかった。

「へっへー。でしょでしょ？」

「いったいどこで買ったの？」

キョトンとする晴奈。だが一瞬後に片眉が上がり、にやけながらあけみの肩口を叩く。

「こんなの出来合いで売ってなんかないよ。デコったの。デ・コ・レー・ション。自分で貼ったんだよ」

「え？　そ、そんなこと……していいの？　壊れない？　罰せられたりしない？」

「ば、罰せられたりって、えええええ？　あけみ、マジで言ってる？　ま、まさかそんな。や、やめて、おなか痛いよ」

ツボに入ったのか、声にならない声でひぃひぃ言いながら、腹を抱えて笑い転げる晴奈。

「ちょ、ちょっと、晴奈！」

周りからの視線が痛い。反射的にハグしながら背中をさすると、なんとか徐々に笑いの発作が収まってくるようであった。そんな晴奈のつややかな髪は、清涼なミント系の香りがした。

「いや、ほ、ほんと、あけみって底が知れないよね。すごいよ」

人差し指で零れた涙をぬぐう晴奈の瞳には、なぜだか尊敬の色があった。

「んもう、恥ずかしいよ」

自分が世間の常識からいかにズレているのか、認識させられたかたちである。

「ごめんごめん、もう笑わないよ。けど……う、うはあ」

言葉とは裏腹に、再び笑いの渦に入る晴奈であった。

そんな紆余曲折の末、あけみが選んだのは、片手で操作できるギリギリの大きさの、画面が広い薄紫の機種だった。その色をまとった誰かに守ってもらえる気がしていた。

ところが……

「あ〜、お嬢ちゃんたちって、高校生だよね？　悪いんだけど、未成年のお客さんに回線を開設するには、お父さんとかお母さんとかの承諾がいるんだよね」

困り顔で頭を掻く店員から、承諾書を含む何枚かの書類を、A4サイズの茶封筒に入れて手渡される。

血の気が引いた。目の前が暗くなり、意識が遠のく。


「え、あけみ？　大丈夫？　ねえ、あけみ！」

晴奈の緊迫した声にハッとし、その場では何とか耐えることができた。

この結果は、本当は薄々気づいていた。ただ、そうじゃなければいいなと思っていただけだ。


それから家に戻り、固定電話の前で逡巡しているのが、今のあけみであった。

母にかけようか、父にかけようか。そう思い悩む段階で既に、呼吸が止まりそうなほど気分が悪くなってくる。どっちにしたって、きっと怒鳴られる。高校生には早いって言われる。否定される。そんな思いをするくらいなら、携帯電話なんて……

そこまで考えたとき、晴奈の涙目が浮かんだ。

「ご、ごべんねぇぇぇ。あげび、ぞんなにもづらいおぼいがあっだがら、ゲーダイもっでながったんだねぇ、ごべんね、ごべんね……」

鼻水と涙でぐしゃぐしゃになり、半分何を言ってるかわからないけれど、必死に自分を想ってくれた晴奈。今ここであけみがあきらめてしまったら、人のいい晴奈のことだから、今日のことをずっと悔やみ続けるに違いない。なんとか……なんとか承諾をとって、晴奈を安心させたかった。

　ふと首をめぐらすと、あけみの勉強机の椅子の上で、白黒ぶちのミウ子が丸まっていた。くーくーという割と大きな寝息が響いている。

　家のなかに、自分以外の存在がいる。見ているだけで心が休まる。そんなことがあるなんて、まるで想像していなかった。

　そして机の上には、クリーム色のぬいぐるみのホアくん。ちょっと小首をかしげているよう。

「だいじょうぶ、ホアがいつもついてますよ。きゅっきゅ」

　そう語りかけてくる。

　そうだ。自分はもう独りではない。気にかけてくれる友達もできた。

「それを思い出させてくれて、ありがとうね、ホアくん」

　そう口にし、心を決めて短縮ダイヤルのボタンに指が触れた瞬間……

　リリリリリリ！

　部屋じゅうに着信音が響き渡った。いきなりのことで全身が硬直し、どうすればいいかわからなくなる。

　こんな絶妙の瞬間にかけてくる間の悪い相手は、いったい誰なのだろう？

　ナンバーディスプレイに表示される電話番号に、全く見覚えはなかった。

4

　佐藤武流は、情緒ある煉瓦造りの喫茶店《サティ》の前で躊躇していた。

　よりにもよって、どうしてここなのか？　あけみの担任の吉備津と待ち合わせた因縁の場所だというのに。あるいは一定以上の年齢層には有名な店なのかもしれない。

　夕刻間近とはいえ、まだジリジリする陽射し。ジージーうるさいアブラゼミ。湿気のせいで熱さもひとしおで、本来ならば冷房が効いた店内に、今すぐにでも駆けこみたいところだ。けれど武流は、額からダラダラと流れる汗をハンカチでぬぐいながらも、最後の一歩が踏み出せない。青々とした欅の街路樹の木漏れ日のなか、無意識に自分の存在を隠そうとしてしまう。

約束の時間は過ぎていた。さっきから誰も出入り口を通過していない。もう中にいるのだろうか？

　そっと黒い格子窓のところまで移動する。いた……

　おかっぱ頭に青いメッシュが入った、歳の割には若く溌溂とした女性……武流の母である。ひとりで四人がけのテーブル席に座り、ときおり紅茶のカップに口をつけながら、静かに文庫本を読んでいる。夢見る少女のような、柔らかな微笑。

　……かあさん、ひとりだけ？

　本来であれば、待ち合わせ相手がもうひとりいなくてはならない。でなければ、自分がここにいる意味もないのだ。ということは、まさか遅刻か？

　半分怒りの混じった溜め息をつきながら、タールで黒褐色に染められた重々しい扉に向かう。そのとき……

「よお、大きくなったな」

　背後から声をかけられ、ごつい筋肉質の手でいきなり頭をなでられていた。

　反射的に飛びのき、振り返る。そこにいたのは、意外と言おうか、やはりと言おうか……

「……え、まさか、親父？」

　熱帯風の葉をあしらった濃い緑のアロハに、カーキのバミューダ。丸刈りに近い短髪。大きな丸い黒のサングラスが半分ずれ、いたずらっ子のような瞳が覗いている。首には、何か陶器の破片のようなものが鎖でペンダントとして吊るされている。

「ほれ、入っぞ」

　そして武流の返事も待たず、扉を引き開けた。カウベルがカランカランと来客を告げる。

「なあ、いつまでそんなとこで案山子してんだ？　母さん、待ちくたびれてるぞ」

　おまえが待たせたんだろ、と思いながらも、再びなかの様子を伺う。

　表情がぱあっと明るくなった母は、開いた文庫を持ったままの手を真っすぐ上げ、左右にゆっくり振っている。もうどうにも降参するしかない。

　開けっ放しのドアに背を預け、軽く腕組みしながらニヤニヤ笑っている親父の脇をすり抜けて、母の待つテーブルに向かった。黒と白の制服で執事然とした店主が、何も言わず会釈してくる。

　もう一度カウベルの音がして扉が閉まり、親父が母の右隣に腰かけた。

「ブレンドひとつ。ああ、砂糖もミルクもいらない。ブラックで。お前はどうする？」

母の左側に座るしかなかった武流に、そう声をかけてくる。

「……ブルマンください」

「ほう」

そう言って感心する親父に、ますます腹が立った。

「わたしはアッサムおかわりね」

母の返答を聞くと、店主は再び会釈をし、カウンターの向こうへと姿を消す。

流れるBGMはガーシュウィンの「ラプソディ・イン・ブルー」。妙にイライラさせてくる、軽妙かつ奇妙な楽曲だ。それにコーヒー豆を挽くガリガリとした音が混ざり合う。

くそう。どうして、こんなことに……

もともとはあけみに、そろそろ父親に会うべき潮時だと諭されたからだ。母が親父に会う日は、決まってカレンダーに印がつけられていた。だからつい魔がさして、母に「自分を捨てて家を出て行った親父に、会ってみてもいい」と言ってしまった。

「いつ帰って来たの？」

母は文庫本を置いて問いかける。本の表紙は絵の具を塗りたくったような抽象画で、アルチュール・ランボオの『イリュミナシオン』とあった。

「一昨日だな。パラオも暑かったが、東京はそれよりも蒸し暑いんだから、どうなってるんだ、このところの地球は？」

「ふふ。この辺はもう、亜熱帯って言っていいわね」

母と親父は、おそらく三ヶ月ぶりの再会だというのに、まるで毎日会っているかのような受け答えだ。武流に至っては……

「しかし、こうしてちゃんと会うのは初めてかな？」

「そうですね。一六年と七ヶ月と一二日ぶりになるんでしょうかね」

そう返すと、親父はニヤリと笑って背もたれに体重を預けた。

「いいね、その慇懃無礼な態度」

皮肉にも思えたが、ムカつくことに悪意はなさそうなのだ。

一瞬言葉を失い、どう言い返そうかと頭をフル回転させていると、香り豊かなコーヒーのアロマが漂ってくる。それで少し冷静になれた。

「どうして俺だって、すぐにわかったんですか？」

武流に父親の記憶はない。物心つく前にいなくなっていたからだ。それがひょっこり戻ってくると聞かされたのが小学校三年のとき。家事に仕事に忙しかった母を助け、既に色々と手伝いをしていたから、そのあまりの勝手さに腹が立って「一生絶対に会わない」と言った……らしい。それが母の談であり、実際には武流は覚えていなかった。ただざらざらとした不協和音が、重低音として自分の人生のなかに響いているように思えた。

「どうしてって、武流の成長具合はかあさんから会う度に写真を見せられて、さんざん話を聞かされたからな」

「え……」

驚いて母を見ると、母は少しはにかんだ涼しい顔で、何も言わずに紅茶の残滓をすすっている。

母は家では親父の話はしなかった。いや、最初はしていたのだろうが、武流が不機嫌になるからしなくなったのだと、このあいだ訊いたら、そう言っていた。

「でも、だって、いつもデートだって言って家を出てたのに……」

親父は自由恋愛主義者で、だから母とはいつもその時だけの恋人関係で、そこに武流の存在はないのだと勝手に思っていた。


「まあ、そりゃあデートはデートだけど、食事のときとか、いつも武流の話になる。俺がこんなろくでなしなのにもかかわらず、落ちこぼれもせず優秀な成績で学校に通ってるのは、ほんとかあさんのおかげだ。いやはや美智子は偉いよ」

「あら、めずらしいわね。もっと誉めて」

紅茶が空になり、カップの底に淡い褐色の模様が残る。三日月のようだ。

「また後でな」

親父はサングラスを外し、胸ポケットに掛けると、母にウインクをした。首に下げた陶片が揺れる。武流にとって、本来なら反吐が出る態度なはずなのだが、思わず息を呑んだ。左目の下に、縫った跡も生々しい太いサンマ傷があったのだ。

そこに店主がやってきて、それぞれ器の違う三杯をトレイからテーブルに移し、母の空のカップを回収して、しめやかに去っていった。

えも言われぬ暖かな空間が醸し出されていた。

親父は円筒型のカップの取っ手に人差し指と中指をかけて持ち上げ「うーん、トレビアン」などとおどけて、まずは香りを楽しんでいる。だがよく見ると、左の頬はこわばり、ほとんど動かない。

「それ、どうしたんですか?」

つい、右手の指先が親父の顔に向いてしまう。

「ん? ああ。これか……」

親父は左手で頬のあたりを撫でた。その瞬間、瞳の中に雨色の憂いが漂った。

「お父さんはね、戦場で行方不明になっていたの」

母は微笑みを浮かべながら淡々と言った。あっけにとられる武流を尻目に、二杯目の紅茶に少し口をつけ、「うーん」と満足げに唸った後で先を続けた。

「あなたが生まれてすぐ、戦地に飛び立って取材をしたのね。そこで凄い傷を受けて、動けなくなって。ケガしたところが頭だから、記憶もあいまいになって、病院で手当てを受けたあと、現地の支援組織の世話になっていたの。それで向こうに家庭を持ったの」

母が話しているあいだ、親父はただうつむいてコーヒーを飲んでいた。

「戦地だったから、それから一年で失踪宣告すべきだって人に言われたりもしたけど、なんだかそうする気になれなかった。死体も見てないし、死んだって思えなかった。生きてるって気がしてたの」

コトッとカップが置かれる音。親父は目の前で軽く手を組み、虚空に向かって話し始めた。

「ずっと頭の中に霞がかかって何かが引っかかってた。砂漠の近くの村にいながらも、自分のなかにもうひとつの光景があった。それが何だかわからなかった。けれど負傷から八年経って、ココに入ってた破片が中枢神経を圧迫した」

親父は、左目の下を指さした。

「俺は再び生死の境をさまよった。たまたま国境なき医師団に日本人の優秀な外科医がいて、俺は何とか助かった。そして破片が除去された後で、全てを思い出した」

そう言って、無意識に胸元の陶片に触れた。

母が再び話のバトンを受け取った。

「わたし、武流に全部話そうって言ったのよ。でもすごく反発してたし、まだ小学校の低学年で理解できないだろうからって、お父さんに止められたの」

「記憶がなかったからといって、実際に俺が重婚してたのは事実だからな」

「え、それって。まさか……」

鼻の奥がツーンとして、血の匂いしかしない。喉が渇いているのに、何も口にする気がしない。

「向こうに三人の兄妹がいる。今はまだ受け容れられないだろうが、気持ちが決まったら、いつか会ってくれないか？　むろん無理にとは言わんが」

　どうしていいかわからなかった。ただただ熱いものがこみ上げてきて、何も見えなくなった。嗚咽しか出ない。

「大丈夫よ、大丈夫。だってあなたは、わたしたちの大好きな武流なんですもの」

　世界は果てしなく広い。それを狭くしていたのは、単に自分の意固地な心だったのだ。そのことに気づかされた武流であった。

5

「……もしもし」

　あけみはホアくんの応援に後押しされて、おそるおそる受話器を取った。

「おひさだね、あけみちゃん」

　若草色のオーラと共に流れてきたのは、聞き覚えのある暖かい声だった。

「え？　タケルくん？」

　ああ、そうだった。絶妙なタイミングの電話といえば武流に決まっている。でも、どうして電話番号が違うのだろう……。

「うん、おれ。ちょっと、報告しなくちゃいけないことがあってさ」

　いつもと様子が違う。なんというか、落ち着いている？　どこか大人びているとでもいうべきか？

「ほんとはこの夏休み、海とか山とか、いろんなとこへあけみちゃんを誘おうと思ってたんだけどさ」

　どうもおかしい。残念なことを伝えようとしているはずなのに、声の響きやオーラの色に悲しさはなかった。まあ、いくばくかの寂しさは伝わってくる。

　あけみは、努めておどけてみることにした。

「うん、色んなとこ一緒に行ってみたいよね。でも、もう受験モードに移らないといけないから、そもそも夏期講習で、旅行どころじゃないんじゃない？」

「あ、うん、それなんだけどさ、おれそれも出ないことにしたんだ」

　かつての優柔不断さはどこへやら。決意のこもったしっかりした声だった。

「え？　どういうこと？　大学受験しないってこと？

あ……まさかもしかして、もう推薦が決まったとか？

いや、まさかね。早すぎるよね」

「うん。家族と相談して、この夏は日本を離れることにしたんだ」

「え、え、えええええ？」

本当に何を言ってるのか、わからなかった。

「何ヶ所か回るからさ、まあ、中東とか、あとはクロアチアとか、計一ヶ月ぐらい」

「ちゅ、中東？　なんでそんなとこに？　危なくないの？」

胃のあたりに喪失感がわだかまる。そんな、タケルくん。ずっと側に居てくれるんじゃなかったの？　でもそれは、単にわたしが勝手に思いこんでいただけのこと？

「あはは、なるべく危なくないようにするよ。お土産何がいい？」

「何って……」

ちゃんと無事に帰ってきてよ。それ以外、今は考えられないよ……

そう思いながらも口にできないでいるうちに、武流が先を続けた。

「でね、携帯電話を買ってもらったんだ」

「え？　そ、そうなの？」

仲間内で一番、携帯電話なんかいらないって言ってた張本人だったのに。首に鈴をつけられるようで嫌だって……

「だって、一月も連絡がつかないのは困ると思うからさ」

「タケルくん……」

安堵と疲労が一気にやってきた。自分が笑っているのか悲しんでいるのかわからない。

「ん、なに？　実は、おれのこと愛してるって？」

え、そ、そうだけど……いつもの軽口を言う武流が戻って来てくれて、正直嬉しかった。

「んもう。でもわかった。わたしも携帯電話、契約するよ」

「え？　そうなの？　あれだけ要らないって言ってたのに」

そっくりそのまま、お返しします。わたしはいらないっていうより、物理的に作れなかっただけ。今の今までね。

「ねえ。応援してよ、タケルくん。私が絶対に携帯電話を獲得できるように」

「え？　絶対って、え？」

「いいから、お願い」

詳しい話はまだしたくはなかったが、思いだけは伝わってほしい。そう念じて待った。

少しの沈黙の後、武流がふっと息を吐いた後で言った。

「わかったよ。あけみちゃんは絶対に携帯電話をゲットできる。艱難辛苦を乗り越えて、必ずや手に入れることができる。おれが保証する。太鼓判を押す！」

「あはは、ありがとう」

武流が言ったことは本当にその通りのことなのだ。無意識に無自覚に真実を言い当てられては、もう降参するしかない。

その時、電話の向こうから別の誰かの声がした。内容は聞き取れなかったけれど、たぶん声の鷹揚なトーンから、武流の母親だと思われる。

「……あ、ごめん。詳しいことはまた連絡するね。ぼくの番号はそっちのディスプレイに出てると思うから、記録しといてね。そっちも携帯電話の番号がわかったら教えてね」

「うん、わかった。タケルくん、本当にありがとね」

「そうなの？　よくわからないけど、こっちもありがと。じゃ、またね」

「うん、また」

こうして電話は切れた。それでも、むしろ何か別のものがつながった気がする。

この気持ちを胸に、あけみは決心して、短縮ダイヤルのキーに手を伸ばした。

6

次の週末の朝、晴奈とファーストフード店で待ち合わせた。すると晴奈は、あけみがしっかり両手で握りしめているものを、目ざとく見つけたようだった。

「あれ、あけみ？　それって、もしかして……そうでしょ！　えー、やったぁ！　ついに手に入れたってわけね。おめでとおおおお！」

晴奈はあけみの手を両手で包んで、ぴょんぴょん飛び跳ねた。

「あ、うん。ありがとう。晴奈が無理やりにでも連れて行ってくれてなかったら、入手できてなかったよ」

「無理やりって、あーた、言い方ってものがあるでしょうに」

晴奈はほっぺを思いっきり膨らませた。

「そね、うふふ」

あけみはそう言って、携帯電話を隠すように脇に置き、その晴奈の頬を両側から人差し指でつぶした。

「わわっ。んもう、あけみったら」

次の瞬間、ふたりで吹き出して、ひとしきり笑い合った。

「でも、どうやって親の承諾をとったの？　無理じゃないかって泣いてたじゃない」

「うん、それはね……」

あけみはその時のことを晴奈に説明した。


「ん、どうかしたのか？」

久方ぶりに耳にする父の声には、何の抑揚もなかった。

「ごめんなさい、お父さん。こんなことを頼める筋合いじゃないのかもしれないけど、お願いです。携帯電話の登録をさせてください」

「ん、あ、ああ？」

声にならない声だった。あけみは怒鳴られるのを覚悟して、必死に身構えた。でも大丈夫。わたしにはミウ子がいる。ホアくんがいる。晴奈がいる。武流くんだっている！

「……わかった。同意書が必要なんだな？」

感情は全く読めなかったが、それでもあっけないほど簡単に返事が来た。

「え、いいの、お父さん？」

「書面をＦＡＸで送りなさい。こっちで必要事項を埋めてサインしたら郵送で戻そう」

「……ありがとう、お父さん」

思わず、電話の前でお辞儀をしていた。椅子の上でミウ子が首をもたげ、怪訝そうに「みやう？」と鳴いた。

「話はそれだけか。なら、切るぞ」

そして、いきなりの宣言。

「え、あ、あの……」

この冷淡さと行動の優しさが合致せず、あけみは混乱する。

「なんだ？」

このイライラは、怒り？　恐怖？　それとも……

「い、いえ……体に気をつけてください」

「……ああ、そうか。おまえもな」

そこで通話は切れた。ああ、そうだ。そういう人なのだ。けれど、最初からそうだっただろうか？　あけみが子供の頃はもっと優しかった記憶がある。肩車をして動物園を回ったことはなかったか？　一緒に花火をして笑いあわなかったか？　海で砂をかけあったり、遊園地で一緒にライドで絶叫したりしなかったか？

どうして、何がきっかけで、こうなってしまったのか……

全身に脱力感が広がる。それでもなんとか受話器を置くと、ミウ子は咎めるように「あうあう」言ったあとで、再び丸まって眠りの世界へと戻った。

「ふぅ……」

わからない。本当に何を考えてるかわからない。

「けど……」

一歩前進した気がする。ここからまたいい方向に進んでいけるように思える。

いったんベッドに腰を下ろしたら、そのまま転がって眠ってしまいそうになる。けれど……

「あっちゃん、ダメですよ。やることやっちゃいましょうね」

ホアくんが、くるくるダンスを踊りながら嗜めてきた。

「あ、そうだね。眠るのはＦＡＸ送ってからだよね。うん、えい！」

気合と共に起きあがり、書類を封筒から取り出して、電話機に付属しているＦＡＸにセットする。そうだ、ここからが新たなスタートなのだ。


「へえええ、色んなことがあったんだね。たいへんだったね、よしよし」

晴奈が、細身だけど柔らかな手で、いいこいいこしてくれた。それだけで、自分がここで存在していいと実感できた。

「で、タケルくんにはもう、番号教えたの？」

「うん。それでもう少し話をして、彼に何があったか、全部話してくれたの」

と、ここでまた三十分ほどかけて説明する。

「あああ、いいなあ。うらやましいなあ。あたしもカレシ欲しいなあ」

「んもう、そんなんじゃないってば」

言いながら、自分の頬が熱くなるのがわかった。

「で、ももちゃんには？」

「え、吉備津……先生？」

まだ教えてはいなかった。というか、ためらいがあった。また迷惑をかけてしまうのではないだろうか？

「タイミングを見て教えといたら？」

「うん、まあ、そだね」

また自分で解決できないようなことが起きたら、確かに先生の助けは必要になるだろう。

「他のクラスメイトに見とがめられないよう気をつけつつね」

「あはは、それはもちろん」

と油断していたところで……

「隙アリ！」

いきなり晴奈の手が、隠しておいたあけみの携帯電話に伸ばされた。

「え、えええ？」

反射的によけ、かろうじて奪われるのは避けられたが……

「んもう、どうしてちゃんと見せてくれないの？　もったいぶってる？　このあたしに対して？」

眉をしかめた姿も可愛い晴奈。

「そ、そういうわけじゃないけど、なかなか覚悟がつかなくて」

さっと、後ろ手に隠した。

「わかんなーい。ケータイ見せるの、何の覚悟がいるのさ。んじゃあ、奥の手、発動！」

「え、ど、どういうこと、あ、や、やめて、あ、あはは、うっ」

晴奈はあけみに抱きついたかと思うと、あけみが動けないのをいいことに、あちらこちらをくすぐり始めたのである。

「や、そ、な、ねえ、やめてよ、う、うう、うははは……」

全身の力が抜け、もうはやどうにでもなれと思った。その時……

「よーし、あけみのケータイ、ゲット……って、う。なんじゃこりゃ！」

晴奈は、完全に固まっていた。

「だから言ったのに……」

それは今年ａｕが出した、スマートフォン型の最新機種だった。色んな高性能の機能があり、それを高校生で持っていること自体すごいことなのだが、問題はそこではなかった。

そこで晴奈の表情が融解した。

「か……」

「か？」

「カッコよすぎる！　やっぱあけみ、あんたすごいよ。ゲージツ的だよ。惚れ惚れする。こないだまで、デコとか知らないって言ってたのに騙された！」

「い、いや、騙してないよ。あのときは本当に知らなかったんだって」

「……それが本当なら、やっぱすごい才能、すごい学習能力ジャン。脱帽だよ」

「あ、あははははは」

背面の右下半分は宇宙を思わせる紺で、蜘蛛の巣か割れたガラスのような銀の文様。その結節のひとつひとつに小さなガラス様の石が嵌められ、照明を反射して光り輝いていた。

一方、左上は深紅で、黄金の正三角形、五芒星、六芒星が浮き出ている。

その二つの領域のあいだには、白と黒の鳥の羽根が舞っている。

「これ、いつかあけみが言ってた、メイルドメイデンとかいうモードでしょ？」

晴奈は純粋な喜びで頬を赤くしていた。

「ん、まあ、そうね」

半分はそうだ。そしてもう半分はアイーダの仕業だろう。正直、今朝起きたときにこうなっていて愕然とした。また症状が重くなったんじゃないかと怖くなり、デコを全部外そうとまで思ったが、かろうじて思いとどまった。

この異世界を思わせる美に、魅せられてもいたからだ。

それに……

「いいじゃんいいじゃん。そういう屋号で店始められるよ。あるいはペンネームにして同人誌書いちゃうとか」

「え、えええええ？」

晴奈は、何でもポジティヴに考えてくれる。そんなこと自分では考えつきもしなかった。憑依とか解離性とか、どうしてもネガティヴに考えがちだった。

「だって、あけみの才能だよ。天賦の才だよ」

「そうだね。そういう風に考えなきゃね」

晴奈といると、青空の下でいつも気持ちよい風が吹いているようだった。

※あけみの留守番電話に残されていた伝言：

1件目「あんたの父親とやらが何か無体なことを言ってきたら、こっちからぶちのめしてやるつもりだったさ。なのに出番がなくて肩透かしだったね。腹いせに、そのケータイとかいう魔導具を、あたし好みに変えてやった。ザマー見ろだ。あっはっは。まあ、また危機が訪れたらいつでも呼びな。ワン・コールで現れて、あんたを絶対に守ってやるからな。覚悟しやがれ」

2件目「僭越ながら、わたしなりに防護や呪縛の印を刻んでおきました。何か変なものがあらわれても、低級レベルならそれでしのげるはずです。もしそれで手に負えない魔物に出くわすようなら、より力の強い者を頼ってください。紫の鳥を従えた、あのかたに」

3件目「もしもし、あけみちゃん？　いろいろあって、とにかくおれは元気だけど、今エルサレムにいます。かつて七十二柱の魔神を従えたというソロモンの神殿があったという話だけど、単なる伝説だったのか、破壊されつくしたのか、分かりようがありません。それでも神殿の名残といわれている嘆きの壁はとてもとても大きくて、みんな必死に手や頭をつけて祈っています。その想いは宗派の垣根をこえて伝わってきて、なんだかぼくまで……」

健部伸明 著作リスト（ゲームの著作および翻訳を除く） ◎単著 ○編著 ◇共著 □監修

【神話伝承】

○新紀元社『幻想世界の住人たち』1988／文庫2011／ハングル2000（共著・市川定春、みなみわたし、野田瀧夫、山北篤）

○新紀元社『幻想世界の住人たちⅡ』1989／文庫2011／ハングル2000（共著・市川定春、門川光太郎、白土龍、佐藤俊之、佐藤教皇）

◇新紀元社『魔術師の饗宴』1989／文庫2011（編著・山北篤）

◎新紀元社『虚空の神々』1990／ハングル2000

◎JICC出版局『神話世界の旅人たち』1991

◇マガジンハウス『鳩よ!』特集：トールキン「指輪物語」を読もう 2002年4月号（共作・秦寛博）

□新紀元社『悪戯好きの妖精たち』2003（文・秦寛博）

□新紀元社『ゴーストと出会う夜』2003（文・大原広行）

□新紀元社『カエルになった王子様』2003（文・大原広行）

□新紀元社『神々の恋人』2004（文・秦寛博）

○新紀元社『幻獣大全Ⅰ：モンスター』2004／中文繁体2008

◇新紀元社『花の神話』2004／文庫2012（編著・秦寛博）

○西東社『知っておきたい伝説の魔族・妖族・神族』2008

◇新紀元社『樹木の伝説』2011（編著・秦寛博）

◇ホビージャパン『萌える! ケルト神話の女神事典』2016（編・TEAS事務所）

□学研プラス『幻獣最強王図鑑』2018

□カンゼン『幻想ドラゴン大図鑑』2019

□カンゼン『幻想悪魔大図鑑』2019

□学研プラス『異種最強王図鑑 闇の王者決定戦編』2020

□学研プラス『神話最強王図鑑』2021

□学研プラス『ドラゴン最強王図鑑』2022

□日本文芸社『ファンタジー&異世界用語事典』2022

□カンゼン『図解 西洋魔術大全』2022

□学研プラス『英雄最強王図鑑』2022

【オリジナル創作】

◎双葉社『ヤマト魔神伝〜サギリ見参〜』1987（ゲームブック）

◇ソニーマガジンズ『金の月・銀の月』1998（横山智佐のCDドラマ、プロット桑原忍）

◎Vantan電脳情報学園『ゲームテキスト教科書』2000（CDロム）

◎エニックス『甲冑の乙女』2001／電子版2011

◎パルプライド／雑誌「E☆2」連載『クリスタル・カレイド』2007〜2008

◎honeybee『強力若様』金の粒・銀の粒 2008（若本規夫のCDドラマ）

◎北方新社『氷の下の記憶』2018

◎SF Prologue Wave『わが夢見るは遥かなる大地』2023

【ノベライズ】

◇双葉社『未来神話ジャーヴァス 救世主の章─新世紀を救え!』ゲームブック 1986（共著・栗山元宏）

◇双葉社『ディープダンジョンⅢ 魔宮への招待』ゲームブック 1987（共著・佐藤俊之）

◎エニックス『ゲームブック ドラゴンクエストⅡ』上・下 1989（下巻は和智正喜と共著）

◇エニックス出版『ドラゴンクエストⅣモンスター物語』1990（監修・横倉廣）

◇東京創元社『カイの冒険』ゲームブック 1990（共著・山本剛）

◇竹書房『神秘の世界エルハザード幻書伝〜紅の書〜』1996（共著・桑原忍）

◇竹書房『神秘の世界エルハザード王立エルハザード大学』1997（共著・桑原忍）

◇竹書房『神秘の世界エルハザード王立大学課外授業編』1997（共著・桑原忍）

□ソニーマガジンズ『異次元の世界エルハザード〜after festival special(1)〜』1998（編著・桑原忍）

◎ソニーマガジンズ『神秘の世界エルハザード2 破壊神カーリア』1998

◎ソニーマガジンズ『太陽の船ソルビアンカ』2000

◇チュン・ソフト『風来のシレン：黄金郷アムテカに舞う花』2004（共著・大原広行）

□スクエア・エニックス『ながされて藍蘭島 パーフェクトガイドブック』2005（共著・秦寛博）

◎JIVE『I/O 鏡の中の少年』2006

ゲーム関係を含む著作リストは、アトリエサードのサイトに掲載しています。

◀「メイルドメイデン〜A gift from Satan」のカタログページから飛ぶことができます。

健部 伸明（たけるべ のぶあき）

青森県出身の作家、ライター、翻訳家、編集者。日本アイスランド学会、弘前ペンクラブ、特定非営利活動法人harappa会員。CMONJapanディレクター。和製非電源ゲームの海外啓蒙団体JaponBrand代表理事。弘前文学学校講師。著書に北方新社『氷の下の記憶』、編著／監修書に新紀元社『幻獣大全』、学研プラス『ドラゴン最強王図鑑』、カンゼン『図解西洋魔術大全』、日本文芸社『ファンタジー&異世界用語事典』等。アトリエサード「ナイトランド・クォータリー」にて、マイクル・ムアコックによるエルリックものの未訳短編の翻訳を連載中。

TH Literature Series

メイルドメイデン

A gift from Satan

著　者　健部 伸明

発行日　2023年6月30日

編　集　岩田恵

発行人　鈴木孝

発　行　有限会社アトリエサード
東京都豊島区南大塚1-33-1 〒170-0005
TEL.03-6304-1638 FAX.03-3946-3778
http://www.a-third.com/ th@a-third.com
振替口座／00160-8-728019

発　売　株式会社書苑新社

印　刷　モリモト印刷株式会社

定　価　本体2250円＋税

ISBN 978-4-88375-498-4 C0093 ¥2250E

 Printed in JAPAN

壱岐津礼

「かくも親しき死よ～天鳥舟《あまのとりふね》奇譚」

J-12 四六判・カヴァー装・192頁・税別2100円

〝クトゥルフ vs 地球の神々〟新星が贈る現代伝奇ホラー！
クトゥルフの世界に、あらたな物語が開く！

大いなるクトゥルフの復活を予期し、人間を器として使い、
迎え討とうとする神々。ごく普通の大学生たちの日常が、
邪神と神との戦いの場に変貌した——

篠田真由美

「レディ・ヴィクトリア完全版1 ～セイレーンは翼を連ねて飛ぶ」

J-11 四六判・カヴァー装・352頁・税別2500円

ヴィクトリア朝ロンドン、レディが恋した相手は……
天真爛漫なレディと、使用人たちが謎に挑む傑作ミステリ
《レディ・ヴィクトリア》シリーズに、待望の書き下ろし新作が登場！

装画:THORES柴本／描き下ろし口絵付！

橋本純

「妖幽夢幻～河鍋暁斎 妖霊日誌」

J-10 四六判・カヴァー装・320頁・税別2500円

円朝、仮名垣魯文、鉄舟、岩崎弥之助……
明治初頭、名士が集う百物語の怪談会。
百の結びに、月岡芳年が語りだすと——

猫の妖怪、新選組と妖刀、そして龍。
異能の絵師・河鍋暁斎が、絵筆と妖刀で魔に挑む！

橋本純

「百鬼夢幻～河鍋暁斎 妖怪日誌」

J-01 四六判・カヴァー装・256頁・税別2000円

江戸が、おれの世界がまたひとつ、行っちまう！
異能の絵師・河鍋暁斎と妖怪たちとの
奇妙な交流と冒険を描いた、幻想時代小説！

電子書籍版限定・書下し短編「まなざし（百鬼夢幻 余話）」を
収録した電子書籍版も好評配信中！

詳細・通販は、アトリエサード http://www.a-third.com/

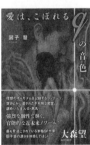

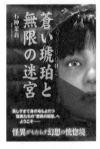

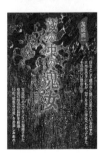

ナイトランド叢書

アルジャーノン・ブラックウッド
夏来健次 訳

「いにしえの魔術」

3-2 四六判・カヴァー装・320頁・税別2400円

鼠を狙う猫のように、この町は旅人を見すえている……
旅人を捕えて放さぬ町の神秘を描き、
江戸川乱歩を魅了した「いにしえの魔術」をはじめ、
英国幻想文学の巨匠が異界へ誘う、5つの物語。

E・F・ベンスン
山田蘭 訳

「見えるもの見えざるもの」

3-1 四六判・カヴァー装・304頁・税別2400円

吸血鬼、魔女、降霊術――そして、奇蹟。
死者の声を聴く発明、雪山の獣人、都会の幽霊……
多彩な味わいでモダン・エイジの読者を魅了した、
ベンスンが贈る、多彩な怪談12篇!

サックス・ローマー
田村美佐子 訳

「魔女王の血脈」

2-7 四六判・カヴァー装・304頁・税別2400円

謎の青年フェラーラの行く先には、必ず不審な死が――
疑念をいだき彼を追う医学生ケルンはいつしか、
古代エジプトの魔女王をめぐる闇深き謎の渦中へ……
英国を熱狂させた怪奇冒険の巨匠の大作!

アルジャーノン・ブラックウッド
夏来健次 訳

「ウェンディゴ」

2-2 四六判・カヴァー装・320頁・税別2400円

英国幻想文学の巨匠が描く、大自然の魔と、太古の神秘。
魔術を研究して、神秘の探究に生涯を捧げたブラックウッド。
ラヴクラフトが称賛を惜しまなかった彼の数多い作品から、
表題作と本邦初訳2中篇を精選した傑作集!

詳細・通販は、アトリエサード http://www.a-third.com/

TH Literature Series（小説）

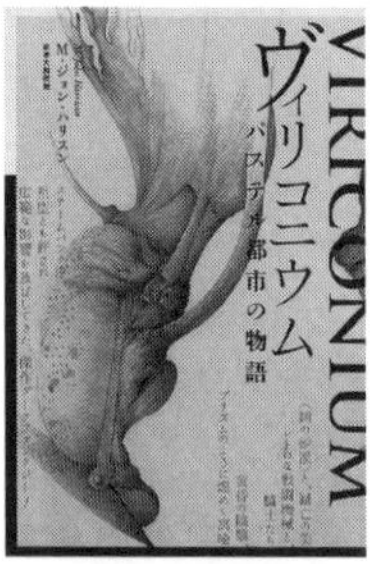

M・ジョン・ハリスン
大和田始 訳

「ヴィリコニウム～パステル都市の物語」

四六判・カヴァー装・320頁・税別2500円

〈錆の砂漠〉と、滅亡の美。レトロな戦闘機械と、騎士たち。
スチームパンクの祖型とも評され、〈風の谷のナウシカ〉の
系譜に連なる、SF・幻想文学の先行作として知られる
ダークファンタジーの傑作!

ケン・リュウ他

「再着装（リスリーヴ）の記憶
――〈エクリプス・フェイズ〉アンソロジー」

四六判・カヴァー装・384頁・税別2700円

血湧き肉躍る大活劇、ファースト・コンタクトの衝撃……
未来における身体性を問う最新のSFが集結!
ケン・リュウら英語圏の超人気SF作家と、さまざまなジャンルで
活躍する日本の作家たちが競演する夢のアンソロジー!

ナイトランド・クォータリー

ナイトランド・クォータリー

海外作品の翻訳や、国内作家の書き下ろし短編など満載の
ホラー&ダーク・ファンタジー専門誌（季刊）

vol.32 未知なる領域へ～テラ・インコグニタ ◎R・E・ハワード他
vol.31 往方《いにしえ》の王、永遠《とこしえ》の王～アーサー・ペンドラゴンとは何者だったのか ◎トマス・マロリー他
vol.30 暗黒のメルヘン～闇が語るもの ◎ウンゲルン＝シュテルンベルク他
vol.29 サロメ、無垢なる誘惑者の幻想 ◎メアリー・シェリー他
vol.28 暗黒の世界と内なる異形 ◎マイクル・ムアコック他
vol.27 蟄居／幽閉／籠城～潜み棲む恐怖 ◎C・J・チェリイ他
vol.26 異教の呼び声 ◎シーベリー・クイン他
vol.25 メメント・モリ〈死を想え〉 ◎T・F・ポウイス他
vol.24 ノマド×トライブ ◎ロバート・L・アスプリン他
増刊 妖精が現れる!～コティングリー事件から現代の妖精物語へ

A5判・並装・136～224頁・税別1700円～2000円

詳細・通販は、アトリエサード http://www.a-third.com/